2019 年國家社會科學基金重點項目
"清代多民族文學的版圖分佈與互動研究"
（編號：19AZW0222）階段性成果

寧夏回族自治區
"第五批哲學社會科學和文化藝術領軍人才項目"經費支持

北方民族大學 2020 年度"雙一流"學科建設經費支持

點蒼山人詩鈔校注

［清］沙　琛　撰

馬志英　校注

上海古籍出版社

圖書在版編目（CIP）數據

點蒼山人詩鈔校注／（清）沙琛撰；馬志英校注.
—上海：上海古籍出版社，2023.5
ISBN 978-7-5732-0694-7

Ⅰ.①點… Ⅱ.①沙… ②馬… Ⅲ.①古典詩歌－詩集
－中國－清代 Ⅳ.①I222.749

中國國家版本館 CIP 數據核字（2023）第 083302 號

點蒼山人詩鈔校注

〔清〕沙 琛 撰

馬志英 孫 力
校注
張 灝 錢 錕

上海古籍出版社出版發行

（上海市閔行區號景路 159 弄 1－5 號 A 座 5F 郵政編碼 201101）
(1) 網址：www.guji.com.cn
(2) E-mail：guji1@guji.com.cn
(3) 易文網網址：www.ewen.co
上海惠敦印務科技有限公司印刷
開本 890×1240 1/32 印張 10.625 插頁 3 字數 256,000
2023 年 5 月第 1 版 2023 年 5 月第 1 次印刷
印數：1—1,100
ISBN 978-7-5732-0694-7
I·3719 定價：58.00 元
如有質量問題,請與承印公司聯繫

前　言

　　雲南地處西南邊陲,其地東接貴州、廣西,北鄰四川、西藏,西部與緬甸相毗鄰,南部與老撾、越南相接壤,總面積 39.4 萬平方公里。這裏居住着漢族和 25 個少數民族,人口 4 631 萬(2011)。[1] 自漢元封二年(前 109)設益州郡,至唐宋時期,在幾百年的發展歷程中,以雲南爲名的地域不斷擴大,但因其偏立一隅,長期閉塞自守,文化發展程度相對落後,《元史·賽典赤贍思丁傳》云:"雲南俗無禮儀,男女往往自相配偶,親死則火之,不爲喪祭。無粳稻桑麻,子弟不知讀書。"[2]沐璘《滇南即事》云:"漫説滇南俗,人民半雜夷。管弦春社早,燈火夜街遲。問歲占鷄骨,禳凶瘞虎皮。輶車巡歷處,時聽語侏離。"[3]這種落後的局面在賽典赤父子主持雲南行政之後得到明顯的改善。"賽典赤教之拜跪之節,婚姻行媒,死者爲之棺槨奠祭,教民播種,爲陂池以備水旱,創建孔子廟、明倫堂、購經史,授學田,由是文風稍興"。[4] 其後忽辛出任雲南行省右丞,又在全省"諸郡邑遍立廟學,選文學之士爲之教官"。[5] 經過賽典赤父子的宣導和努力,雲南各族

---

[1]　雲南省統計局、國家統計局編:《雲南統計年鑒 2012》,北京:中國統計出版社,2012年,第 392 頁。
[2]　(明)宋濂撰:《元史》卷一二五,北京:中華書局,1976 年,第 3065 頁。
[3]　(明)沐璘:《滇南即事》,見文山縣志編纂委員會編纂《文山縣志》(附録),昆明:雲南人民出版社,1999 年,第 905 頁。
[4]　(明)宋濂撰:《元史》卷一二五,北京:中華書局,1976 年,第 3065 頁。
[5]　(明)宋濂撰:《元史》卷一二五,北京:中華書局,1976 年,第 3069 頁。

文化教育事業得到大力的發展。在這種風氣的引領之下,雲南各族人民開始重視學習漢語和漢文,逐步開始接受儒家文化教育。

明清以來,歷朝統治者繼續加強對雲南各民族的漢化教育。洪武十五年(1382),朱元璋下令在雲南的"府、州、縣學校,宜加興舉,本處有司選保民間儒士堪爲師範者,舉充學官,教養子弟,使知禮義,以美風俗"。① 爲化導民俗,以夏變夷,達到統治目的,明王朝遍設府、州及縣學,廣置學官和教授。此舉使雲南的經濟文化等均有一定程度的發展。康熙年間,統治者在雲南實行"改土歸流"政策,白族、納西族等少數民族聚居區的社會經濟得到恢復和發展。至雍正時,雲南的經濟文化進一步發展,統治者在各地廣建學校,大力推行儒學教育,使各民族人民的文化教育水準較明代有了較大的進步。進行詩文創作逐漸成爲雲南各族士紳文人所熱衷的文藝活動,正如《滇南詩略·序》所言:"迄於有明,盡變蒙段舊習,學士大夫多能文章,嫻吟咏。一時名流蔚起,樹幟詞壇,滇詩始著。"大理地區涌現出了楊南金、楊士雲、李元陽、張含、木公、王廷表、禄洪、蘭茂、何蔚文等各民族詩人。至乾嘉之際,雲南與中原的文化交流進一步深入,許多中原文人涌入雲南,在一定程度上促進雲南文學的大發展。一時間,雲滇大地英才輩出,文風大盛。特別是人才濟濟的大理、昆明和永昌等地更是詩人遍布,文化遠、張端亮、孫鵬、張漢、師範、錢灃、沙琛、孫髯和彭翥等頗負盛名的詩人成爲雲南詩壇的傑出代表,他們共同構建了雲南詩壇,推動了雲南詩歌的蓬勃發展。在這些詩人中,《點蒼山人詩鈔》的作者沙琛,是一位經歷奇特的"清官"型詩人。他憑藉自己對詩歌的獨到見解和高邁的創作才能成爲詩論家眼中的"高標",在清中期的雲南詩壇佔據一席之地。

---

① (明)張紞:《雲南機務鈔黄》,見方國瑜主編,徐文德、木芹、鄭志惠纂録校訂《雲南史料叢刊》(第7卷),昆明:雲南大學出版社,2001年,第267頁。

　　沙琛,字獻如,號雪湖,又號點蒼山人,雲南太和(今大理)人。其生卒年大約在 1759 至 1822 年,乾隆庚子年(1780)中舉。嘉慶元年(1796)至十一年歷任建德、太和、霍邱、懷遠、懷寧令和六安知州。沙琛所治之地皆號爲“難理多故”,而其以寧静廉平爲治,民大安樂。沙琛在任懷寧縣令時,曾帶領百姓“築廣泰圩長堤,渌水鄉二十年無潦事。”解決了長期困擾當地百姓的湖水泛濫問題。在《懷寧縣紳民呈請捐贖文》中士民贊揚:“沙琛莅職廉明,居官慈惠,攝皖兩載。……作大堤於竹墩之野,免於漂揺者千百家。賜嘉名爲永慶之圩,賴以農桑者四十里。訟簡而民皆樂業,官清而吏不舞文,以及歷攝符封,莫不共銘德化。”後至霍邱以逆倫案失察落職,依照律令當發往軍臺效力贖罪。剛上任的安徽巡撫初彭齡因尚未深入瞭解實情,依然維持原判。沙琛父以己年老,不忍令子遠戍,願意回滇變賣家産,代子納金贖罪。初彭齡始不允,仍令起解去。消息傳出後,懷寧、建德、懷遠等縣士民各願醵金代其贖罪,並上書巡撫言沙琛在各縣任上皆有惠政及民。初彭齡對此大爲感動,上奏朝廷,皇帝下旨諭免除其戍軍臺之罰,令其回籍養親。沙琛返滇後,出囊中金分施親族,餘以奉養老親。此後,沙琛與故里的士紳文人詩酒唱和,徜徉於雲滇山水間,晚年卒於鄉里。

　　沙琛才華卓越,一生筆耕不輟,創作了大量的詩歌,收入《點蒼山人詩鈔》。其生平見《滇文叢録·作者小傳》。《點蒼山人詩鈔》凡八卷,共有詩一千三百餘首,大體按照作者爲官地點編排。卷一、二爲獲罪之前至遇赦遣歸時期所作,多寫雲南、貴州和安徽等地的景物,還有一些反映當時農村現實,同情農民疾苦及描繪南方少數民族風土人情的詩歌。其中又以反映百姓生活狀況的詩歌最具特色。此外,紀行景觀詩也是《點蒼山人詩鈔》的重要内容。這些詩歌有的描寫黔滇名山大川的壯麗風光,有的描繪安徽各地的風土人情,更多的是吟唱家鄉之景。沙琛的家鄉在滇西北的大理，歷史上著名的古榆城。那裏有旖旎蜿蜒的點蒼山、高聳入雲的玉龍雪山等，也有碧波蕩漾的洱海，還有繁花似錦的植被景觀和豐富多彩的歷史遺迹。他自稱"點蒼山人"，足見其對家鄉的深厚情誼。

　　沙琛詩歌最突出的藝術特色是富有清奇豪邁之韻味。劉大紳在《點蒼山人詩鈔序》云："始吾甲寅讀獻如荒山、紀遊諸詩，氣奇、情邁、絶衆、離群，嘗題辭其後矣。丁丑歲暮又得近作數册讀之，其氣奇如故，其情邁如故，其絶衆、離群亦如故。"桐城姚鼐序亦曰："今獻如方以吏績顯，而又兼詩人之高韻逸氣，幽潔之思，雋妙之語，峰起疊出，信乎滇之多奇士也。"他的咏史懷古詩如此，紀游寫景詩亦如此。如《姑蘇臺》："姑蘇臺上醉金卮，歌舞繁華未了時。顛倒人間殘夢好，紅心春草葬西施。"寫吳國因吳王夫差窮奢極欲、不理朝政而最終爲越國所滅。又如《邯鄲懷古》："君不見平原賓客夸盛時，脱穎自失囊中錐。何地奇士不時有？能知奇士士始奇。毛公薛公何爲者？公子不來誰知之。嗚呼！公子不來誰知之。"描述平原君與信陵君對待賢才的不同並極力稱贊信陵君慧眼識才。這些作品寄予著沙琛對歷史事件、歷史人物的思考與見解，慷慨悲凉之氣流貫其中。此類作品還有《金陵懷古十二首》《賈傅祠》《荆州》《鄴中懷古》《廬陽懷古》等，大都縱橫跌宕，豪邁絶倫。紀行詩如《蘭溪道中》，其詩曰："泉響四山空，石溪秋氣聚。密竹連溪崖，積翠自成雨。"詩歌描繪江浙少數民族聚居區的獨特風光。難能可貴之處在於將前人難以言説、難以描繪的景致以鮮活的意象勾勒而出，全詩情景交融，給人以清新奇特之感。正如潘瑛在其序中所説："其間論古懷人、感時紀事諸作，崇論宏議，遠見卓識，纏綿悱惻之思，温柔敦厚之旨，使讀者肅然起敬，悄然而悲。感人之深何以至此！此豈拘拘於體句音律之所知耶？"

　　綜合《販書偶記》《清人別集總目》《雲南叢書書目提要》等書所

載,沙琛詩集有三個版本系統的六種版本存世:一是《沙雪湖先生詩稿》不分卷,有沙琛稿本殘卷;二是《點蒼山人詩集》二卷,有嘉慶九年刻本、嘉慶十一年刻本;三是《點蒼山人詩鈔》,有嘉慶二十三年太和沙氏刻本、民國《雲南叢書》刻(以下簡稱"《雲南叢書》本")、王廷治民國四年重刊本(以下簡稱"民國四年本")。這三個版本系統,從收詩數量來看,以八卷本《點蒼山人詩鈔》最全,因此我們選擇爲之校注。筆者曾將民國四年本與嘉慶二十三年太和沙氏刻本進行了仔細比勘,發現收詩並無差異,則民國四年本係據嘉慶二十三年太和沙氏刻本重刊無疑。

現將三個版本系統中諸版本的基本情況概述如下:第一,《沙雪湖先生詩稿》稿本不分卷。雲南省圖書館藏。該本扉頁題"雪湖詩抄",且有"沙雪湖先生手書詩稿殘本,得於葉榆。石禪老人存,俟另爲裝潢"題記,存三十三個筒子頁。查"石禪老人"係趙藩之號,則該本曾經趙藩收藏。且該本收詩多未見諸後世刻本。第二,《點蒼山人詩集》二卷。1. 嘉慶九年刻本。僅見於《清人別集總目》著錄,謂藏於鄭州圖書館。而查該館館藏古籍目錄,沙氏詩集僅有嘉慶二十三年刻本《點蒼山人詩鈔》八卷四册一部。當是《清人別集總目》誤載。2. 嘉慶十一年刻本。凡二册一部,雲南省圖書館藏。該本卷首有嘉慶九年姚鼐序及嘉慶丙寅(十一年)潘瑛序,版框高 18.2 釐米,寬13.1釐米。第三,《點蒼山人詩鈔》,凡八卷。1. 嘉慶二十三年太和沙氏刻本。凡六册一部,雲南省圖書館藏。該本卷首有嘉慶九年姚鼐序及嘉慶戊寅(二十三年)八月仲振履序,卷六卷端有嘉慶甲戌(十九年)劉大紳題詞,而潘瑛序在卷二卷端,嘉慶戊寅正月劉大紳序在卷五卷端。版框高 16.9 釐米,寬 12.6 釐米。2. 民國刻本,收入《雲南叢書》"集部之三十五"。該本卷首先列民國三年唐繼堯序、民國四年中秋任可澄序,次列姚鼐序、仲振履序、潘瑛序,次列嘉慶戊寅六月沙琛自

敘、劉大紳序,次列民國四年冬月倪惟欽跋,次爲附録《贖臺紀恩》一
卷。卷末有民國乙卯(四年)九月王廷治後序。版框高 17.8 釐米,寬
12.9 釐米。3. 王廷治民國四年重刊本。該本卷首先列姚鼐序、仲振
履序,次列唐繼堯序、任可澄序,而沙琛自敘在卷一卷端,潘瑛序在卷
二卷端,劉大紳序在卷五卷端。卷末爲附録《贖臺紀恩》一卷,次倪惟
欽跋、王廷治後序。版框高 17.8 釐米,寬約 14.4 釐米。查雲南省圖
書館藏有清刻本《沙雪湖贖臺記》一卷(版框高 17.1 釐米,寬 12.9 釐
米),比較内容後,其當即《贖臺紀恩》一書,但該本既無序跋,版心亦
未刻書名。

　　總此,可得出如下幾點初步的判斷:1. 先有"詩集"(嘉慶十一
年),後有"詩鈔"(嘉慶二十三年);2. "詩鈔"較"詩集"收詩更豐富;
3. 民國後始將《贖臺紀恩》與《點蒼山人詩鈔》合刊,然或在卷首,或在
卷末;4.《雲南叢書》本和民國四年本所收序跋最爲全面,惟劉大紳題
詞爲嘉慶二十三年太和沙氏刻本所獨有。

　　民國四年本所收沙琛外曾孫王廷治《重刊點蒼山人詩鈔後序》
云:"予自吾滇光復後從戎於榆。其裔孫以公之詩集行述見贈,受而
讀之,知公之惠及窮黎,故能深入人心如此。間以其餘,發爲詩章,又
能抒寫性情,得古人風雅之旨。因兵燹火其原板,今特爲重刊,以廣
流傳。"可見當年王廷治在大理從軍時收到了沙琛裔孫贈與的沙琛詩
集,王廷治讀罷,對沙琛甚爲欽敬。《點蒼山人詩鈔》書版毁于兵燹,
王廷治不忍沙詩亡佚,遂決定重新刊印,以廣流傳。又,《新纂雲南通
志》卷七十六載:"《點蒼山人詩鈔》八卷。清沙琛撰。琛,字獻如,號
雪湖,太和人。乾隆庚子舉人,官懷寧縣知縣。道光《志》已著録。前
有桐城姚鼐、江左履石庵、懷寧潘瑛、寧州劉大紳及琛自序,於嘉慶間
已刊行。民國初,其外曾孫大理王廷治索雲南督軍唐繼堯、巡按任可
澄及昆明倪惟欽序之,而廷治亦加序,以鉛字印之。《雲南叢書》收

入,新舊諸《序》均照刊,並依舊録《贖臺紀略》於卷端。"從受贈詩集的地點、贈送詩集者的身份、王廷治與沙琛的關係等角度,可知沙琛裔孫贈與王廷治的詩集,應爲嘉慶二十三年太和沙氏刻本,後王廷治因得據以排印重刊。則《雲南叢書》刊刻時所據,當爲民國四年本。依常理,重刊而成的《雲南叢書》本與所據民國四年本在内容上應當一致,然經過校勘,發現此二本内容多有出入,這不僅體現在文字上,二本收詩亦有差異。

依趙静莊《趙藩年譜》,民國三年八月,趙藩被聘爲《雲南叢書》總纂。趙藩一生著述頗多,蔡鍔、李根源等皆其門生。王水喬《雲南藏書文化研究》云:"李根源搜集的文獻有:……《點蒼山人詩集》二卷,(清)沙琛撰,清嘉慶十一年(1806)刻本。"據此可知,李根源藏有嘉慶十一年刻本《點蒼山人詩集》。後李氏將其交付輯刻雲南叢書處,依以重刊。據前所述,《點蒼山人詩集》爲二卷本,《點蒼山人詩鈔》爲八卷本。故輯刻雲南叢書處刊刻《雲南叢書》本《點蒼山人詩鈔》時所見版本當有三種:李根源藏嘉慶十一年刻本、嘉慶二十三年太和沙氏刻本以及民國四年本。

民國四年本,四周雙欄。半葉十一行,滿行三十二字。黑口,單魚尾。魚尾下刻書名、卷次、葉次。《雲南叢書》本,四周雙欄。半葉十行,行二十一字。下黑口,單魚尾。象鼻題書名。魚尾上刻卷次,下刻葉次。此次校注《點蒼山人詩鈔》以民國四年本爲底本,以嘉慶二十三年太和沙氏刻本和《雲南叢書》本爲參校本,理由如下:其一,如前述,民國四年本係據嘉慶二十三年太和沙氏刻本重刊,除行款外,内容全同。同時,民國四年本版式仍承清制,間有抬行,並搜集補充了嘉慶以降、民國四年之前多人序跋,以及與沙琛相關的文獻——《贖臺紀恩》,較嘉慶二十三年太和沙氏刻本内容更爲完整,是合適的底本選擇。其二,就刊印品質而言,底本優於《雲南叢書》本,《雲南叢書》本多有字迹漫漶處，底本則皆清晰可辨。其三，底本除卷一外①，餘下七卷每卷卷目次行皆寫明著者、校對者、重刊者——"太和沙琛獻如著，男一鶼、孫蘭藻校對，外曾孫王廷治重刊"，與嘉慶二十三年太和沙氏刻本全同。據此可知，《點蒼山人詩鈔》在交付王廷治重刊之前，曾經沙琛之子沙一鶼、沙琛之孫沙蘭藻校對。關於《點蒼山人詩鈔》的校對者，《雲南叢書》本則只字未提，從文獻價值角度考量，此未嘗不是一種損失。其四，就文獻及史料價值而言，底本經過了沙一鶼、沙蘭藻的校勘，因而文字較嘉慶二十三年太和沙氏刻本更爲優長；而《雲南叢書》本多有底本未收之篇目，恰可據補，故以之爲校本。此外，底本卷目下多有題注，注明該卷所收篇目的創作時間，對於考證沙琛生平、斷定作品創作時間、鑒賞其情感主旨等價值甚高，而《雲南叢書》本多無題注，試舉例如下：底本卷一題下注曰："起乾隆辛丑迄乙卯。"《雲南叢書》本無注；底本卷六卷目下無小注，於第一首詩《段鳴齋知將出遊至飛來寺送別未值却寄》題下注"甲戌"，《雲南叢書》本則誤作"甲戌"。

　　沙琛作爲清中後期在雲南乃至全國聲名遠播、深受百姓愛戴的清廉官員和知名少數民族文學家，其在外任職的十多年中，結交了姚鼐、潘瑛、初彭齡、仲振履、李翮、宋湘、高廷瑤等名士，他們交遊往來，談詩論書，結下了深厚的友誼。在其家居大理時，與師範、劉大紳、馬之龍、錢灃、趙廷樞等滇雲名士相交甚好，大家常常詩酒唱和，形成以雲南五華書院爲中心的文學家群體，活動內容以聚會宴飲、遊覽景勝、詩文贈答爲主，活動範圍從大理至昆明甚至發展到全國各地，核心人物有晉寧劉大紳、趙州師範、太和沙琛。正如任可澄在《點蒼山人詩鈔序》中言："前清乾嘉之際，滇中人才極盛，昆明錢南園、晉寧劉

---

① 卷一卷目次行題"外曾孫王廷治重刊，太和沙琛獻如著"。

寄庵、趙州師荔扉、洱源王樂山、太和沙獻如諸先生其最著者也。"他們交往互動，切磋文藝，共同促進雲南多民族文學的發展。

目前學界對沙琛其人其詩的關注與研究還是比較薄弱的，尤其是其現僅存之詩歌集《點蒼山人詩鈔》尚無人整理點校。有鑒於此，本次整理以民國四年本爲底本，以嘉慶二十三年太和沙氏刻本、《雲南叢書》本爲校本，對其進行校注。前揭各卷卷目下署名，整理時均删去。卷一、卷二、卷五之卷端底本、校本原各有序，整理時移至卷目後。由於本人才疏學淺，校注舛漏難免，在此懇請諸位專家學者及廣大讀者批評指正。

馬志英

二〇二二年三月于銀川悦廬

目　録

點蒼山人詩序

　　沙君獻如，余故人錢南園侍御之友也。南園以直節名當世，而其詩雄厚古勁，高越塵俗。今獻如方以吏績顯，而又兼詩人之高韻逸氣，幽潔之思、雋妙之語，峰起疊出，信乎滇之多奇士也。余別南園三十餘年矣，來皖中，值獻如爲之令，因得讀其詩。又相對共感歎南園之喪。夫見南園之相知，誼已加重矣，況其爲英傑之才，卓然可畏如獻如者哉！世謂作詩或妨爲政，余謂是有辨焉。如山林枯槁之士，苦思累日夜而僅得一韻之工者，其妨於政事必矣，其才小也。天下巨才，揮斥唾咳以爲文章，未嘗求工而自工者，其索不勞，其出無窮。建安曹氏，軍旅橫槊而可以賦詩，而況於平世臨民布政優優者乎？夫獻如之才，大才也，其無病於爲詩，明矣。前歲望江令君師荔扉爲南園刻詩集成，余既序之，今又欣獻如之有是集也，故復書以爲之序云。

　　嘉慶九年三月桐城姚鼐序。

序

余家居時，聞皖江有沙明府，循吏也。嘗以無妄之灾，將北戍軍臺。舊所莅懷遠之民，老幼驚惶，奔走相告，集鍰金數千兩，迎赴大中丞。初，公於臨淮，途次代爲籲求免罪，號哭聲不絶於道所。曾署懷寧諸縣士民亦釀數千金，遠近奔皖城，哀請納鍰贖罪，曰："明府之親老矣，家又貧。設遠戍軍臺，居者有懸磬之歎，[1]行者深岵岵之悲，四邑之民，其何以忍此？"中丞感其意，據情入奏。天子憐而赦之，飭還鍰金。四邑之民復聚而請，願以飭還之金助明府清夙累，奉親歸里。時沙明府之名，膾炙大江上下。余嘗聞而羨曰："爲民牧者，不當如是耶？而惜未之見也。"洎余仕於粵，調任東莞，每侍太守高青書夫子。談及明府事，夫子曰："沙君號雪湖，余僚友也，其人篤於孝友，而即以孝友之道治百姓。性介介不苟取，所得之金，歸里後分潤親族。餘千數金奉老親以終天年，今已蕭然無餘蓄矣。且工於詩，凡舟中馬上，偶有所得，援筆立成。別已數年，想行笥中佳句，必又哀然成集也。"余聞之，益慕雪湖之爲人，而迫欲晤其面，讀其詩，以快十數年之向慕，而未知其能遂所欲否也。戊寅夏，余過青書夫子寓館。聞雪湖來，欣然謁之。惜以公冗叢雜，立談片刻而散，而卓犖不群之概，亦略得一斑矣。暇日，雪湖攜詩稿來，詳加披讀。其五言古詩冲淡高遠，

---

[1] 懸磬：底本作"縣磬"，據《雲南叢書》本改。

得淵明《飲酒》之遺意；七言淋漓頓挫，公孫大娘舞劍器渾脫，當如是爾；近體律細思深，或爽如蒼鷹脫臂，或清如銀瓶瀉水，其雄渾則天風海山，其秀削則遠春流水。其沉鬱幽折之氣，激昂慷慨之音，有觸則鳴，發於楮表，殆所謂窮而後工者耶？斯亦情之不能自已者耳。夫乃歎雪湖循吏，亦才人也。惜把晤未久，恩恩將去。高青書夫子亟爲付梓，屬序於余。余久荒筆墨，且叢冗無一刻暇。謹臚所聞見，草率成篇，工拙所不計也。

時嘉慶戊寅八月朔後二日，江左愚弟仲振履柘庵甫頓首拜撰。

重刊點蒼山人詩鈔序

吾友王子襄臣以太和沙獻如先生《點蒼山人詩鈔》四冊及《贖臺紀恩》一冊示余。余惟詩所以理性情，三百篇大旨歸本於忠厚，少陵托情忠愛，淵明寄意高遠。是故詩之至者，皆得性情之正，抑亦詩至而性情自正焉耳。吾讀先生詩，纏綿悱惻，一往情深，其字裏行間隱寓太和翔洽之氣。本詩道以治民，其感人之深也必矣。捐金贖臺，爲千古服官之佳話，豈偶然哉！豈偶然哉！姚姬傳氏序先生詩，謂先生爲詩不妨爲政。夫先生之詩，則豈特不妨爲政而已？嗚呼！先生往矣，流風遺韻，茲其存者，王子其爲傳之哉！

中華民國三年　月　日，後學東川唐繼堯序。

點蒼山人詩鈔序

　　前清乾嘉之際，滇中人才號極盛，昆明錢南園、晉寧劉寄庵、趙州師荔扉、洱源王樂山、太和沙獻如諸先生，其最著者也。諸先生詩文行世已久，近雲南輯刻叢書，復取以鋟版。而太和王君襄臣又檢沙先生所爲《點蒼山人詩》四卷附《黷臺紀恩》一卷，行將攜赴滬上付印，而屬可澄爲之序。夫沙先生之詩，姚姬傳、劉寄庵兩先生序之詳矣。可澄何能重先生？獨念先生因事罣吏議，論罪戍邊。賴懷遠、懷寧、建德、霍邱四縣之民爲之湔雪，爲之營救。既不可得，則爲之釀金贖罪，合詞籲陳，期得請而後已。此非先生之有所風示也，亦非有形勢之驅迫也。徒以實惠在民，民之感動奮發，咸出於不自已。奔走呼號，卒回天聽。先生之名，乃益顯於天下。孔子曰："斯民也，三代之所以直道而行。"孟子曰："憂民之憂者，民亦憂其憂。"然則人亦何憚而不爲良吏哉？抑又聞先生之孫孝廉名蘭者，當杜文秀之亂，奉大府檄説文秀降。文秀不能從，孝廉持之力，遂遇害，實爲王君襄臣之外祖。孝廉風節，綽有祖風。間爲詩歌，亦具有家法。君子之澤，歷世未湮。嗚呼！是可風矣。可澄持節巡滇，私幸式南園、寄庵諸先生之里，又因王君而盡讀沙先生之詩，故不辭而爲之序，冀以告服官滇省與滇人之筮仕他省者，使知所取法。又以見先生不必以詩傳，而其詩固有不得不傳。此蓋有存於詩之外者焉，後之學者其亦知所務也。

　　民國四年中秋，雲南巡按使任可澄序於滇垣節署。

點蒼山人詩鈔卷一_{起乾隆辛丑，迄乙卯}

點蒼山人集敘卷一

予自乾隆辛丑歲計偕，迄乙卯，僕僕十五年中，勞苦呻吟，不蕲於爲詩，而詩帙積矣，鄉前輩錢南園侍御爲汰存百餘篇。甲寅秋，自京師出遊，失之運河舟中。庚子以前所爲詩，經檀默齋先生采入《滇南詩話》若干首，卷亦失之，皆不能憶也。歷游吳、越、閩紀行小卷，李春麓師爲點存十餘首。嘉慶己巳，免官歸。故友袁蘇亭廣文見所刻《皖江集》四卷，亟手出所摘録於南園先生處爲汰存之百餘篇，咋咋歸予。天下有有心人如袁髯者哉！如袁髯者哉！少年狂興，客子淒懷，前夢宛然，疵纇滿紙。是固已棄之而竟不可棄耶？莊子曰："有生，黬也。"移是不移是，鳴蜩鷽鳩，不同而同。予於詩，夫亦移是爲快耳。顧惟諸師長先生，九原不作，鑒賞猶存。良友如蘇亭，亦僾然長逝，則予斯集之拔然黬者，其何能以敝屣哉？

嘉慶戊寅六月，沙琛自敘。

秋　懷

西風搖芳蘭，木葉下如滌。元雲無停影，繁霜被原隰。攬衣臨高臺，秋氣何淒惻。白日積古今，朝朝悔昨昔。駑馬介不馳，蒼鷹韝欲擊。感物多所懷，分陰自悚惕。自非至人心，安能守元寂？

擬　古

高樓隱春樹，白日垂簾櫳。上有鳴機婦，顏色桃花紅。娥女五色絲，鳳梭聲玲瓏。修眉不拂拭，細意營初終。天花下雲錦，蜿蜿雙盤龍。光華爛日夕，一泯組織蹤。所思在遠道，欲寄渺無從。綿繡豈不重，纏綿結我胸。持攜做客與，羅衣揚清風。願將隨飛霞，流君衣笥中。

君章①咏

君章儒術士，抗言悟新莽。脱身弔重華，九巘摳衣上。侃侃誓暴師，人鬼釋搶攘。功成擲組歸，耻以軍功賞。犖犖董子張，負讎愧俯仰。欲語摧心肝，歔欷下泉壤。起身擊仇頭，與子視無爽。汝南冠蓋馳，十月盛筵享。牛酒奉僞德，同聲和襃獎。突兀舉觥前，披鱗折朋黨。危行似忿戾，守義近木強。恕已何婉約，沉機類洸蕩。區區東門候，閉門進忠讜。宮闈化危疑，骨肉得依仗。何乃麾遠守，坎凛困芒長。神龍不一德，威鳳戢遠響。横經羅生徒，蕭然卸塵網。有漢豈不盛，負彼伊吕想。峨峨弋陽山，泉石皓溱濚。緬懷鄭次都，高風竟長往。巢許不足爲，誦論生慨慷。

頹雲歌東師荔扉②廣文

石得之洱東樵人，高二尺有咫，頂攢簇五峰，大小皆右折左亞，以層巒虚其脅，連環數大穴，小峰離離外吐。右斜垂一幹，長尺半，作連蜷起伏狀，而翹其末。石大小三十餘穴，皆洞達，空其趾如鼎足，色蒼

---

① 君章：即郅惲，字君章，汝南郡西平縣(今河南省西平縣)人。東漢大臣、學者。
② 師荔扉：即師範(1751—1811)，字端人，號荔扉，又號金華山樵，大理趙州(今雲南省大理白族自治州彌渡縣)人。曾任劍川學博、望江知縣。

然。師荔扉驚見叫絶，數請易之，爲名之曰“頹雲”也。

　　香雲出海環邱紅，嚴棱百疊堆奇峰。鯤鵬變化怒搏羽，海波壓雲雲偃風。橫披側出涌其鋒，元氣鬱結青濛濛。雲將猖狂扶搖東，蓬萊清淺鼇衰癃。師曠鼓琴變當空，揚沙撼林聲砰訇。忽然摧落嶠山星池之浮石，騰挐夭矯如奔龍。光芒百丈乍卷束，冰凝雪沍盤崆峒。起伏迴環趁遠勢，浮煙噴雨青搖溶。盛以瑶盆藉碎玉，當軒四面開玲瓏。師宜仙人過我飲，盤旋大叫神耽耽。云是點蒼山頭半頹雲，欲頹不頹雲閃閃。君家點蒼下，日日慿憑覽。易馬請從王蘇例，欲奪仇池難手攬。昨夜小園風雨疾，落花打窗如舞雪。却恐雲隤竟飛去，使我園林坐蕭瑟。咨余寂寞嗜好偏，煙霞泉石耽周旋。奇章贊皇太豪貴，誇楊攫米殊狂顛。適然寓物得我意，紛紛物轉寧自慳。雲頹雲起石悠然，支離恢詭全其天。

同趙所園何得天遊蕩山至波羅崖觀佛迹

　　遠響寂鍾魚，深崖古德居。巉石蟠空窅，歸雲注壁虛。花沿群鳥獻，樹偃毒龍呿。道力相勘驗，探奇興有餘。

登中峰頂

　　浩浩風輪轉夜摩，深崖佛迹有盤陀。排空雁陣縈雲背，過雨雌霓瀹海波。雪影依微中印度，夕陽飄緲蜀岷峨①。側身今古知何事，莽莽遐荒扣石歌。

龍女花

　　優波離女鉢呈花，聽法毗樓示現遐。雪裏孤芳森貝葉，天然素貌

---

① 岷峨：岷山和峨眉山的並稱。

憶彌家。香飄金粟濃雲氣，露冷銀盤射月華。直揭妙明心一點，花開真見佛陀耶。

要楊虞功[①]計偕宿蕩山寓樓

楊子悲岐路，微痾怡養生。於山得真趣，遁世不居名。爇火藥香滿，掃雲松響清。流連惜遠別，信宿倒瓶罍。

無題三首

一

朝霞明艷睒孚瑜，衆裏飛瓊異繡襦。自分渡頭匏葉苦，情知天上桂花孤。分嬌願在奩爲鏡，解佩親貽臂繫珠。十二玉樓中更遠，鶯聲樹影翠模糊。

二

華胥環裏境迷離，契契勞情夜漏遲。青鳥只隨釵燕轉，翠蛾空向鏡鸞窺。春藏得地花重疊，風定垂簾月邐迤。知否河陽人似玉，忍寒端爲寫相思。

三

冰扇徒聞雨絡絲，巫雲洛雪本難持。殷勤張碩留盂在，倚徙蓬球啜露飢。月底花嬌依鏡近，樓頭眼語入箋疑。冶容莫把芳香妒，五色華蟲繭自知。

古別離

從來富貴比風花，茵席泥塗一屬差。還似人間離別意，長亭杯酒各天涯。

---

① 楊虞功：即楊汝亮，字虞功，雲南太和（今雲南省大理市）人。乾隆四十二年（1777）丁酉科解元。

邯鄲懷古

邯鄲鼓角動地鳴，援師鼠首窺秦兵。朱亥揚椎嘆喑廡，選軍八萬雷電轟。侯生計日北向死，酬恩兼爲酬擊鄙。公子從茲趙可留，趙存魏重秦謀弛。當年頗訝執轡恭，抱關老翁有如此。君不見平原賓客夸盛時，脫穎自失囊中錐。何地奇士不時有？能知奇士士始奇。毛公薛公何爲者？公子不來誰知之。嗚呼！公子不來誰知之。

鄴中懷古

一

銅雀嶢嶤對墓林，分香遺令暗情深。明明國計無多語，抵死猶謾篡漢心。

二

醉酒弛儀早自頹，詞華瑰艷總含哀。興亡一哭君臣義，畢竟輸他介弟才。

廣武原

絕澗臨相語，聲呼肅兩軍。英雄甘一戰，天地不中分。劫盡咸陽火，人歸芒碭①雲。徒教千載下，成敗論紛紛。

漢江曉霧題大堤水榭

大堤紅亞花朦朧，砑砑柔櫓鳴虛空。曉意欲雲雲不雨，捲簾一片青濛濛。美人攬鏡籠紗裏，失却窗前山邐迤。低回郎意不分明，一下

---

① 芒碭：芒山和碭山的合稱，在今安徽省碭山縣與河南省永城縣交界。

紅樓幾千里。

荆　州

仲宣懷土此登樓，騁力高衢願未酬。沅芷澧蘭芳草歇，蘆花楓葉楚天秋。江風也有雌雄勢，人事難憑出没洲。今古茫茫交百感，陽春誰和郢中謳。

虎渡口

鼓柁風濤壓遠林，渚宫塔影半浮沉。金堤猶聽陳遵鼓，息壤長留夏后心。隱隱蛟螭餘狡窟，嗷嗷鴻雁集哀音。大川舟楫談何易，桑土綢繆迨未陰。

澧州①渡

碧漲寒初落，郵亭緑樹中。冰魚噓日上，山果冒霜紅。晴景怡行客，歸心倚漸鴻。澧洲三渡接，延佇猗蘭叢。

桃源洞

曲折溪流接短亭，遲迴疲馬聽泠泠。荒村人静煙生竹，野渡船過鳥下汀。古木交陰孤徑窅，秀峰奇構萬重青。緑蘿一夜遊仙夢，却訝岩前有洞扃。

辰溪②早行

溪深遲曙景，霽色滿高峰。霧重冰生石，雲消雪在松。衣塵蒼翠濕，野饌笋芝穠。却訝荒山估，棲棲亦似儂。

---

① 澧州：即今湖南省常德市澧縣。
② 辰溪：即辰水，一名錦水。

紅　葉

欲寫幽懷一葉書，葭蒼露白眇愁余。西風瑟瑟深林晚，紅影蕭蕭
返照疏。烏柏門前人別後，雙楓浦上雁來初。詩人持比春花好，却憶
花時興有餘。

鎮　遠

源盡五溪西，長橋落斷霓。嚴城當石鎖，蠻路仰天梯。世界恒沙
簸，馮生泡影迷。利名無險阻，短艇接贏蹄。

飛雲洞

黔山①歷遍厭征騑，幽洞玲瓏得翠微。石意作雲垂欲下，溪風吹
瀑擁俱飛。媧皇五色天餘煉，巫女陽臺夢懶歸。勝境遠藏邊徼[1]遠，
空教行客戀岩扉。

牟珠洞②

大化偶示幻，毓此嚴洞奇。容光落青天，萬象森陸離。嶄然石浮
圖，莊嚴無偏敧。鐘鼓各鏜鎝，幢幡交參差。 仿佛十六賢，凝神仰
迦毗。 天雨亂花落，活潑佛者機。遊人眩五色，夢影逐低迷。 纍
纍珠中蟻，九曲有餘嬉。古佛大笑噱，是名諸相非。 妙哉此空空，
四輪共一癡。

---

[1]　徼：底本及諸校本均作“儌”，按“邊儌”不辭，當作“邊徼”。
①　黔山：即黔靈山，在今貴州省貴陽市雲岩區。
②　牟珠洞：亦名憑虛洞，在今貴州省貴定縣清定橋村。

雙明洞①

鴻蒙析天地凝滓，浮泡聚沫山纍纍。元氣偶然蕩不收，金石飛騰混沌死。地肺四達青城空，洞天福地遥相擬。鎮寧城南日東升，飛霞直渡青磐底。旁墉曲户開重重，中衢竟闢城門軌。石氣蒼蒼非想天，月窟光寒雨花紫。岩東湫穴碧沉沉，傳聞暗徹滇池水。巨魚挐鎖鏤昆彌，荒蕩誰能究此理？僧徒標異比雷音，仙靈豈盡貪奇詭。伐竹梯梁好事人，那得窮遊到邊鄙？野人驅犢洞中歸，鶯花一塢煙雲裹。

憶　梅

十載青春一瞬移，更無人在款花扉。呼門欲乞花間坐，曾與梅花是故知。

桃　花

茜茜殘紅亂雨枝，漁郎重到艤舟遲。垂楊也爲飛花惜，踠盡重重水面絲。

刺桐花曲

刺桐花開紅簇簇，花裹青樓春酒熟。低枝繫馬葉幡幡，翠袖壓杯花映肉。欲行不行驄馬嘶，樸簌飛花點客衣。

七月廿三日洱河②競渡

蝸角興亡一瞬移，堅貞猶自惜蛾眉。畫船煙火連村社，土樂嘔呀

---

① 雙明洞：在今貴州省鎮寧布依族苗族自治縣南，介於黃果樹瀑布和犀牛洞間。
② 洱河：亦名西洱河，洱海出水河道，瀾滄江支流。

競水嬉。息國①桃花嬌不語,綠珠金谷恨難追。蒼山古雪長年在,搖
蕩清光漲綠漪。

鶴慶山中眠龍洞②黃冠冢諸迹

空山寂寂亂雲迴,樹杪精藍扣戶開。夾路草蘿披夏雪,奔流石竇
殷晴雷。荒墳白骨烏號墮,古洞淒風杜宇哀。畢竟空王天地闊,茫茫
京國冷殘灰。

瓶　梅

飛雪隨風撲紙窗,羅帷香動怳聞跫。移燈乍轉銀瓶影,的歷梅花
蒂盡雙。

溪　雨

繞郭煙嵐濕翠微,山頭瀑布掛晴暉。春風忽送溪雲出,亂捲銀瀧
作雨飛。

春　渠

小樓密雨夜愔愔,碧草如煙浸遠潯。山下桃花山上雪,併成春水
入瑤琴。

春　陰

檢點飛花第幾重,曲池芳樹翠茸茸。輕陰不作閑風雨,恰好海棠
春睡濃。

---

① 息國:西周至春秋初期的姬姓諸侯國,在今河南省息縣。
② 眠龍洞:在雲南省洱源縣牛街鎮。

梨　花

一

嫣紅姹紫艷交加，蕭洒高枝只素華。朗月樹深雲蕩影，春陰香動雪團花。洗妝凌亂銀杯促，插髻玲瓏玉蝶斜。記得廣寒翻曲譜，伶園絲管出天家。

二

漠漠幽芳藹藹春，春工淡雅寫天真。光風洛浦初迴雪，素影東墻恍有人。蜂蕊細黏珠粉濕，燕泥輕點垩痕新。多情最是遺山老，孤潔深憐靜女贇。

三

剪雪裁冰色盡刪，迷芳吟客認雲攀。輕盈欲假封姨薄，冷艷低籠月姊閑。杜曲遊塵衣上雨，嘉陵詩夢馬銜山。行酤我憶餘杭姆，釀取飛花蕩漾間。

褰　裳

褰裳溱洧漫遷延，桃李難藏地遠偏。紫陌春塵迷屬睇，錦屏霞暈隔佳眠。語麻三葛疏當紙，點膝芙蓉骨念蓮。奈何[1]盛年難再得，折瓊還與致纏綿。

馱牛嘅

斜月墮長坂，踏踏人影直。曉露濕行塵，山煙炯虛白。隆隆牛鐸聲，負駝不負軛。野人事機智，陋彼田夫力。連綱百千蹄，程規倒昕

---

[1]　奈何：底本作"奈可"，據《雲南叢書》本改。

夕。巧利析精微，剪秣就山澤。人世逐熙攘，艱難在荒僻。誰知皇古民，老死不作客。

六里菁宿憶己亥鄉試鐵橋頹阻水二日 有當壚婦禦强暴甚快異事

山風一徑響關河，長短亭臺萬綠窩。幹嶺蜿蜒蚿運足，馱綱驟馬蟻緣柯。癡龍掣鎖沉天塹，法姊分燈懾地魔。過眼雲煙消往事，磨牛踏踏舊澪多。

仙人岩①

沉水下無際，聯岩高截天。云何仙人居，巢架虛碧間。曲折三十里，往往留空椽。縱橫插石穴，複閣仍鈎連。有戶或開闔，有檻緘且鍵。長劍倚深罋，不漬苔蘚班。雲氣翁崖角，隱隱停虛船。風雨所漂搖，千載屹不顛。仙人信詭異，何乃不憚煩。或云古營窟，遠自洪水年。絕壁無坡陀，昏墊何由攀。二酉近百里，將無藏簡編。孰居無事是，守之食與眠。臆度百不似，行舟俄逝邅。伊古大山澤，草昧罕人煙。山精有結廬，金累亦袞冠。山經別蚑渾，禹鼎鑴神奸。人世跼耳目，誰與究其端。四大合幻成，滄桑中遞遷。百靈役大化，隱顯千萬般。鐵鏵出平陸，雞穴塞彈丸。言所不能論，證畢成故然。仙理妙無著，涉有非其佽。神奇與臭腐，幻化常清新。浩蕩群鷗浮，樂此漪漣春。

壺頭山②

箭箸飛聲下急流，谺谽大壑甕壺頭。白雲倒漾層峰出，絕壁陰森

---

① 仙人岩：在今湖南省辰溪縣東南。
② 壺頭山：在今湖南省沅陵縣東北。

古木樛。攦笛袁生吹裂石，頓軍新息仰鳴枹。只今猶恨蠻溪險，不斷
祠鴉送客舟。

明月山[1]

明月山前明月池，銀瀧疊盡碾琉璃。奇峰一角欹鼇頂，丹壁千尋
落蜺雌。天半樓開人倚鏡，林端雲退鳥涵漪。輕舟莫憚回環泊，欲睇
仙臺路所之。

姊妹山

清溪明媚儼仙寰，行客欣逢姊妹山。眉意淡濃分染黛，雲綑掩映
巧堆鬟。春花滿鏡凝妝艷，暮雨無人夢影閑。素芷芳蘭思擷采，輕帆
一瞬隔林灣。

夸父山[2]

夾岸雲煙貼水浮，三峰突兀繞行舟。藏書誰訪周王秘，爨竈居然
夸父留。射的石帆虛擬似，虞淵若木渺難求。擎杯滿引紅霞嚼，無限
奇蹤片艇收。

穿山石[1]

積鐵層層絕壁牢，崖根虛豁走猿猱。應緣山石當流嚙，想見洪荒
載地高。洞口松篁藏落日，雲端臺榭撼飛濤。元光福地知非遠，欲扣
仙靈引放舠。

---

[1] 穿山石：《雲南叢書》本同，疑當作"穿石山"，在今湖南省桃源縣馬石鄉。
[1] 明月山：在今湖南省株洲市淥口區長冲鄉與攸縣交界。
[2] 夸父山：在今湖南省沅陵縣五強溪鎮。

緑籬山^①

赤石丹崖被緑籬，波光搖蕩錦雲窠。小峰不盡千重疊，朗水偏回百折多。竹圃稻畦環繡錯，槎鯿箄鱖泝魚歌。桃源那更人寰外，煙靄迷離悵望過。

呂翁祠

明星睒睒東方生，呂翁祠前車鐸聲，茫茫昧昧夢中行。行人盡説祈佳夢，黃塵黶面凝鬚凍。真真夢夢幾曾真，可憐富貴逼行人。

無　題

一

凌風仙去怯纖羅，眉意連娟不染螺。入鏡花鈿含雨濕，繞裙蜂蝶占香多。列松積石銷郎艷，曉幕繁霜憶婢歌。強把後期相慰借，東方卯歲又蹉跎。

二

羽帳金支玉軫陳，精誠今已寢真真。同心苦結垂梔子，好草鈎連蒂落秦。錦𢁖香留邐谷晚，舞裳雲綻若耶春。軟紅不見雕輪轉，已是凌波絕步塵。

擬結客少年場

夙昔慕劇孟，年少相攀追。然諾急片語，意氣無險夷。歌舞宴遲日，一博千金揮。上馬忽如電，射獵南山陲。輕身鬪勇捷，白羽生鳴颸。拔劍擊黃獐，痛飲何淋漓。日暮醉酒歸，亭尉相詆欺。三十恥不

---

① 緑籬山：在今湖南省桃源縣東。

貴，折節從經師。廣聆諸儒論，法度森嚴規。章句細如髮，跡弛將安施。蹉跎歲月淹，浩歌中夜悲。雄劍憶雌鳴，污血當風嘶。丈夫不適意，富貴亦何爲。起身尋舊遊，行樂及良時。

長安有狹邪行

春風揚車塵，迢遞入狹邪。狹邪多妖女，顏色艷春花。蛾眉各意態，羅衣揚風斜。芳蘭被約素，寶釵曜盤鴉。粲然啓玉齒，光彩流朝霞。含睇互傾靡，斂意凌箏琶。當筵一曲歌，陽春回幽遐。千金買同心，豪貴爭交加。自非斛中珠，何由枉光華？徘徊不可即，日暮徒咨嗟。

猛虎行

蘭不因紉配香，木不因中采直。直木有本性，香蘭無艷色。豈以志士心，中道自惶惑。達非爲我加，窮豈爲我抑？逸豫瘻腰身，嗜欲暗神識。險經道乃遠，海運飛始力。小智競目前，達人恥徒得。峨峨登高山，驅馬不遑息。緬茲千古懷，遠覽契前德。飢食清水濱，寒棲松桂側。幽禽對我鳴，崇雲共我陟。長歌猛虎行，慷慨鬱中幅。

門有車馬客

門有車馬客，壯遊輕遠方。遠方薄四海，欲駕還悵悵。饑嚙山頭蘗，渴斧堅冰漿。三川揚鯨波，九坂折羊腸。僕痡顧我歎，我馬元以黃。男兒急功業，俯仰增慨慷。鳴禽揚春和，鷙鳥厲秋霜。運會自有時，聊且歸故鄉。老親出門前，歡顏得所望。倉皇走弟昆，顛倒書劍裝。稚子躍我側，妻孥羅尊觴。親交接踵來，粲言各溫凉。解襟振塵土，回驚客路長。寄言遠遊子，歸哉樂未央。

淥水曲

郎檝過湖來，儂船過湖去。生小兩湖邊，能得幾回遇？

采菱曲

回檝避蘭津，菱歌聲掩抑。並船隔芙蓉，凝睇如相識。

采蓮曲

采蓮濕翠袖，要得染穠香。郎從岸上遊，只是遠芬芳。

東安劉越石①墓

驅馬桑乾陽，連岡列縱橫。浩浩白霜積，寥寥風林聲。在昔劉越石，城此事西征。投軀隘天地，百煉磨霜硎。完都亦已傾，孤軍慘泣血。長嘯發重圍，萬馬散明月。慷慨窮林吟，慰彼資糧絕。飛鳥為哀鳴，浮雲為鬱結。何乃同盟子，信義中道裂。脣齒結幽幷，妖氛冀剪滅。殷勤報盧子，竭茲忠孝節。一心急公朝，黨讎視無別。邈矣子房智，懷哉曲逆奇。賫恨即泉壤，脫難竟伊誰。遺墓古城側，白日何淒淒。碑碣不復識，樵牧循荒陂。疇憐枕戈心，死生終不移。三復扶風歌，為君奠芳卮。

留別東安生徒

涼風肅天野，遠客浩言歸。臨行轉惻惻，重與諸子違。道同得所契，步履相因依。異鄉苦多感，慰茲風雨霏。人生重徒侶，況乃知我稀。所嗟萬里道，行當隔音徽。停雲何渺渺，驪馬揚金鑣。珍重贈言

① 劉越石：即劉琨（270—318），字越石，中山魏昌（今河北省石家莊市無極縣）人。

義,遲此前途暉。

前　題

四載離高堂,定省缺晨暮。強顏爲人師,乃今即歸路。人生貴同志,豈必長群聚。名理如坦途,師資在領悟。副墨而洛誦,元冥亦景附。求馬唐肆中,無乃類膠固。小成致道隱,大源力仰溯。惜日日斯新,駒隙悚閑度。刮目後會期,當非此日故。躋躋畿輔居,飛黃易騁步。勉哉各努力,勿徒遠人慕。

鸚鵡洲

鸚鵡洲邊草,萋萋春又生。人心與江水,千載鬱難平。鴞鳳何相值,萑蘭空復情。恢恢天道大,漫衍適孤行。

城陵磯

長江春盡雨綿綿,萬里金沙下雪巔。只説洞庭青草漲,扁舟格是上青天。

洞庭順風

渺渺長江水,迴波送客舟。春風吹掛席,飛度岳陽樓。舉酒屬孤嶼,白雲平溯流。月華一千里,湘瑟未停摵。

湘陰泊

斷岸微茫翁竹煙,雨聲滴瀝到蓬船。輕風細浪離離草,鼓遍湘靈廿五弦。

賈傅[①]祠

漢世承平日，真堪痛哭來。無人知此意，何自惜斯才。楚雨晴猶濕，湘流去不回。荒祠蘋藻薦，爲憶吊原哀。

鎮遠河諸灘謠

大山腹溪，懸水如梯。連三灘。

篙如箭，石如的。篙師精誠，飲羽没石。蜂窩石。

石隙一綫，仰天三轉。刺灘。

武溪[②]之礄石，或馳之。武溪之剽石，或縻之。石之齒齒，何如夷之？盤灘。

熒熒白鷺磯，頃刻大於鵠。白鵠瞥眼飛，鷺鷥又來續。大、小鷺鷥灘。

黃猴黃猴，長竿捷末母夷猶。黃猴灘。

虎耳崖，履其尾，行人心，得虎子。虎耳岩。

上高流，下高流。上下兩遲速，一樣白人頭。高流洞。

清浪巉巉不斷灘，欲上不上石盤盤，青山白石行路難。青浪灘。

題鎮遠店壁

山透水玲瓏，樓臺向背同。蔀簷鍾乳滴，梯徑石脂紅。佛火明深樹，田歌出半空。忘懷在逆旅，隱几洞天中。

龍場驛

何陋足軒趣，良知道業昌。遠峰翹馬耳，細路繞龍場。浩氣祛炎

① 賈傅：即賈誼（前200—前168），洛陽人。前176年—前174年，曾任長沙王太傅，故稱。
② 武溪：在今湖南省瀘溪縣東部。

瘴,微言息跳梁。蕙蘭持慰我,也惜覆空墻。

清鎮諸山

路平山更好,難得是巫黔。疊嶂蓮花矗,疏峰芟角尖。薄醒銷馬蹇,久旅得心恬。獨愛郵亭石,玲瓏倚蔀檐。

安順諸山

應是洪荒始,蠡螺激斷鼇。紛紛從化石,纍纍逐奔濤。蝸國煙嵐古,龍苗洞穴高。雲坳春跳月,歌管醉嗷嘈。

夜 行

暗壑喧無定,空亭得辨津。馬蹄撳石火,林影突楓人。眩境參真幻,冥心勝苦辛。前山燈數點,安穩到城闉。

阿都田諸山

奇峰千萬狀,極意逞巍峨。陸海分羅刹,坤輿臃疥駝。韶光消積雨,險語逼前坡。惟有無何飲,雲煙醉裏過。

黔 雨

泥塗還自笑,襤褸羽衣身。的皪梅花色,淒迷澗底春。雲堆壅鳥道,雨意狎龍人。應盡羅施界,纔堪與日新。

黔山蝴蝶歌

竹江花開濃煙霏,花間蝴蝶不斷飛。似惜行人寂寞路,聯群逐隊來依依。滕王圖中描不得,巧學苗女裙五色。逞將新樣鬪蠻花,孔金翠羽啼鵑血[1]。羅浮仙洞蝶仙遺,金筑山奇蝶亦奇。沙坂墨蛾春錫貢,不盡如意館中知。

五華學舍①感舊

靈珠滿握氣闌闌,上舍聯翩盡少年。十載行蹤塵滿面,五華春夢草連天。便便負腹長安米,寂寂懷人海上弦。雨散雲飛音信杳,幾曾真個玉堂仙。

净蓮寺寺有泉甘冽,丁酉七月龍闌寺圮,孔太守重修。

長岡陡轉暗塵牧,萬綠含風古木稠。爲愛鳥啼頻酌茗,憶經龍闌此爭湫。方山一種存觚意,琭水三迴作篆流。馬足不隨歸意迫,穿雲擁翠也忘愁。

紫城夏月之凉非久客於外不知其異

輪扇雕冰敞玉堂,低回何似此清凉。一天明月雨初霽,匝地清陰花冽香。蠹簡翻殘情共杳,蚊雷寂處適俱忘。奇諧却似龍褒句,皓皓團團夏夜霜。

游洱水②

一

帝青開焰藏,鷺羽拂風輪。雪鏡循湖遠,瑶蒼識面真。雲嵐成聚落,城市映波漪。却望層冥裹,還應大有人。

---

[1] 啼鵑血:《雲南叢書》本同。古有"杜鵑啼血"之典,疑當作"啼鵑血"。
① 五華學舍:即五華書院,創建於明嘉靖三年(1524),在今雲南省昆明市五華山北麓。
② 洱水:即今洱海。

二

盈盈秋在水，滉瀁轉鳴榔。柳港重重翠，蘋花細細香。管弦迷曲渚，士女蕩紅妝。往事耽湖海，難將釣射忘。

三

臨水亭高揭，煙波面面佳。迹空唐使館，人愛舊詩牌。樽俎情懷別，雲山今古偕。閑閑鷗數點，天地渺無涯。

四

危樓浩森天，幹嶺掣東旋。青迤龍關樹，秋消鷄足煙。閱人碑字沒，卜稼島痕遷。彷佛前遊日，惝惝又五年。

山　店

山店過雨雲倒行，炯炯缺月逗雲生。驚棲山鳥中夜鳴，高林大竹喧溪聲。薄衾展轉夢不成，瓊樓美人隔玉京，何由相憶此時情。

順寧阿魯石至芒街渡

踏踏馬蹄缺，悵悵痛僕遲。山行日益高，谷行日益卑。連岩忽中斷，橫江鬱怒馳。緣壁下如縋，出石愁傾欹。竹筏渡回狀，毒霧壅迷離。密樹厚積葉，蒼苔森路歧。呼鳴辨鬼鳥，爪蹤雜虎羆。野人如猿猱，結屋山之眉。日夕投古戍，山茅薦飢炊。夜氣濕燈焰，花蚊鳴訑訑。昨昔京洛道，垂楊夾九逵。紅樓艷歌舞，豐膳羅金巵。白馬何蕭蕭，當風揚玉轙。行人泥春景，意氣生遊嬉。行路有苦樂，苦樂無定期。自非遠行人，世路焉得知？

臘門行傚王建荆門行體

臘門溪頭溪水長，臨崖大木椓作梁。溪南三月行人絕，南風如焰烘林樾。四月蠻家山上遷，尋凉逐水深竹邊。夷女浴歸雙足白，野花亂插香雲偏。燒山種稻不須水，陰陰溽暑滋粳紫。暑氣蒸雲貼地鋪，漫漫銀海天糢糊。一雨一晴瘴煙起，日中五色紛繁紆。防煙避雨不計程，虎牙孤戍氣狰獰。下有毒泉清見底，飛鳥一飲中墮死。遊魚撥撥不可釣，蛙聲如犬衝人起。連蜷怪木交陰深，同根異實青森森。象行草中不見脊，火犀怒觸山石砉。蠻兒耕田負努刀，山僧咒虎嚴村柵。南中賈客操蠻聲，不辭荷擔年年行。職方以内險如此，九猛之南可知矣。山經異記闕紀多，奇遊畢竟將何底？青翎小鳥呼歸飛，飛飛不竟不如歸。

芭蕉果

緣雲山閣翠涵淹，蕉果穠香得味愿。半褪花房蓮片片，密排蘭實玉纖纖。露華披折金雙掌，素質清虛雪一奩。草木南方誰續狀，天生與滌瘴鄉炎。

蘭滄江歸自神洲渡濟

一

連峰直上隘層霄，萬里波聲壓海潮。源近黄河初泇處，流專赤縣最南條。盤渦當晝蛟螭鬥，裂石欹崖風雨摇。百尺浪花飛渡險，豁然瘴暑已煙消。

二

炎天赤浪勢焮然，五色真隨四序遷。石壁風號千樹偃，鐵橋雲退一絲懸。排山不假夸娥劈，到海還逾夏后先。淒惻蘭滄傳漢曲，昇平今日際堯天。

三

山頭極望遠茫茫，天塹何勞限異方。勝國蟲沙消潒漾，百蠻犀翠入梯航。風盤曲棧人煙出，雲擁深篁鳥道荒。棄險自全臣節死，猛公祠宇最悲涼。

四

黑水遐荒考辨難，崑南崖上壯觀瀾。九州到此遊方遍，萬古如斯逝未闌。夜靜潮聲翻海澨，夢回落月下岩端。舉頭矗矗天梯引，若士汗漫道路寬。

竹　實

竹實如紅豆，由來籲米殊。南荒深巨篠，密葉隱聯珠。采擷參蠻糗，繽紛落鳳咮。奇珍人不遠，煙雨自涵濡。

傘兒草

小草騰衝嶺，靈奇不死能。辭根蠻瘴遠，滴水翠雲蒸。細葉攢花樣，孤莖韌石棱。長生真大藥，枯菀已明徵。

松橄欖

蒼松老翠嵐，異藥得幽探。圓綴蒙蘿紫，滋回諫果甘。熱中冰飲滌，苦口舌香含。遮莫紅鹽子，粗能解酒酣。

魁蕷

靈苗滴露生，搖影翠輕盈。羽葉排輪扇，雲漿浴玉嬰。乳酥融點化，冰雪湛虛明。藜糝兼薯芋，多方骨董羹。

椰松子

椰子如松子，芳腴質兩融。旅生凝練實，乳綴儼梧桐。百果當筵絀，三蟲避影空。苞龍來落鳳，爲念舊棲叢。

冬蟲夏草

離離山上草，趯趯雪中蟲。玉踊翹根起，青萌坏尾豐。寒暄機出入，變化肫初終。烏足與蛺蝶，回環無此工。

山行驟雨

黑雲出峽挾雨奔，山旋石偃蒼林昏。潨潨曲磴銀瀧翻，老竹倒臥遮行鞍。人乏馬饑行路難，年年龍醉知今日，輸與酒客嘲臧孫。

黔山雪後

黔山二千里，積霧無春冬。一夜滿積雪，馬首森萬峰。一一插虛無，朗如白芙蓉。雖苦曉寒冽，放眼開塵胸。危橋靜妥帖，老屋欹龍鍾。斷冰咽澗泉，隔葉鳴淙淙。有時餘霏微，灑落崖上松。前路仰天際，人馬紛憧憧。如彼蟻緣壁，了了見行蹤。繫馬酒家壚，巡簷拂凍淞。勞生信可恤，半途誰能慵。

晚　行

山雪照行路，不知寒夜深。梨花千萬樹，明月生空林。村巷寂跫足，岩臬鳴凍岑。客心凄絕處，幽谷一聲禽。

冰　舵

水澤增堅壯，舟檣斂寂寥。順時成利濟，履險得逍遙。直據烏皮几，平凌碧落霄。依然刓木意，還省打冰僑。方軫①車同較，天衢斗掣杓。踐波開蜃市，即地碾鮫綃。搖曳鮒鮇引，浮遊雁鶩飄。披煙移

---

① 方軫：興化軍莆田（今福建省莆田市）人。元符間進士。官至太廟齋郎。

皎月,舞雪擁驚潮。山繞跏趺翠,天橫潄蕩遥。轉蓬源古制,泛駕静塵飈。巧類張融宅,權符大禹橇。何須遇羿蕩,不辨廪君漂。仙路遲琴鯉,迷津得手橈。晶宫難副意,麻姆慎相邀。

<h2 style="text-align:center">結　意</h2>

風馬雲車結意重,玉山蘭野儘從容。鴻鱗寂寂蒼苔掩,樓榭沉沉細雨濃。二月花攀歡氣息,雙襟榴插艷他儂。但教一覿終成感,錦裳應知憶子丰。

<h2 style="text-align:center">鵝鴂</h2>

鵝鴂[1]聲驕蕙草柔,韶華如水逝難留。遠山春到思螺黛,緑樹陰深響玉鈎。婉轉簾櫳通燕語,披離風雨爲花愁。三清十洞殷勤遍,鰈鰈鶼鶼願未休。

<h2 style="text-align:center">張家灣解纜和戴崧雲同年韻</h2>

東便門東趁夕暉,煙波最好拂塵衣。鄉關遠近同爲客,山水登臨也當歸。堤柳雨深秋更緑,野鷗風定暮還飛。扁舟更有陶焦侣,恣意江湖未足非。

<h2 style="text-align:center">泊頭鎮懷孫觀城</h2>

孤帆婉轉緑楊絲,水驛亭臺浸碧漪。爲念故人行絶塞,憶纔攜手宴南皮。琵琶曲院翻新調,菡萏秋風映客扈。自笑石婆顛倒夢,萍蹤浪迹已多時。

---

[1] 鵝鴂:底本作"鵝夬",據《雲南叢書》本改。

中秋月

今夜團圞月，清輝萬里同。高堂憐客子，皓首仰晴空。秋漲無邊白，華燈蘸水紅。同舟歡共飲，未解慰飄蓬。

十六夜月

帆行不覺晚，林月已東生。圓彩猶前夜，他鄉又一程。暗蟲喧露急，孤鷺撇波明。不盡良宵興，嫦娥對盞傾。

十七夜月

漫漫天接水，夜夜月隨船。暝色遲蟾影，清輝減鏡邊。晚花分桂露，紅粉惜瓜年。竟夕憐相照，娟娟到曉天。

運河舟中

長帆信微風，人閑語音寂。小波蕩蘭槳，玲瓏時漱激。偎岸菰蒲香，支窗楊柳人。鵁鶄下却回，蜻蜓颭欲立。芳洲渡迴緬，斜流過徑直。炊煙冒平楚，微茫見城邑。停雲如遠山，際海照晴色。曠茲千里目，一暢客情鬱。高咏滄浪歌，此意從所適。

濟寧太白樓

澄湖渺渺碧山浮，椅檻雲嵐憶獻酬。墮謫仙人閑作客，憑凌天地此登樓。忘形海鳥鴛鴻聚，快意丹砂駿馬遊。勝地芳名留一醉，人間富貴等浮漚。

朱超綠同年招遊山塘夜飲

劍池雲氣窈嶔岑，皎月澄波浸碧斟。弦管秋風移畫舫，湖山燈火

散花林。共憐子夜纏綿曲，一慰天涯離合心。明日孤帆回首處，吳江
楓葉正蕭森。

姑蘇臺①

姑蘇臺上醉金扈，歌舞繁華未了時。顛倒人間殘夢好，紅心春草
葬西施。

李敬茲同年招飲湖上送別高美
東來玉湘往金華和戴崧雲韻

柏葉重重畫不如，西湖十月勝春初。林家報客飛霜羽，蘇小搴簾
駐壁車。桂楫有情通宛轉，雙峰弄影對軒渠。分攜莫負梅花約，雪夜
山陰思有餘。

賈　亭②

一

賈亭楊柳踠停舟，解珮芳情個怎酬。紅葉一堭花影寂，理弦聲在
水西樓。

二

倚徙餘醒曉意閑，花枝倭墮綠雲鬟。水晶[1]簾下芙蓉鏡，淡染南
湖一曲山。

---

[1]　水晶：底本作"水精"，據《雲南叢書》本改。
①　姑蘇臺：又名姑胥臺，在今江蘇省蘇州市胥阿外姑蘇山上（即靈岩山）。
②　賈亭：又名賈公亭。唐貞元年間賈全任杭州刺史，於錢塘湖畔建亭，人稱"賈亭"或"賈
公亭"。現已不存。

七里瀨①

一

三拜先生峭病呻，支離疏兀不亡真。虛名身後知何與，如此江山不負人。

二

江瀨蕭蕭風雨音，一編晞髮共悲吟。嚴陵風義人寰絕，托得當年許劍心。

上瀧船

長舿婥約蓮花躞，翠袯飄捎風滿江。越女皎然[1]天下白，一齊擅袖出爭灘。

蘭溪道中

泉響四山空，石深秋氣聚。密竹連溪崖，積翠自成雨。野渡杳無人，人聲隔煙語。

景寧山中見天臺高出天際沼行一日

越嶺重重堆雲煙，夐峰忽落雲倒旋。含光皪景青聯翩，千峰萬峰深無邊。矯如天門朝群仙，圭葵斑直旒冠綖。神女飄飄翹煙鬟，金支翠旗有無間。天風吹人骨珊珊，有時桃實流芳鮮。此中一人迷往還，彼姝者子難為緣。嵐深翠鬱長千年。

福寧道上寄翁凱恭戎府

東南天地盡環瀛，大姥霍童心遠傾。客路驅人俄自笑，連山到海

---

[1]　皎然：底本作“較然”，據《雲南叢書》本改。
①　七里瀨：又稱七里灘，在今浙江省桐廬縣富春江上。

炭難平。溪厓潮落林淒響，石磴雲過雨細生。爲報故人相見駛，別來十載有長征。

白鶴嶺望洋

萬島雲濤白，島盡一蒼然。飄飄洲國影，羃羃沃焦煙。河伯晚聞道，大鵬飛動天。竟難情措處，操縵撫成連。

水口暴風舟人呼下龍虱雨霰也

驚濤蹙電輪，綠樹偃雲津。白雨飛龍虱，寒風縮蛋人。歸程遲上水，世味澀勞薪。萬里孤舟客，蕭然對臘晨。

野　梅

甌嶺無寒意，梅花也自芳。風吹一林雪，春漲滿溪香。小泊斜當影，孤村亂拂墻。故園三十樹，憶我竹間床。

嶂山亭望匡廬

嵐翠濃如濕，山亭殷瀑聲。到來真面出，似我點蒼橫。高挾江湖轉，虛涵天地清。東林期一宿，倏忽暝雲生。

古　意

鏘鏘環珮七香輪，桃李芬菲洛水春。傾國佳人方絕世，東鄰之子舊窺臣。唾落石花留染袖，紅飛青鳥爲衘巾。泛餘清瑟分明訴，好托行雲到玉津。

點蒼山人詩鈔卷二

序

　　人之精神意氣，發爲文章，猶山川之出雲，恒各肖其土地之宜。時物之變，千態萬狀，不可紀極。而其至奇者，則偶一見焉，必有所應也。滇自漢文教始通，及前明楊文襄公執耳騷壇，風雅振起，延綿數百載，至今日爲尤盛。保山袁氏兄弟，儀雅、時亮兩君，相繼纂刻兩朝《滇南詩略》，各數十卷。金碧蒼洱間，作者大備，而其中卓然名家者，不過數輩。蓋其人可傳，其詩乃益可傳也。吾近得兩人焉：一爲師君荔扉，一爲沙獻如先生。兩君皆以名孝廉作宰安徽，所至有政聲，士大夫翕然稱之。荔扉，吾未識其面。誦其詩，知其人，信其必傳於後世無疑也。先生始與吾相遇於亳州官廨，商榷古今，風發泉涌，有不可一世之概。時方攝理太和，當渦流泛溢，楚、豫教匪出没鄰境。先生撫恤災黎，訓練義勇，咸有法則，民賴以安。乃時時出其篇什，與余相質，任情抒寫，璧合璣馳。予固已服其才之大、氣之盛，不璅璅比古人以爲工，而自樹一幟矣。及予歸皖上，先生亦渡淮而南，補授懷遠令。未幾，值宿州之亂。宿與懷相距百餘里，懷城不可守，官民咸居郭外。一旦變生肘腋，視太和之役倉遽百倍。先生胸有成竹，應變若神，民恃以不恐。大吏重其才，調署懷寧。懷爲安省首邑，理繁治劇，游刃有餘。吾鄉父老稱“神君”者不輟於口。前後十餘年間，凡三易所治，皆號稱難理。又往往多故，勞形苦心，日無寧晷，而先生之詩已裒然成帙。嘉慶甲子，予方

僑寓秋浦,選刻《國朝詩萃》。懷遠許子叔翹以所刻先生《點蒼山人詩
集》示予,命予序。予伏而讀之,向之風神諧暢、意致深婉者,進而蕭疏
清靚、簡遠澹泊矣;向之嶔崎磊落、奔騰放逸者,進而變化出没、縱横排
奡、不可端倪矣。其間論古懷人、感時紀事諸作,崇論宏議,遠見卓識,
纏綿悱惻之思、溫柔敦厚之旨,使讀者蕭然而起,悄然而悲。感人之深,
何以至此? 此豈拘拘於體句音律者之所知耶? 昔武侯征南中郡,睹瑞
星文石之異,以爲千百年後文運將興。今三迤詩人蔚然興起,而其才又
足以展布設施,爲世所用。如先生者,將繼文襄之業,後先輝映,如景星
慶雲之麗天。是編之出,望風者必以先睹爲快。予既選而刻之,乃以夙
所服膺者書之簡端。豈有所重於先生哉? 紀其實焉耳。

　　嘉慶丙寅仲春,治晚學生懷寧潘瑛拜書。

抵皖乾隆乙卯

　　天柱雲西起,東連九子霞。長江中澹㳽,此地足清華。筮仕應隨
遇,致身初有涯。怡情山水窟,何必覓丹砂。

望天柱山憶春初北上滯雨[1]

　　客路梅花憶早春,舊遊薄宦亦前因。炎蒸忽地清凉雨,馬首青山
似故人。

金陵懷古十二首

一

　　一夜西風起建康,石頭秋色曉蒼蒼。長湖碧樹籠天遠,細雨蘋花
接艇香。名士難逢邀笛步,酒徒誰共落星岡。官程幾日菰蘆畔,擁鼻

---

[1] 此詩底本未收,據《雲南叢書》本補。

還堪諷咏狂。

二

鑿塹埋金詫昔聞，天教漢鼎更東分。江風怒發周郎火，車蓋驚飄魏帝雲。驃騎英雄終退守，赤烏强盛亦紛紜。收來智勇成奇效，持比[1]南朝已不群。

三

河洛翻騰萬里煙，衣冠江外盡顛連。新亭①一灑英雄淚，半壁重開板蕩天。幕府有山猶蕭若，圍棋却敵竟翛然。烏衣從此風流盛，誰念憂危戰伐年？

四

浮江龍化淚堪潸，接踵荒淫直等閑。多事東南生王氣，無端金粉污青山。雨花不救臺城渴，泣血空留井石斑。萬户千門歌舞地，煙波一片野鷗還。

五

龍虎山城擁帝居，南朝往事竟何如。千秋未盡繁華興，一轍還循禪代書。際海波濤天作險，夾江城壘計非疏。到來攻守難同勢，始信《過秦》論不虛。

六

歌曲風流六代誇，興亡緣此亦堪嗟。却教渡口夭桃葉，翻勝宮中玉樹花。狎客宴遊驚戰鼓，女官羅綺散飛霞。只今賸有秦淮月，弦管蛾眉水榭斜。

七

捐軀周戴凛猶存，異代誰問大節敦。髯褚竟教傾宋社，玉兒猶不

---

[1] 比：底本作"扎"，據《雲南叢書》本改。
① 新亭：六朝時期建康南部重要的軍事堡壘，是建康宮城的南北門户。在今江蘇省南京市雨花臺區。

負東昏。元湖龍氣移桑海，北埭鷄聲變野村。莫唱符鳩嗚咽[1]曲，石頭哀怨更難論。

八

芳樂花殘瓊樹秋，南唐一晌更風流。凌波影亂金蓮散，劃襪香來瑣殿幽。不信江山能建業，依然天子是無愁。玉笙吹徹清狂甚，多事東風又小樓。

九

揮塵清談習未忘，紛綸經史亦輝光。虞翻謫後搜羅廣，雷仲徵來隱遁香。岩壑風高明釋遠，詩書錦簇竟陵王。休嗤八代文章靡，瓌麗天教各擅場。

十

史事紛紛紀傳齊，偏才閏運儘堪稽。誤人安石誇名字，報國夷吾費品題。隱士精靈留瘞鶴，水神奇壯忌然犀。滔滔日已江河下，東晉多才較勝西。

十一

宮錦仙人飲興狂，荒亭野館亦芬芳。莫愁畫艇三山遠，小妹青溪九曲香。書憶亂鶯春草長，歌愁殘月曉風涼。多情奈有琅琊癖，臨水登高總斷腸。

十二

迴潮初定碧琉璃，懷古悲秋泛酒遲。安石未容高枕臥，彦倫終愧北山移。天邊樓閣參差見，江上雲霞變幻奇。萬里一官心百感，那堪情思托香蘺。

天長宋郎中朱孝子墓[2]

佛有懺悔法，愛苦從所受。念彼阿走師，寫經血其口。佛以了其

---

[1] 嗚咽：底本作“鳴咽”，據《雲南叢書》本改。
[2] 此詩題《雲南叢書》本作《過宋郎中朱孝子墓》。

愛,朱以得其母。

天長諸邑士餞宴方氏山林同賦桂花[1]

淮南叢桂樹,隱士得其幽。而我風塵者,還爲此日留。樓開山籟響,雨過石潭秋。良會如斯少,行杯莫計籌。

六合憩僧寺

野寺憩勞攘,遲月亦吐東。安穩得化城,行旅忘匆匆。桂露晚香重,石寒潭影空。靜理悅幽獨,炯炯生虛冲。

桐城道中

折坂塗泥迫暮程,翠微深處轉情生。泠泠野水澗餘雨,得得好山天放晴。大壑松高雲氣響,澄江風細雁行輕。人生出處知何適,隨意煙霞分外清。

哭錢南園①侍御

捧簡端衣聽漏遲,精誠獨結主恩知。生當郅治熙隆日,恐負丹宸耳目司。江上青驄蛟蜃避,湘中時雨杜蘭滋。玉樓待賦知何急,報國猶凝徹骨思。京華兩歲接清塵,把酒談詩氣益振。世路盡嫌跅弛士,惟君不棄慨慷人。一官江上臨歧別,匹馬雲衢從扈巡。可道先生成永訣,頹然猶認夢魂真。

---

[1] 此詩底本未收,據《雲南叢書》本補。
① 錢南園:即錢灃(1740—1795),字東注,一字約甫,號南園。雲南昆明人。清代書畫家。乾隆三十六年(1771)進士,官至御史。

雨中望龍眠山①

悠悠事行役，寒雲凝江濱。密雨隨風來，濯我面上塵。僕夫困泥潦，靡及愁駪駪。行行陟高岫，前山何嶙峋。積霧冪岩趾，復峰浮蒼垠。疊嶂互出没，蒼翠紛鱗彬。隱約見龍眠，雲中昂欲伸。涓涓流冰澌[1]，淅淅搖松筠。豈不苦寒冽，耳目從清新。南中早春麥，生意萌畦畛。野亭曠人迹，寒鳥鳴荒榛。即事遣愁寂，薄宦從所因。

道中感賦

一[2]

楚水吳山渺萬重，官程南北尚萍蹤。不嫌五斗從腰折，猶自雙親缺旨供。雪嶺泥塗遲破霽，梅花驛使驟難逢。江干蕭瑟窮年意，砧杵千家響暮舂。

二

説劍談詩倒巨樽，除將結習耿猶存。燕居今已輸梁諫②，雌伏真成愧趙溫③。驛路有情山過雨，田家無次竹當門。蕭蕭行色孤村晚，底是風詩不素飱。[3]

三

仕貧擊柝尚相宜，盤錯因隨利鈍施。風月舊諳騎馬路，弦歌翻讓讀書時。雲生培塿霖何藉，水不江河潤可知。萬里高堂溫清缺，徒勞五斗挫腰肢。[4]

---

[1] 流冰澌：《雲南叢書》本作“流水斯”。
[2] 此詩底本未收，據《雲南叢書》本補。
[3] 末句《雲南叢書》本作“促鼻難同起謝墩”。
[4] 尾聯《雲南叢書》本作“百煉而今須繞指，難將身世問襟期”。
① 龍眠山：在今安徽省桐城市。
② 梁諫：東漢時期甘肅大户。二女入宫爲章帝劉炟嬪妃，分別封恭貴人、懷貴人。
③ 趙溫：（137—208），字子柔，東漢時期大臣，蜀郡成都（今四川省成都市）人。

四

家家砧杵趁冬殘，茅店蕭疏夜渺漫。雲氣入窗燈半濕，溪聲伏枕夢禁寒。宦須勞力爭先易，事在宜人自揣難。前路但隨程近遠，難將心事自謾讕。[1]

滁州山中[2]

霜色散晴曉，凍鳥深樹鳴。寒空出山骨，流水清澗聲。田野人事稀，行役迫期程。忽忽故鄉感，歲暮難爲情。

雪後西橋步月

春風吹密雪，積素夜漫漫。斜月一天白，清輝萬壑寒。泉聲冰漱石，蕭寺竹平欄。晶晶元虛寂，因知靜者觀。

醉翁亭[3]

幽亭山四面，千古足風流。翁意不在酒，民心相與遊。泉聲留竹石，雪色老松楸。小酌清如此，斯人不可求。

歐　梅[4]

突兀留孤幹，歐梅暗自春。幽花開艷雪，清韻見伊人。山氣深含碧，潭心净寫真。瓣香猶有意，索笑倚霜筠。

嘉慶元年元旦恭賦丙辰

粵稽羲燧始，亘古此元年。玉契新承詔，瑤圖繼體乾。敬將臣

---

[1]　尾聯《雲南叢書》本作“前路好隨程近遠，聞鷄休更等閒看”。
[2]　此詩底本未收，據《雲南叢書》本補。
[3]　此詩底本未收，據《雲南叢書》本補。
[4]　此詩底本未收，據《雲南叢書》本補。

庶寄,祇受聖人前。太上淵謨穆,休徵福祚延。旻心仁共溥,民隱
念猶懸。昭祀神祇肅,臨雍禮樂宣。來王日出處,拓地海西邊。六
十年宵旰,三千界仔肩。成功告列祖,錫命自皇天。與子非私子,
推賢得象賢。微危朝夕訓,作述義恩全。禹啓①依然禪,唐虞直自
傳。百靈勷運會,萬國拜冠綖。謨誥龍光炳,廷墀羽衛鮮。煙霏騰
紫極,劍佩擁群仙。沛澤②齲謠賦,新民滌眚愆。臣工皆晉爵,野老
亦賓筵。萬有山河表,雙瞻日月圓。太和春蕩蕩,永壽歲綿綿。風
雨交三素,豐穰遍八埏。青陽乘木德,五老動星躔。孝治光神化,
文明肇德元。小臣膺簡拔,一令荷陶甄。惟有岡陵祝,重賡保
定篇。

龍興寺西院

　　林壑西南萃,春庭攬碧雾。琅山當檻曲,澗水入城分。龍起湫邊
雨,人耕竹外雲。坐來遲日靜,花鳥亦欣欣。

琅琊溪[1]

　　夾石盤孤徑,泉聲步步聞。寺開龍馬帝,松結翠華雲。淮海千峰
碧,江天一練分。偶來高頂上,便欲却塵氛。

庶子泉

　　庶子泉猶在,澄涵净綠醅。岩根盤窟石,雲氣侵蒼苔。幽鳥垂藤
浴,寒花入鏡開。不緣饑渴飲,一酌滌塵埃。

---

[1] 此詩底本未收,據《雲南叢書》本補。
① 禹啓:指夏禹及其子啓。
② 沛澤:沛縣的代稱。

館寓月下

碧落過新雨，清宵水鏡臨。無人同此意，與月得相深。露重花如雪，庭虛竹覆陰。惜春不成寐，奈此惜春心。

滁州西澗晚眺憶韋詩[1]

繞郭寒煙暝，泠泠澗水聲。爲憐幽草上，曾有玉仙行。宿雨苔痕淨，春山樹杪平。前人寄情處，還起後人情。

幽　谷[2]

歐亭十里萬花春，春色蕭條賸野榛。流水白雲山自碧，更無幽谷種花人。

望琅琊山[3]

不盡看山興，登樓客思催。雪中騎馬路，草色又青來。

閑　中

雨後軒窗絕點塵，閑中滋味客中春。看山不厭憑高檻，掩卷無端憶遠人。頓爾小花開峭蒨，可知良日恁因循。荒原誰放饑嘶馬，翹首鹽車亦錦輪。

紅　梅[4]

鐵石盤孤幹，寧須渲染工。深林一夜雪，數點拆春紅。艷影清還

---

[1]　此詩底本未收，據《雲南叢書》本補。
[2]　此詩底本未收，據《雲南叢書》本補。
[3]　此詩底本未收，據《雲南叢書》本補。
[4]　此詩底本未收，據《雲南叢書》本補。

洌,澄潭映未空。藐姑仙子醉,頹顋倚東風。

水　仙[1]

孤根依蘚石,瘦影嫩寒生。自葆無瑕白,天然出水清。暗香春脈脈,猜笑月盈盈。仙子憐嬌小,凌波更有情。

雪後望全椒山①憶韋左司②詩

雪霽四山出,蒼然兀崐嶙。三隱浩不辨,孤煙橫溪濱。野亭合深竹,虛寂無纖塵。念彼韋公詩,山中如有人。擾擾征途間,懷芳難比倫[2]。一瓢風雨心,太息古人淳。

春　雨

濛濛不覺雨,亭皋夜來春。積潤含青陽,萬物如飲醇。煙霏幂林址,隨風颸溪濱。太和在天地,時至相彌綸。小草亦何知,青青回畦畛。

全椒道中

弱柳千條跐碧沙,籃輿迢遞繞山斜。寒煙野渡生芳草,細雨孤村濕杏花。多事客愁縈世路,等閑春色在天涯。深情魯女園葵計,難怪鄰人忖度差。

峴　關

桃花簇簇柳絲輕,大峴迢遥小峴橫。伍相祠前寒食雨,春山一片鷓鴣聲。

---

[1]　此詩底本未收,據《雲南叢書》本補。
[2]　難比倫:《雲南叢書》本作"非彼倫"。
①　全椒山:即神山,在安徽省滁州市全椒縣西北。
②　韋左司:即韋應物(737—792),因曾任左司郎中,人稱"韋左司"。

居巢懷古四首

一

南巢①誅放始，處置亦良謀。日尚天中在，江仍禹甸②流。臣心悲五就，口實啓千秋。魏晉崇三恪，私衷自盾矛。

二

跨鶴嵩高去，金庭鶴背還。神仙何樂者，所得是名山。花滿吹笙處，苔留煉藥斑。夕陽孤洞窈，雲氣蓊松關。

三

亞父三提玦，興亡杯酒中。可憐呼豎子，猶自惜英雄。死免悲垓下，生能呃沛公。不因秦楚際，誰識老村翁？

四

吳魏爭凌日，青山照水軍。舳艫摧四越，風浪扼三分。靜夜聞歌妓，飄風落蓋雲。須濡殘舊塢，猶壯紫髯君。

廬江道中[1]

宿雨青含草，籃輿晻靄侵。春山隨水曲，客路入花深。嬌囀鶯藏柳，輕翻鷺繞林。桃源行處有，應識古人心。

夜　雨

寒食江干路，羈愁個怎除？夢魂迷鶴拓③，風雨渡鳩舒④。花事

---

[1]　此詩底本未收，據《雲南叢書》本補。
①　南巢：古地名。在今安徽省巢湖市。
②　禹甸：本謂禹所墾辟之地。後因稱中國之地爲禹甸。
③　鶴拓：古代國名，即南詔。
④　鳩舒：即舒鳩國，是西周、春秋時群舒之一，春秋時代在吳國與楚國之間，約在今安徽省舒城縣東南。

消春半，名場識味初。暗憐桃李艷，多少上泥淤。

桃　花

弱柳平橋合，晴煙萬縷長。桃花照春水，曉鏡出紅妝。宿雨含猶濕，光風暖欲香。遲遲愁客路，回首復回腸。

客　思[1]

客思如春色，春江春路遥。楊花吹不盡，裊裊萬千條。

望天柱山

平沙煙樹簇長橋，天柱三峰露碧霄。玉葉片雲馳嶽雨，桃花千澗上江潮。一官道路經春馳，幾度名山入望遥。文節書堂情境在，低回人地自超超。

淝水懷古

千里旌旗壓壽春，謝元撝掌竟無秦。可知百萬投鞭衆，不及昂藏賣畚人。兩晉河山存一戰，八公草木走群神。圍棋太傅真瀟灑，早辦蒼生賴此身。

大雨行簡李石帆刺史兼呈張竹軒潘蘭如

我來五月青苗枯，火雲爐爐翻日烏。馬毛焦灼渴泥滓，行人望雨過農夫。陽倚陰伏遽叵測，雨來忽地傾江湖。淋浪十日雷車疾，墨雲亂捲蛟龍趨。浙潮中夜聽高枕，薪簟六月如冰壺。暑中得爽雖一快，下田禾黍寧支吾。曲渦百里大河逼，昔曾隳決遭淤污。譙

---

[1]　詩題底本作“思客”，據《雲南叢書》本改。

州刺史灤陽李，憂民惴惴愁疏虞。座中有客兩詩伯，前日示我握中珠。泥潦斷行隔咫尺，相思恍如山海隅。望雨望晴坐瑣屑，靜中百感生羈孤。兩楚盜賊負蟻穴，我軍露宿民轉輸。昨聞賊火縱焚掠，流離在野顛陵瀦。我行於役苦留滯，渠渠廣廈猶嗟吁。天心仁愛不可度，洗兵往往風雨俱。安得龍母青驄振雨鬣，直指賊巢雷電軀，一洗兩楚妖氛無。

雨　阻

一年[1]于役馳皇皇，小才下走誠相當。江淮滁泗淝渦潁，酈生注經如我詳。人生功業寧此始[2]，宦味苦澀愁初嘗。我興欲敝人寧澤，馬腹不及鞭雖長。暑雨斷行聲浪浪，野館燈昏夢故鄉。

梅心驛晚坐

僕僕塵泥暑半徂，閱來世路耐縈紆。馬曹堪笑不知馬，珠櫝難憑真索珠。匝地火雲殘雨過，一椽涼月四山孤。莫辭匏繫還成用，揭厲無心也自娛。

七夕雜事七首

一

翩翩元鶴下高嵩，一曲鸞笙斷續風。多少仙才齊仰首，可能上接浮邱公。縱山

二

桃花歲歲憶瑤池，青鳥西來翠幰遲。臣朔可憐饑欲死，還須阿母始知兒。青瑣

---

[1]　一年：《雲南叢書》本作“一字”。
[2]　寧此始：《雲南叢書》本作“何由起”。

三

狡獪仙姑笑語頻，纖纖指爪竟難親。等閑滄海桑田事，老却人間煉骨人。麻姑

四

免俗真嫌庾俗多，仲容才器奈貧何。長竿犢鼻清狂甚，畢竟人間愛綺羅。犢鼻褌

五

堪笑迂疏學蠹魚，光芒萬丈解衣初。投公千里參蠻府，便腹何須有笥書。晒腹

六

玉殿深宵促黛蛾，君王無計奈情何。雙星也自傷離別，那管人間愛戀多。長生殿

七

天孫好語報嘉祥，板蕩功名百煉鋼。大富貴來還壽考，千秋幾個郭汾陽。郭汾陽

讀　書

刺船當趁風，灌園須趁雨。人生貴適意，遠近隨所取。輪逋典冬裘，索米計庾釜。飾美匱乏中，內顧愧仰俯。平生讀書懷，廣厦庇寒苦。一身愁饑劬，所志將何補。草蟲鳴呦呦，皎月半環堵。賴此殘簡編，忘懷事稽古。夜氣空人心，往哲在衡宇。結習忽復萌，挑燈自栩栩。

江干送鄉人歸[1]

風雨山城晚，孤帆掛水濱。別離無限意，萬里故鄉人。

---

[1]　此詩底本未收，據《雲南叢書》本補。

迎江寺東堂

空堂花氣蓊煙蘿，樹杪斜陽渡遠波。山意深秋棱角出，江流曲處
委蛇多。安心無地從僧覓，破浪乘風羨客過。坐久塔鈴頻自語，静中
消息勝愁魔。

聽　雨

濕霧霏微覆燭煙，薄醒消盡耐愁眠。故國花好秋葱茜，寒雨聲殘
夢渺綿。心事未能輕墨組，韶華容易老江天。關山萬里雙垂白，悵望
雲鴻已五年。

重九前雨中

鯉魚風信迫芳朝，水國棲遲倍寂寥。凉雨一天摧木葉，秋聲半夜
起江潮。家山入夢雲猶濕，宦海經年鬢自凋。明日登高何處好，愁腸
須倩酒杯澆。

送　客[1]

心事渺無際，偏從送別生。秋風不解意，催客掛帆行。

對　雨

嘗日厭車馬，惜此閑中情。開簾坐疏雨，斗室有餘清。蒼苔蔚葱
茜，寒葉鳴琮琤。燦燦東籬花，移根竭菁英。幽獨易爲感，撫時觀我
生。静理庶可識，憧憧慚所攖。

---

[1]　此詩底本未收，據《雲南叢書》本補。

汲江行

汲江引銀瓶,中有故鄉水。水味似故鄉,故鄉五千里。前日大江北,今日大江南。江上何所有,青山夾雲嵐。長檝駕連舳,一夜汀洲宿。歸夢越波濤,門前芳草綠。芳草春復春,腸斷倚樓人。紅顏餘幾許,眉黛舊時顰。風吹崖邊樹,斜月墮江霧。良會不分明,猶聞話縑素。軋軋曉榔聲,驚心問早程。葦花落秋渚,遙見皖公城。城中車服好,宦勞人草草。宦游何時歸,澄江照人老。

大雪郊迎朱大中丞①即事丁巳

江波蕩雲雲湍急,三日濛濛暗平隰。大龍山雪揚風來,江外孤峰森玉立。汀沙細草冬不凋,亂擁瓊花翠複疊。大觀亭子琪樹中,縹緲瑤臺銀海合。我來手板迎長官,未覺泥塗妨拜揖。隨車有雪應勝雨,豐年已兆民心洽。天工人事欣相資,豈直江山清賞愜。鶴氅行吟興各殊,哦詩自笑成結習。

南園錢丈②柩船過皖[1]

蘭台重到甫經秋,孤幼蕭條萬里愁。懷抱如君多少事,搖搖丹旐一孤舟。

隨石君中丞③鳳泗各邑放賑桐城道中感賦

斂衽就行役,行行逾歲年。茲役倍勞劇,所樂從大賢。淮泗夏淫

---

[1] 此詩底本未收,據《雲南叢書》本補。
① 朱大中丞:即朱珪(1731—1807),順天大興人,字石君,號南崖。乾隆十二年(1747)進士。
② 南園錢丈:即錢灃。
③ 石君中丞:即朱珪。

雨,洪潦没秋田。中丞布皇仁,星駕行式遄。胞與念民瘼,急疾爲解懸。告誡晰[1]矩則,多方求安全。從事忝負荷,何以資承宣。嚴冬雪初霽,風日開澄鮮。寒山净如拭,裊裊縈村煙。野人田事息,炙背疏籬邊。即此得民性,一飽百憂蠲。芻牧可藉手[2],利濟亦云便。感兹慰勞瘁,庶以竭駑孱。

盱眙義帝故都

良謀資亞父,草草定君臣。復楚興難再,亡秦怨竟伸。蟲沙餘舊壘,塵劫問湖濱。寒鳥啼深樹,無端感路人。

女山湖①夜行

激楫星浮渡,寒鼉吼報更。湖冰生夜白,煙樹入山平。獨火漁歸遠,空皋鶴唳清。風霜成况慣,况爾急公行。

建德即事

一

萬墅參差繞畫城,放衙人静早桺聲。泉香碧茗烹新采,山對虚檐見遠耕。春氣輕柔鷹羽化,月華清冷蜃胎盈。一官尚有書生樂,不礙吟哦曳履行。

二

朵頤争啖了無休,情僞紛紛費擊抔。有粟何年如水火,操刀一樣怯鷄牛。静中得失存無礙,空際雲煙過不留。花影日斜胥吏退,凉風吹動碧簾鈎。

---

[1]　底本作"晰",據《雲南叢書》本改。
[2]　藉手:底本作"籍手",據《雲南叢書》本改。
①　女山湖:位於今安徽省明光市明光鎮北。

三

百疊回環山氣清，深山淳朴亦天成。馬牛竟有風相及，蠻觸難教角不爭。住相布施猶是法，無邊滅度惟平情。莊生齊物真瀟灑，此意何能廢斗衡。

四

楚黔馳檄報軍興，偃仰山城慷慨增。識字不關憂患始，須才何用簿書能。蟻如牛鬥聰爲累，蚿爲夔憐冗自矜。一邑一官堪養拙，眼前晴雨祝豐登。

五

雨後山村絕點塵，高原讀法亦清新。閭閻氣象場登麥，舟楫喧闐水到津。我自未嫺柔馬轡，人皆爭聽宰官身。君平卜肆開簾坐，何似今朝百里民。

六

南華蜩鷃等逍遙，曲檻高凭暑氣消。山郭過雲成海市，官齋宜夏似冰條。清來泉響迴風竹，穩壓簾波細雨蕉。靜裏天機堪領取，未妨心迹在塵囂。

七

止水乘風自起波，物情端不耐煩苛。摧林應念亡猿小，求牧何堪害馬多。悟後清虛懷老氏，病中消息耿維摩。彈丸也覺偏勞攘，那得琴樽任嘯歌。

八

亭午猶餘夏日炎，夏禪坐久始清恬。谷聲四響雲旋樹，秋氣中宵雨到簾。途次化城心自得，吏中真隱古難兼。他方水旱還戎馬，蕞爾貧疲未可嫌。

孔相國雲石

孔相亭臺接翠微，當年雲石鎖林扉。出山一縷橫空立，結頂雙峰

挾雨飛。檻外綠池荒草合，岩邊老樹蔓蘿肥。丹忱猶托貞珉在，淚點
瑩瑩化蘚衣。

梅聖俞亭

枳棘鸞凰暫此停[1]，鮎魚緣竹巧相形。工詩未礙窮爲吏，種樹猶
憐舊有亭。萬壑晶瑩天際落，千峰出没雨中青。遺篇不負佳山水，愧
我譊譊坐訟庭。

謁鄭冢宰畫像

抗疏淋漓抉禍胎，寸心直欲挽天回。紆籌未竟當時策，舉士全收
一代才。歸路彷徨宗社促，深山消息雨風哀。影庵遺像冰顔古，零落
詩篇在草萊。

莫坑倪行人祠[2]

火起宮中帝遠投，史官疑案已難求。悲春杜宇啼空切，吞月蛟龍
瞰未休。邂逅君臣應恍惚，蒼茫林壑耐勾留。幽忠隱躍金焦傳，煙雨
荒祠萬古愁。

後河山中

雨後雲開小徑斜，籃輿清靄透窗紗[3]。厭多騶從驚啼鳥，閑取軍
持[4]浸野花。一石一松皆古意，半山半水到人家。此成便是神仙吏，
伐竹何須羨永嘉。

---

[1] 停：底本作“亭”，據《雲南叢書》本改。
[2] 詩題《雲南叢書》本作《草坑倪行人祠》。待考。
[3] 窗紗：《雲南叢書》本作“輕紗”。
[4] 閑取君持：《雲南叢書》本作“期取君捋”。

民事詩

一

高山種作田，朝朝鑿崖石。一生不荷鋤，山下連阡陌。

二

有田種煙草，饑來當奈何。將煙持比稻，道是得錢多。

三

采茶不滿筐，貴是雨前采。雨後得茶多，人言香味改。

四

種漆畦隴間，豆麥猶半佃。老農事機巧，粟貴漆亦賤。

五

年年種棉花，一身尚藍縷。家有少稻田，望晴復望雨。

得李懷度死事書

蕭蕭江雨鳴秋風，渡江老卒書匆匆。將軍戰死黔山東，六月廿四摧賊鋒。重圍直入追渠凶，巉岩百丈臨奔瀧。短兵下馬爭擊撞，桓桓大帥墮莽戎。將軍手援鈹交胸，男兒血戰爲鬼雄。壯士七十同一忠，前月尺書發荊庸。裹瘡報我賊勢窮，皇恩計日褒崇功。三峽迢迢流巴江，可憐馬革浮輕艭。

雜 興

一

太虛真絕片雲侵，清警難教就錦衾。皎月寒森山氣白，晚花香透畫簾深。靜憐獨鶴雲霄夢，耐可幽蟲斷續吟。二十年來同泛梗，底回形影自捫心。

二

授衣風信報初寒，時序蕭疏柏葉丹。心化難憑三月效，堂開不耐

七絲彈。快逢南菊成秋興，未厭青山向晚看。薄俸素餐家萬里，伐檀
真自愧河干。

聞戴崧雲同年攝宰漢水上一邑感懷賦寄

長江一千里，書來常苦遲。頃始聞人說，君宰漢水湄。又不識何
邑，西望雲迷離。楚地復告警，賊擾興山陲。走險肆豕突，堵剿嚴藩
籬。君昔在襄陽，勞績著守陴。磨盾寄我書，整暇無急詞。談兵氣十
倍，毅然不言疲。今茲百里民，寄命得相資。賊來為守禦，賊潰為撫
綏。豈徒暫棲遲[1]，功業良此時。桓桓李懷度，血戰死恩施。了生一
裨將，馬革歸崛崎。憶昔共度夏，三載同京師。風雨深夜話，花月芳
春嬉。交遊一分手，各在天一涯。人事苦難定，感舊多所悲。自我來
皖水，二年南北馳。碌碌下僚中，裘敝馬亦羸。建德偶承乏，春暮蒞
職司。小邑萬山邃，簡陋容我癡。簾捲眾峰入，吏散山鳥窺。雲起訟
庭樹，泉響洗墨池。公餘繞石吟，兀兀忘暮饑。富貴知有數，清景且
自怡。何幸六月始，家君忽來茲。違離五載餘，霜雪滿鬢髭。黔苗亂
倉卒，羽檄梗通逵。迂途出深阻，孱然幼弟隨。五溪歷蕭條，瘴雨日
淋漓。五月過洞庭，南風恣意吹。火雲下鑠地，居人猶攢眉。平安萬
里道，回首驚險巇。薄祿不及家，累親亦旅羈。感此重自勵，思歸非
所宜。努力在下位，巧拙焉敢知。瓜期將見代，需次隨所之。君今際
事會，期君竹帛垂。尺書可時寄，慰我遙相思。

芙　蓉[2]

群芳零落獨開遲，裊裊霜風竹外枝。好是天然清艷絕，苧蘿秋水
浣西施。

---

[1] 棲遲：《雲南叢書》本作"棲息"。
[2] 此詩民國四年本未收，見於《雲南叢書》本。

九　日

爛漫山城野菊花，西風吹酒動流霞。一年一處欣逢九，江北江南
總憶家。紫蟹白魚來水籪，碧雲紅樹渺天涯。佳游似此曾難得，梅老
亭邊夕照斜。

聽　雨

前路遲遲泥遠行，迷離幽夢暗愁生。輕霜不剪殘紅葉，聽徹寒宵
密雨聲。

讀東坡熙寧七年諸詩有感[1]

勞生強半笑萍蹤，坡老詩篇得味濃。堪信去來今頃刻，真成三十
九龍鍾。江風淮雨經初慣，紅葉青山看未慵。如此頭顱應可識，不妨
到處只從容。

出建德道中

籃輿餘醉尚沉沉，落木寒溪送遠音。夢裏鹿蕉猶有迹，池頭雁影
兩無心。多情黔首臨歧路，豁眼青山隔暮林。最是來時好風景，啼鶯
不斷亂花深。

江　樓

倚遍江樓別有情，三年梗泛一官輕。仙人謾説蓬萊淺，皖口①新
看洲渚生。雲外蓬龍寒似蟄，汊邊鳴雁暮還征。思鄉感舊兼懷古，華
髮來朝又幾莖。

---

[1]　此詩民國四年本未收，見於《雲南叢書》本。
①　皖口：在今安徽省安慶市大觀區山口鎮附近。

出差太湖雪中遄行三首[1]

一[2]

大觀亭上雪，客歲亦斯時。執板迎官肅，看山帶我癡。年華移頃刻，天地足清奇。更好今朝路，林巒渡演迤。

二

三日長江雪，江雲萬頃連。沙平香草路，人渡散花天。野艇依林靜，茅簷覆竹偏。風塵常目眯，放眼一超然。

三

天柱峰頭雪，隨風飄客衣。晴雲散高樹，萬壑生清輝。行役不知晚，居人相見稀。自非銜使急，那得款山扉。

望三祖山雪

雪花三日撲塵顏，欲禮禪宗未許攀。萬壑千峰齊浩渺，不知何處粲公山。

二喬宅雪[3]

欲落不落雪花輕，月華出水搖空明。二喬宅畔攲斜竹，夜靜時時聞珮聲。

人日迎江寺①宴集戊午

江上頻年看水生，一年此日最關情。兼旬泥濘春無賴，小集瑤天

[1]　三首：底本作"二首"，據《雲南叢書》本改。
[2]　此首底本未收，據《雲南叢書》本補。
[3]　此詩民國四年本未收，見於《雲南叢書》本。
①　迎江寺：在安徽省安慶市樅陽門外。

雪正晴。窗岫半浮雲外白,塔鈴不斷静中聲。巡觴最好傳花飲,折得
新梅是九英。

雨中地藏庵宴集

管弦聲細竹風斜,高閣雲生玉井沙。遠踏新泥憐碧草,趁將疏雨
看梅花。觴催羯鼓撾中點,春透歌兒臉上霞。佳會最難逢暇日,莫嫌
林外已歸鴉。

喜　晴

輿馬泥塗厭積陰,新晴檐鳥變歡音。曲欄花蕊含春滿,小苑苔痕
駐雪深。守拙自來成懶事,避喧俄頃亦澄心。典衣便得朝餐早,蒿笋
芹芽爽不禁。

習　静[1]

習静方知學道遲,香煙簾影動參差。風情最是悄難盡,咏得梅花
憶雪兒。

練潭①道中

傍石穿雲竹樹斜,籃輿暖翠濕輕紗。閑閑野艇偎芳草,曲曲青山
浸水涯。小飲興濃茅店雨,春愁紅惜路泥花。良晨可惜棲遲裏,踊躍
誰能試鏌鋣。[2]

白雲篇白沙嶺②雨後望雲作

南山北山飛白雲,半晴半雨濕不分。亂觸石根搖玉葉,鋪來銀海

---

[1]　此詩民國四年本未收,見於《雲南叢書》本。
[2]　此詩尾聯《雲南叢書》本作"良晨幾許棲遲裏,何似游行玩物華"。
①　練潭:在今安徽省桐城市雙港鎮菜子湖西,清代爲桐城四大名鎮之一。
②　白沙嶺:在安徽省六安市霍山縣單龍寺鄉。

作波紋。嶺上老松千萬樹,蛟螭騰挐紛[1]煙霧。須臾長風失妙鬘[2],滴瀝清聲墮珠露。浮山何峨峨,白雲忽在浮山阿。三十六峰互出没,點點青尖盤髻螺。龍眠莊前飛又起,畫圖脱手龍眠李。應知塵裏苦勞形,何似雲間静隱几。我來三日冒雨行,塗泥薄宦一身輕。雨中春色山如笑,雨後白雲眼更清。平生自錮煙霞疾,一别山靈兩蕭瑟。霖雨猶思濟旱能,白雲已謬無心出。出山在山誰是非,舒卷還須順化機。江山處處資春澤,絶羨春雲隨意飛。

梅心驛[3]

細雨梅心驛,新篘竹葉春。山花開自媚,巢燕舊相因。道路催華髮,詩書拙奮身。不辭征賦役,籌餉濟西鄰。

盱眙楚姑祠

義帝都盱眙,尋復死遷郴。漢兵縞素起,聲罪義凛森。生當群雄間,賢智何由任。亡秦在三户,師旅實憑臨。峨峨都梁山①,荒祠倚芳林。云實帝女墓,痛父從自沉。野人薦蘋藻,楚些揚哀音。此事不可知,可用知人心。

遊第一山玻璃泉②觀宋遼人題名感賦

長淮浩無際,連山相斡旋。兹山實第一,嘉錫由米顛。宋人汴口來,罕見固宜然。塵沙眯通衢,豁眼驚澄鮮。磊磊山上石,噴灑玻璃泉。竹木蓊修崖,縹緲生雲煙。臺榭列參差,繞榻浮漪漣。酌泉清肺

---

[1]　紛:底本作"分",據《雲南叢書》本改。
[2]　妙鬘:《雲南叢書》本作"鬘華"。
[3]　此詩底本未收,據《雲南叢書》本補。
①　都梁山:在今江蘇省盱眙縣西。後都梁成爲盱眙的别稱。
②　第一山:即都梁山。玻璃泉:在第一山下。有石龍、石虎,口中噴水注石池中。

肝,頃刻俗慮蠲。我游半天下,山水窮精研。筮仕困塗泥,得此忽欲
仙。以我今日心,忖伊游者賢。何能吝褒獎,歌咏酬清妍。南宋昔頹
靡,割地此疆邊。金帛買和議,列庫青山巔。輸納渡淮水,苛斂惟所
便。行人忍饑待,風雨愁遷延。山下一水隔,苦樂天壤懸。信使數來
往,車馬紛聯翩。上客愛清景,山半開瓊筵。悉索供煩費,民力爲負
痡。歌笑快豪興,風流誇後先。一一崖壁上,比例姓名鐫。美惡雜薰
蕕,短語兼長篇。但恐刻未工,久久泯弗傳。翻使名賢迹,鑱刮無由
全。莓苔爲剥落,松桂爲棄捐。山靈坐浩歎,雲鶴愁喧闐。應罪米老
輩,多事開其前。至今辨遺字,强半紹熙年。謀國無善策,灾及山石
堅。盱眙今小邑,僻陋阻重淵。靈塔已淪没,長橋亦改遷。遊客不嘗
至,磴道羅芳荃。以兹念世事,盈虚誠往還。清净萬物性,善者全其
天。我性苦多感,憂樂迭相纏。徘徊坐岩石,僕夫饑腸煎。安得故山
歸,采藥弄潺湲。

行杏崖館梨花林中

春山淺草盤幽蹊,雪花泛灔攢芳梨。杏崖荒亭翠煙暝,瑶林亂落
飛山鷄。我行被花惱不徹,花更爲雨愁凄迷。晚香漠漠衣暗濕,春風
萬片隨馬蹄。

都　梁

都梁山下路,臨水采都梁。細雨山花落,溪流渾是香。

浮山堰①

浮山蹲淮流,有似山浮水。照影静漣漪,翠洞翳藤藟。夏漲四彌

---

① 　浮山堰:南北朝時期淮河上修建的攔河大壩。位於今淮河浮山峽内。

漫，洞口上如徙。山浮或不誣，誰能究此理。梁魏昔構兵，築堰亘九里。謀國聽降虜，木石連天起。倒流灌壽陽，禍人亦禍己。哀哉億萬人，堰潰隨波靡。堰潰豈不測，虜肉其可食。人身此血脈，生死在通塞。明明星象千，天地亦煩冤。[1]風雷裂地起，激浪搖嶙峋。水妖百千狀，馳驟揚奔湍。天吳雜象罔，魁岸兼蹣跚。應知幽遐處，靈怪資者寬。流水得其性，蠢焉群相安。一旦遭困閉，挺走肆無端。物理順可得，穿鑿良獨難。禹功千萬載，利賴此安瀾。

汴河故道

隋帝長堤汴水濱，錦帆士女恨難泯。野人亂種荒灘柳，裊裊風花也自春。

聞軍營信賊匪由蜀漢竄近西安

兩載妖氛蜀道難，遊魂窮蹙近西安。平原獸已無岡負，下臂鷹須縱爪搏。斜谷雲煙防出没，終南松桂護摧殘。諸軍謾別攻圍守，一鼓成擒始卸鞍。

立夏日靈璧雨中行

江上初看碧草新，行行綠遍泗淮濱。落花飛絮冥濛雨，臨水登高斷送春。曹北河流猶漫野，東川妖燼尚揚塵。肩輿兀兀閒成睡，一令功名豈奮身。

虞姬墓

花落虞姬墓，山青項羽營。興亡已陳迹，過客自愁生。

---

[1]　“堰潰豈不測”至“天地亦煩冤”：《雲南叢書》本作“維時兆星變，天江爲犯干”。

宿州扶疏亭①呈陳錦堂刺史

徐州黃樓②截奔洪，蘇公妙用土勝水。宿州城頭扶疏亭，比鄰多事爲公起。作詩作畫亦偶然，碧瓦紅欄爛霞綺。我來于役愁炎蒸，亭上涼風動隱几。有亭可登寧爲公，每到懷公愁不已。一竹遺人重如斯，一生勁節遭讒毀。愛公憎公等浮雲，憐公進退成泰否。放鶴亭③高雲龍深，政餘樂事窮登臨。清風感人無近遠，相山④百里連遙岑。朝看相山雲，暮看相山雨。平野天垂綠樹齊，荒堤水碧睢河⑤古。登高望遠心悠然，守牧風流對衡宇。黃河遷流汴泗更，此亭尚與黃樓并。何舒等輩竟何有，人生得失誰重輕。主人吒吒呼酒聲，朣朣滿月騰東檻，徑須一醉瑤臺清。

奉差搜查螭子江亭夜獨坐

驚濤陣馬響長空，木葉蟲聲萬竅同。社鼓村村祈旱雨，塔鈴夜夜語顛風。赤雲煙焰秋庚後，太白光芒井絡中。并與愁人成不寐，蒼茫斜月大江東。

雨後望華亭⑥上作

掛帆梅根浦，苦憶九華峰。今日翠微裏，雲飛不辨松。津亭過疏雨，天半落芙蓉。了了青崖曲，神仙或可逢。

---

① 扶疏亭：在今安徽省宿州市原古城北城墻上。
② 黃樓：在今江蘇省徐州市，原在城東門，現重修於黃河故道邊。
③ 放鶴亭：在今江蘇省徐州市南雲龍山巔。
④ 相山：在安徽省淮北市。
⑤ 睢河：今稱濉河，歷史上河道多有變遷，在安徽省境内流經濉溪縣、宿州和靈璧縣。
⑥ 望華亭：舊稱玩華亭，在今安徽省池州市青陽縣五溪橋側。

琴　溪①

密竹深無際，潺湲碧水寒。蒼崖欹一角，仙洞倚空壇。錦石纖鱗集，枯松獨鶴盤。雨聲林谷應，凄絕玉琴彈。

溪雨晚歸

細雨涇溪②路，煙波共邐迤。亂山分嶂遠，深竹渡雲遲。薄宦隨緣適，佳遊得此奇。鐘聲水西寺，暝野聽迷離。

由涇赴潁道中措費解嘲[1]

靖節粗疏仕不宜，看花容易別東籬。弦歌便可謀三徑，那得先生乞食詩。

九月十日黃水③至倪邱④

濤聲一夜曲渦西，南灊⑤東汜已破堤。亂梗瀠洄空巷寂，炊煙零落綠楊低。野人競食黃河鯉，使者誰沉灌口⑥犀。昨日到官昨日水，不關窮阨在群黎。

查　灾[2]

方軌平原急溯洄，板扉木甌盡舟材。鶩鶩應是時行鳥，纔有波瀾

[1] 此詩民國四年本未收，見於《雲南叢書》本。
[2] 此詩民國四年本未收，見於《雲南叢書》本。
① 琴溪：長江支流青弋江的支流，在安徽省宣城市涇縣東。
② 涇溪：在安徽省宣城市涇縣。
③ 黃水：即黃水鎮，在今安徽省宣城市宣州區北部。
④ 倪邱：即倪邱鎮，在今安徽省阜陽市太和縣中北部。
⑤ 灊：即灊水，在今安徽省安慶市嶽西縣包家鄉。
⑥ 灌口：即灌口鄉，古石城縣治地，在今安徽省池州市西南部。

便解來。

案　頭

案頭詞牘雜新陳，鞭撲喧呼暗自慚。可奈驅鷄柔馬意，難馴佩犢帶牛人。遏流已費多堤障，止沸終宜去釜薪。蓐食星言愁日拙，羨他弦誦化如神。

新正赴省己未

新晴慰啓行，車蓋轉風光。深樹明殘雪，春流漲小黄。障泥驄自惜，雲翼雁争揚。時物欣欣意，相娛道路長。

正陽關人日

濛濛老柳鬱晴煙，人日遊人集畫船。七十二河春雪霽，鎮淮樓下水如天。

安豐潭東曉行

晴日破朝霧，空濛時有無。野潭融雪净，老樹入春蘇。宦味見行路，道心生倦軀。殷勤百年内，此意共輿夫。

江　漲

漲流滾滾拍天來，江上青山夾岸開。雪泮李冰降蹇處，波吞漢武射蛟臺。四年舟楫勞儲運，三峽烽煙憶將才。羨煞老漁無個慮，一簑春雨掉船回。

出　皖

皖城勝事擬追尋，岩邑關情思不禁。山色依微當路晚，江天强半是春陰。寒餘紫陌花猶斂,绿動香籬水漸深。淮上雪霜桐霍雨,光風苒苒鬂華侵。

霍邱道上

春鴉聒曉群,晴意黯難分。水滿長淮雨,風狂大別雲。斷山綜六蓼,野土雜泥墳。獨羨安豐董,漁樵向此勤。

泛　潁[1]

潁流清應太平時,古語徵來信有之。小吏憂愉堪一笑,自憑蘭槳看鬚眉。

行縣感賦

苗麥芃芃[2]稽事閑,偏緣强悍是疴癢。非長大亦好刀劍,私戰鬥如爭觸蠻。長河沙滓能凝石,沃土雲嵐不藉山。一樣春來鷹暗化,好音清婉遍林間。

古堆集勘明河堤工雨中宿馬明經書室

來往亦無次,清談不暇聆。花時今雨驟,草色古堆青。溝澮淤難復,河涂患已經。舉杯消衆慮,春水聽泠泠。

瓶芍藥

深院簾櫳月上遲,小瓶芍藥放新枝。花香人語朦朧夢,猶認風前謔贈詩。

---

[1]　此詩民國四年本未收,見於《雲南叢書》本。
[2]　底本作"芁芁",據《雲南叢書》本改。

南鄉夜歸

遲月起平林,斜光到水潯。紅塵消靜夜,人語亦清音。軮掌知何極,田園思不禁。倦懷無夢寐,露氣爽蕭森。

北鄉小村涼憩

鶯聲飛不定,茅舍隔煙蘿。露果垂深葉,風潭折[1]小荷。地偏堪俗儉,政拙仰時和。野老勞將茗,浮涼愛綠莎。

寂　坐

盡日寂無事,年來得未逢。捲簾當樹綠,疊石起苔濃。細雨低飛燕,疏花晚抱蜂。檢書堪一笑,脈望已成蹤。

西軒獨酌[2]

螟蠃矜豪足侑觴,熱中消後暑俱忘。蒼苔亂落桐飛絮,搖漾風簾雪影涼。

種　竹

雨聲蓊竹石花紫,青鸞尾垂珠蕊蕊,移竹竹醉雨不止。老胥濡頭笑宰癡,清陰滿地瓜期矣。

夜　坐

人定[3]浮涼動,閑庭濕露華。綠陰深墮月,夜氣暗滋花。機事看

---

[1] 底本作“拆”,據《雲南叢書》本改。
[2] 此詩底本未收,據《雲南叢書》本補。
[3] 定:《雲南叢書》本作“靜”。

成笑,澄心得静跏。[1]乳鴉棲息穩,夢語自呀呀。

護　鳩

鳩拙不營巢,哺雛在堂宇。殷勤與護視,爲我唤晴雨。

放　魚

汲水石池滿,苔衣漾碧腴。金鱗一二寸,相忘即江湖。

己未七夕

滿城簫管拜仙鬟,彈指年華鬢有斑。望澈星橋終恍惚,銀河西盡
是鄉關。

劉玉山廣文催太和錢糧

相望共清潁,懷思遲溯洄。時因此行役,暫得一銜杯。夜露鳴蟲
急,林風挾雨來。催科慚政拙,[2]辛苦爲相催。

八月十六憶去年涇縣泛舟之遊

客歲涇川宰,秋風引畫船。桃花潭水上,高咏李青蓮。火橄移清
潁,黄流没稼田。朝朝催鬢改,倏忽又經年。

稅子鋪泛舟回

野僻足林莽,輿行礙日旰[3]。歸途泛長潁,行適亦佳玩[4]。高岸

---

[1] 此句《雲南叢書》本作"禪心得慣跏"。
[2] 此句《雲南叢書》本作"所嗟財賦竭"。
[3] 旰:底本作"旴",據《雲南叢書》本改。
[4] 玩:底本作"覩",據《雲南叢書》本改。

如連山，突兀倚雲半。古木出根盤，弱竹被璀璨。急峽閉回灣，開流忽汗漫[1]。去帆揚西風，迂斜避叢灌。汀草秋更綠，水禽静相喚。蕎花秀坡雪，豆籬圍錦幔。浣女臨柴門，飲牛帶耕畔[2]。沃土富魚鱉，原田暗滋灌。此地實汝墳，民風何暴悍。兹水實大川，陵谷未云換。漲雨起嵩高，潨洧下方渙。不溢亦不竭，廉折復浩瀚。得潁意甚奇，東坡[3]豈謬贊。我遊正秋霽，流霞晚如鍛。皎鏡瑩心神，鬢眉[4]了可看。愛水不時遊，坐衙困揮汗。高情詎得擬，微官慨塗炭。舊聞兹水異，清濁應治亂。所愛澄漪漣，憂虞坐消散。

孫榆街謫邊放歸來游江淮滯留潁水上今始還家贈別

一

潁岸秋林净碧天，家山萬里送君還。玉門生入心猶壯，珥水春遊人是仙。堂上屠蘇開色笑，機中錦字憶纏綿。十年我亦思鄉久，把酒[5]臨風意黯然。

二

人事升沉未足嗟，還家樂事妙無涯。味回世路辛甘苦，生受名山雪月花。五載風塵成我老，一囊詩草羨君葩。相期羊苴咩城外，桑柘相鄰十畝家。

架　豆

結棚架豆蔓，豆花紅陸離。凉風落秋實，珍重故園思。

---

[1] 汗：底本作"污"，據《雲南叢書》本改。
[2] 畔：底本作"絆"，據《雲南叢書》本改。
[3] 東坡：《雲南叢書》本作"蘇公"。
[4] 鬢眉：底本作"鬢眉"，據《雲南叢書》本改。
[5] 酒：《雲南叢書》本作"盞"。

壘　石

遠懷丘[1]壑意，掬土摹山影。沙礧皺如雲，餘潤含清潁。

蒔　菊

種菊滿廳事，幽懷自傾寫。爲憐東籬花，不似東籬下。

重九夜雨

年華又重九，鄉信阻江關。獨坐涼生雨，秋懷黯夢山。

下聶湖曉行

煙消月半沉，野露濕塵襟。寒柳曉眠重，空潭天映深。籬花疏抱
蔓，水鳥寂無心。野老初開户，笑兹車馬音。

界首集夜行

簌簌馬蹄葉，迂回傍小河。繁星耿疏樹，淡月漱微波。寒野人聲
寂，勞生道路多。不知今日宰，何處有弦歌。

泉河①晚眺

西風吹雪響蒹葭[2]，立馬關河落日斜。煙水渺茫鴻雁杳，無邊黃
葉是天涯。

---

[1]　丘：底本及《雲南叢書》本遵清避孔丘諱制改作“邱”，下同。
[2]　蒹葭：底本作“兼葭”，據《雲南叢書》本改。
①　泉河：源出河南省郾城縣邵陵崗，在安徽省境内流經臨泉縣、界首市、阜陽市入潁河。

沙河①紅葉

細篠絡崩崖,沙水净如縠。老木葉不凋,風吹紅簌簌。野渡晚無人,耐兹孤鷺宿。

艾亭集②村店

海上仙山落彩幢,耳邊飛浪洒蘭茫。夢回却在淮西路,旱土風霾葉打窗。

方家集③喜雨

前日祈雨得雨微,今日得雨不須祈。遥天渺邈見紫邏,碧雲一縷凝不飛。忽忽嵐霧動平野,萬點已隨青蓋歸。疏林霜葉間紅紫,高低出没纏煙霏。夾路野菊浣塵土,亂布黄金繞村扉。村邊鞭牛聲叱叱,雨中漸覺呵聲稀。晚麥初冬種可匜,入夜一犁今庶幾。字人無術賴豐歲,一雨立回百具腓。嗟我小邑困鞅掌,比鄰見役增煩欹。輿中聽雨一清快,蕭森竹徑交蘆碕。輿徒況瘁僕馬濕,茅檐村酒相療饑。山中故人憶剪燭,有田不歸笑爾非。

雙河口④晚憩

潁水寒初净,輕橈亂錦紋。路深黄葉塢,風颭白鷗群。野色低含雨,殘霞駮透雲。孤村蕭寺寂,小憩亦清芬。

---

① 沙河:屬淮河支流潁河的主要支流。源出河南省魯山縣伏牛山,在周口市匯入潁河。潁河在安徽省境内流經界首市、太和縣、阜陽市、潁上縣、壽縣入淮河。
② 艾亭集:艾亭鎮的俗稱,在安徽省阜陽市臨泉縣。
③ 方家集:方集鎮的俗稱,在安徽省阜陽市阜南縣。
④ 雙河口:即今兩河口村,在安徽省阜陽市聞集鎮。

曉過西湖

僕僕籃輿曉夢回，歐蘇亭榭隱林隈。斷堤日上荒煙白，倒影雲過老葑開。野興未嫌行役迫，湖天猶耐得人來。風光樂事俱成古，羨絕星堂一代才。

蒙城西鄉[1]

平野四無垠，黃茅雜莽榛。斷橋常日水，枯樹幾家人。小邑偏多訟，同風實比鄰。微官在泥淖，敢憚路艱辛。

自蒙城歸[2]

盡日排愚詐，歸途薄夜氛。履豨稍已慣，蕉鹿強難分。大澤陰生雨，空林響咽雲。渚鴻驚燭火，嘹唳起征群。

義門集喜雪

稷稷茲于[3]役，微風雪竟成。紛霏能盡日，虛寂轉閑情。野樹黏天白，冰河放掌平。人心歸厥隩，應悔觸蠻爭。

喜　雨[4]

寒意中宵斂，絲絲雨細生。暗雲燈外濕，新響竹間清。人氣春田靜，河流淺瀨平。湔裙宜詰日，臨水看朝耕。

---

[1]　此詩民國四年本未收，見於《雲南叢書》本。
[2]　此詩民國四年本未收，見於《雲南叢書》本。
[3]　茲于：《雲南叢書》本作“愁茲”。
[4]　此詩民國四年本未收，見於《雲南叢書》本。

聽　雪[1]

潁水繁霜滿鬢生，春來鄉思倍關情。青山隱隱梅花夢，斷向風檐夜雪聲。

花朝雨[2]

中庭碧水漲方池，九十春光半已馳。雨意峭寒中酒後，花朝凄切憶人時。低回晚樹鶯聲幻，隱約紅心蕙草遲。往事疏狂屬年少，思量苦樂暗情知。

---

[1] 此詩民國四年本未收，見於《雲南叢書》本。
[2] 此詩底本未收，据《雲南叢書》本補。

點蒼山人詩鈔卷三

上巳日潁州[1]雨中庚申

三月三日春草青,潁州城邊雨冥冥。桃花隔水媚幽獨,楊柳和煙縈褭婷。修禊[2]故人西洱島,豪遊往事曲江亭。那知作吏風塵下,泥潦驅車不暫停。

喜　晴

晴霽今朝得,芳菲已遍林。春寒騎月雨,天轉惜花心。澗水蘇眠柳,村檐啅乳禽。麥苗宜暖日,野老亦欣欣。

夜　行

村徑夾林塘,晴宜晚路長。煙開衣露濕,花近月痕香。良夜清如此,春遊得未嘗。平生幽僻興,苦憶舊山莊。

苦　雨

綠樹中庭碧蘚肥,鳩聲日日喚晴暉。蒼茫積雨連天闊,吃緊春花一片飛。矮屋功名經世拙,故園風月出山非。微官好賴年豐樂,蒿目中田麥待晞。

---

[1]　潁州:底本作"潁川",據《雲南叢書》本改。
[2]　修禊:底本作"修禊",據《雲南叢書》本改。

擬上堵吟時得軍營探報[1]

白馬塞前山窅冥,山村無人人哭聲。三十五溪水泠泠,溪中種田食不勝。魚肥酒美香稻粳,茅檐櫛比夜不扃。何來妖賊奔狂鯨,廬室糜盡驅男丁。賊去賊來煙燐青,迢迢漢水東西橫,鳳關爲關城金城。

擬戰城南

一

戰城南,賊擾我城北。比屋焚燒,天爲昏,地爲赤。將軍填膺壯士怒,無不一以當十,一以當百。山高谷深賊多端,往來倏忽不得搏。裹糧坐甲,陰雲四遮。烏鳶飽人啼呀呀,烏鳶啄人肉,一半啄賊肉。死賊何心,怙此窮毒。

二

戰城南,賊滿城南竟城北。賊饑無食擾我民。我民有田耕不得。前日平一賊,昨日平一賊。賊平何不平?賊驅我民當我兵。

擬隴水謠

隴頭水,鳴歔欷。隴頭民,隨流離。官軍何在賊饑疲,東望秦川心逶迤。

雜　感

天道恢恢儘大觀,低頭吏事信心難。憐才誰解書遊俠,已鬥寧知屬弄丸。止水窅冥風浪失,火雲蓬勃[2]月輝寒。鷄蟲得失無時了,轉盡桐陰自倚欄。

---

[1] 此詩題《雲南叢書》本作《上堵吟》。
[2] 蓬勃:底本作"篷勃",據《雲南叢書》本改。

驅車

驅車無計釋愁煩，枳棘羈棲望遠騫。時夜何堪憑見卵，摧林不分爲亡猿。河鳴急溜潛磯出，雲擁飛霆綠樹昏。前路關心機事拙，難抛酷熱向清樽。

望蒙城山懷古

炎暑倦行役，平野塵昏蒙。片山忽東出，爽氣生蘢葱。高樹蔽城邑，迂迴渦水東。不辨漆園處，緬懷高士風。微官竟何樂，擾擾征途中。

獨酌

炎天人語斷黃昏，芳果時蔬自舉樽。世事豈能佳論了，物情終賴靜根存。平河浪寂林回潤，急雨雲頹月透痕。偃仰一官憂世界，却忘百里費批根。

喜雨

半夏炎威夜未平，遙天含雨曉方傾。無邊禾黍芃芃意，不盡梧桐葉葉聲。樂奏部蛙嬉水亂，夢餘飛蝶趁風清。披衣飽看翻槍溜，知遍人間笑語并。

曉行

朝朝案牘苦難刪，行路蕭疏一解顏。殘夜日生霞透海，濃陰煙暗樹如山。渡頭孤艇眠聲寂，雨後耕農意態閑。野鹿標枝無限思，猶餘清净在田間。

挽孫樸園

離别再經歲，各爲職守羈。豈知遽滸逝，長此空懷思。子荆性矯厲，經術精研追。兼心迫開濟，僶俛吏事卑。盤錯試利器，豪强紛四馳。遺澤春申間，父老涕漣而。廬江山水縣，弦歌稍自怡。一朝忽徂謝，大化良可悲。迮俗多蹇絀，理數實堪疑。我生異嗜好，郢匠資遊嬉。解劍不及贈，撫墳難可期。化往揚空名，徒爲達者嗤。緬維知己意，無復睹光儀。輟舂哀國均，私心同此詞。寄懷秋江風，送子臨交歧。

贈建德汪生石門用蘇詩[1]喜劉景文至韻

汝潁奇士不可呼，交遊一别如海隅。怪君西行八百里，東坡樂事今不無。今人能作古人事，愧我濁宦猶凡夫。紅塵烈日笑握手，關山不用僕夫扶。雲鶴逸態越老健，霏霏玉屑掀蒼鬚。山城父老勤致語，念我貧疲憐我迂。南方建德古無比，此意濃過稱觥醽。過江西來一千日，青山入夢如彼姝。丐君大筆畫溪岫，莫嫌[2]塵面非故吾。第須飲酒莫計日，剪燭爲我談江湖。

七　夕

星軺望渺彌，人意愜幽期。原鹿三年駛，牽牛一會遲。蛾眉蠶錦字，蛛網結情絲。樓上彎環月，離愁萬里知。

宋塘河夜行

把火渡林薄，迂迴上古塘。密[3]葉暗如雨，茭蔣翳石梁。微波動

[1] 蘇詩：《雲南叢書》本作“蘇公”。
[2] 莫嫌：《雲南叢書》本作“始覺”。
[3] 密：底本作“蜜”，據《雲南叢書》本改。

澄景,遲此月出光。白露草根明,蟲聲吟淒愴[1]。繁星漸歷落,天宇高青蒼。村巷深閉户,穟[2]陰交墻桑。馬蹄不動塵,茄鷺時一昂。對影憇野亭,睠兹水一方。缺月如幽人,光輝静且長。豈不倦風露,耳目饒清凉[3]。覺境浩無際,昏夢何由望。幽討偶乘隙,勞宦良可傷。

秋　暑[4]

閏夏炎蒸鬱滯淫,秋來無信到林陰。拂塵何處清凉界。滌暑難憑風雨心。城下穎波污洗耳,堂邊腐鼓斷鳴琴。家山苦憶神仙窟,六月蒼崖積雪深。

郊　行

峥峒山下羽書驚,邊計頻聞使節行。大澤天空低遠水,長林日暮變秋聲。灌壇風雨難憑准,鹽坂輪蹄費屏營。小邑豐穰雞犬静,不妨守拙對蒼生。

曉行雜咏

一

荒雞喔喔籬中鳴,野人牽牛屋後耕。軒車何來冒曉行,人生貴賤同一飽。攢眉折腰誰攖寧?

二

河頭趁墟喧曉霽,人牛滿船礙搖枻。停車爲爾遲沙際。人生貴賤同一忙,龍鐘榜人亦濟世。

---

[1]　愴:底本作"滄",據《雲南叢書》本改。
[2]　穟:《雲南叢書》本作"濃"。
[3]　凉:《雲南叢書》本作"芳"。
[4]　此詩底本未收,據《雲南叢書》本補。

三

荒林廢寺深含煙，野僧頭白不知禪。清晨擊磬聲淵淵。人生世事不著己，不是深山亦悠然。

西湖晚眺

碧漲生秋雨，西湖浩渺開。風吹葭葵雪，蕭瑟滿亭臺。陵谷難憑昔，禽魚渾自來。囂塵城郭暗，一片隔林隈。

重九雨中宴集

蕭蕭風雨上亭臺，歌管悠揚暮色催。如此黃花須盡醉，長年笑口幾回開。隔簾響應疏桐滴，入座青垂弱竹來。茱盞糗餈良日興，已勝陶令賦空罍。

歷北鄉故城

泛舟茨河水，木落水粼粼。水邊故兩城，坂陀橫高原。西城信陽國，東城宋公墳。隍復尚餘址，碑碣[1]無由存。第見芻牧兒，驅牛返荒村。野老謬流傳，地志失其真。高城已不辨，況復城中人？臺殿羅鐘鼓，事往惟荊榛。人生如蟪蛄，何由睹冬春。考古覈名實，不朽亦云難。局蹐百年內，淒惻摧心肝。

信陽懷古

信陽即新陽，細水出西北。東經宋公城，水經備考覈。宋公國郪丘，新陽殷就國。東西近相望，無乃太逼仄。節侯食陽夏，子訴平鄉錫。曾聞冀木主，土人耕田得。平城近苦縣，計里頗不忒。殷實邑原

---

[1]　碑碣：底本作“碑竭”，據《雲南叢書》本改。

鹿,平輿析其側。細陽今縣東,岑遵所封域。旁有彭祖丘,傅會從可闞。雲臺重東漢,殊恩兼外戚。何緣百里間,群侯此受冊。兹地實陳汝,泉甘土田殖。帶礪翼東都,千載艷光澤。習俗今何陋,古風蕩如滌。縣志雜鄙謬,笑言堪啞啞。士無藏書家,民有嗜邪癖。豈云天地氣,有時亦輟力。弦歌宰也事,文獻治所則。城闕傷子衿,驅車長太息。

張孟侯[①]故里

孟侯守經義,侍講寓諫正。抗疏理寶瑰,平情愧險佞。王青[②]擢幽潛,快舉礪士行。輈駕列講庭,公卿祝翁慶。豈抑希世術,詩書致貴盛。廷叱宴司隸,無乃傷躁輕。由來地氣剛,賢達已難屏。

范孟博[③]祠

東漢[1]鈎黨禍,孟博壯以悲。郭揖解綬出,吳導伏床啼。慈母慰赴義,樂與名賢齊。正直不自保,澄清志何施。矯激豈云濟,道行亦需時。鋤蘭暨荃蕙,漢運嗟已衰。抗節埋首陽,志意終不虧。古墓不復辨,秋草塞荒祠。惟有斤溝水,皎潔無盡期。

秋　感

潁陽秋盡已三年,續用艱難自憮然。老氏可牛還可馬,仇香能鳳不能鸇。清虛竟日黃花雨,蕭瑟孤城落木天。何似著書寬歲月,山窗紅桂白雲邊。

---

[1]　東漢：底本作“東溪”,據《雲南叢書》本改。
①　張孟侯：即張酺(?—104),字孟侯。汝南細陽(今安徽省太和縣)人。趙王張敖之後。
②　王青：字公然,東郡聊城(今山東省聊城市)人,東漢郡吏,以守節力戰而聞名。
③　范孟博：即范滂(137—169),字孟博。汝南征羌(今河南省漯河市召陵區青年鎮磚橋村)人。東漢名士,“八顧”之一、“江夏八俊”之一。

沙河夜行

一

古岸如山抱野亭，馬蹄殘葉響沙汀。良宵可愛消行路。吏事難工慣戴星。霜樹影空天遠淡，河磯波轉月瓏玲。紅塵不動黃壚静，無限人間夢渺冥。

二

棲鴻嘹唳起河洲，朗月驚鴉噪不休。群動悱然迷曉夜，人生那得戀衾裯。五星頗覺將同色，四野欣逢大有秋。多少廟謨憂濟急，彈丸霜露未堪愁。

感寓八首

一

潁水冰堅欲走車，密雲連日變丹霞。豐年粟價驚三倍，窮野人心望六花。眯眼沙塵吹几硯，撲人嵐翠憶山家。東坡祈雪真成雪，自笑詩靈感應差。

二

低頭束帶歲慆慆，小吏憂愉只費勞。補履兩錢錐便得，投竿千里釣方豪。山中白鹿思陶淡，雲外真龍笑葉高。廣厦萬間還有願，蒼生原是仰吾曹。

三

撫字催科兩未工，終朝腕脱簿書叢。人宜范冉①腰間佩，官似王

---

① 范冉(112—185)：字史雲，陳留郡外黃縣(今河南省商丘市民權縣西北)。東漢名士。謚"貞節先生"。

褒①約內僮。未分詩書諧俗好，由來事業亦天功。霜風短晷催年暮，白髮星星也太匆。

四

服文帶利各夸然，走馬誰能却糞田。畢竟繁華須返樸，由來嗜欲已開先。仙人苦秘成金藥，大地難期雨粟天。日暮牛羊霜滿野，草根咀嚙臥寒煙。

五

紛紛爾汝未真情，圖巨端知在積誠。致雨須迴[1]三部掾[2]，斷河亦避貳師兵。五年戎馬成滋蔓，四國軍儲未取盈。小邑艱辛憂世界，秦山楚水半乘城。

六

誰解樓臺現指頭，衣袽且自備行舟。繫牛已屬行人得，欲炙惟憑見彈求。山木有萌生夜息，原田舍舊即新謀。史公委曲書平準，宰世應須別運籌。

七

珍糷同甘一飽心，一身家計好肩任。不嫌墨翟能摩頂，那得王陽解作金。啄木繞林枯樹響，淘河弄影碧波深。歸田莫厭徵輪累，饒得桑間放浪吟。

八

忽忽窮年渡潁濱，飛揚不似壯心人。雙親兩地俱垂老，萬里微官不救貧。月下遠砧風露切，天邊鳴雁別離頻。蒼山苦憶書堂嶼，晴雪梅花此日春。

---

[1] 迴：底本作“迴”，據《雲南叢書》本改。
[2] 部掾：底本作“部椽”，據《雲南叢書》本改。
① 王褒（前90—前51）：字子淵，號桐柏真人。蜀郡資中（今四川省資陽市雁江區昆侖鄉墨池壩村）人。西漢辭賦家。

雪後望江上山呈皖中諸寮舊辛酉

春氣暗如埻[1]，不見江上山。憶昔來皖城，江樓窮登攀。梅花點金樽，清歌度雲鬟。遠峰青照耀，縹緲欄楯間。交遊一分手，佳會難屢還。淮西屬塵土，局促吏事艱。青山入夢寐，恍忽隔仙關。茲來已兼旬，悵悵臨江灣。昨宵大雨雪，初破龍公慳。人氣變歡笑，生意蘇榛菅。長江净無翳，晶瑩碧玉環。晴霽得未曾，群山始開顔。倒影出千嶂，蓮花落煙寰。輕素冒林岩，蒼翠紛璘斑。三年眼如眯，斛塵俄已删。念彼舊遊人，變態非一般。山色好常在，人事苦難閑。曾點狂猶昔，趙孟老欲髽。魏絳軍旅倦，郭奕詞賦嫻。我性錮煙霞，耿耿餘堅頑。會須十日飲，公程何足患。

省寓喜得潁州雪報

潁人賴麥魚賴水，潁人得雪蜂得蕊。一冬禱殺張龍公①，密雲作霜沙揚風。小宰行役不遑恤，太守火檄催匆匆。連朝鵲噪燈花赤，元夕飄燈雪一尺。岩邑關心郵馬飛，粟價已聞錢減百。椎牛剟劫知無蹤，小邑年年邀天功。

烏夜啼

烏啼明月光，飛繞巢邊樹。行人中夜起，門外天涯路。天涯處處烏夜啼，每聽烏啼道起遲。

淮上山歌寄懷林念桁廣文

江邊小邑山深深，羨君官閑識君心。山城無事同謳吟，別君青山

---

[1]　埻：底本作“墩”，據《雲南叢書》本改。
①　張龍公：傳說中的人物，能够口吐珍珠。

側。渡江直到淮西北,淮西無山想江國。去年行役淮渦間,君家門前始見山。今年行役渡山曲,兩山離離波相屬。得邑名山預可欣,風塵畢竟嫌羈束。山間白雲如江涯,思君洄溯江又淮。

春　草

楊絲煙重欲平堤,笑靨桃花映水低。幾日濛濛衣上雨,綠將芳草過淮西。

靈璧二首

一

五載三靈璧,勞勞亦有緣。荒城聞琢磬,大水憶乘船。市肆圖奇鬼,農謠靠老天。九荒今一熟,春色已鮮妍。

二

盡日愁泥濘,河形認是非。孤村依阜出,遠樹入天微。礐石山胲瘦,耕淤水借肥。鶯花春正好,窮野耐朝饑。

睢股河挑工感賦

治河無上策,疏瀹仍[1]良謀。自從奪汴泗,歲歲驚黃樓。長淮中南巨,一合不可收。高堰兼閘壩,推挽成安流。陵谷變年代,千古同悠悠。泥沙有消長,木石難久留。嗟彼淮黃間,時憂魚鱉儔。北山何落落,煙火稀薪樵。石閘鑿天然,啟閉大河頭。怒流賴宣瀉,功大過亦侔。洪澤以爲壑,有時漫數州。洪澤近頗淤,恐爲淮者愁。自我事行役,五年此三游。雨水潰睢岸,分賑溯行舟。黃流三載溢,從事監河侯。今來見平野,河沙滿道周。奉檄浚南股,行迹難可求。督夫大

---

[1]　仍:《雲南叢書》本同,疑當作"乃"。

澤中，饑火生咽喉。馬蹄雜徒涉，日暮孤村投。憶昔懷賈讓①，三策
窮雕鎪。歷世滋聚訟，穿鑿多悔尤。圖巨良不易，吏事惟率由。路逢
流亡歸，歡顏待麥秋。蓼蟲習忘苦，生計寄浮漚。人事有運會，何勞
千載憂。

張家瓦房工次

長堤宛轉涉微瀾，盡日塵沙撲繡鞍。碧草淺深春薈薈，楊花撩亂
雪漫漫。涇渠未分賠秦鄭，鄰壑何勞治水丹。機事機心堪一笑，芃芃
麥秀滿河干。

時村工次

茅檐燈火強停鞭，迅速期程破曉眠。那得化身千百億，好隨相馬
曲方圓。桃花笑口真如錦，榆莢連天不當錢。強把村醪澆塊礧，由來
人事屬相沿。

道邊得芍藥滿肩輿中

藍輿晻靄露珠瀼，折得將離手自將。春色一番銷驛路，名花誰與
惜幽芳。同車好擁姬姜艷，臨水猶憐士女香。憶到秋娘金縷曲，無端
惆悵有迴腸。

卸太和任

一

蚩蚩[1]謬俗已翻然，牛犢腰間欲盡捐。風浪三年羅刹海，法輪一

---

[1] 蚩蚩：底本作“虽虽”，據《雲南叢書》本改。
① 賈讓：西漢時人，曾提出治理黃河的上、中、下三策。

唱夜叉天。息心頗憶林泉去，得邑差強山水邊。今夜黃紬酣睡穩，初知蘭桂爲香煎。

二

風流無計續虞延①，景色蔥蘢細水邊。詛祝未能銷蟇爾，褲襦猶幸借豐年。星星已變來時髮，去去難輕遠道肩。一點微雲齊仰首，不成霖雨又移川。

懷遠縣作用潘騎省河陽縣二首韻

一

少年慕貴仕，入[1]應公車招。蹭蹬春卿門，無由側中朝。揀拔荷曠典，綰綬托下僚。澗松自鬱鬱，那希山上苗。行役遍江皖，山水窮南條。雅志背臺尚，宿約負松喬。盡瘁攝汝陽，三載如一朝。桑雉不及馴，佩犢幸已消。薄雲戀爲雨，東西隨風飄。需次忽七載，掌茲淮壖徭。輕舟下清潁，南風吹袂綃。塗山拔地起，惟荆側嶕嶢。明德仰神禹，導此淮渦遼。玉帛來萬國，群后肅以劭。小邑舊勝地，民祀相與要。敢言下位卑，冥冥逐塵飇。薄俗善詛祝，民風形歌謠。側聞郡邑弊，苗弱莠驕驕。操刀慎宰割，何敢視民恌。

二

洪流起朱夏，繞郭連雙河。兩山對蟠鬱，雲雨交重阿。高艦浮荆揚，市利成紛華。石衢夾廣巷，綠樹蔭繁柯。廨宇簇岡巒，爽氣來嵯峨。登臺望平野，農事興南訛。耕淤足早麥，築場剪春蘿。屢荒樂今熟，滿車出污邪。豈伊土田瘠，舊俗懶桑麻。澆風生積貧，何由返雍和。薄才拙撫字，敢希襦褲歌。跼蹐簿書叢，何以當負荷。

---

[1] 入：底本作“八”，據《雲南叢書》本改。
① 虞延：字子大。陳留東昏（今河南省蘭考縣）人。光武時爲洛陽令。

秋　漲

煙波秋漲闊,野路覓坡陀。疊嶂遙分雨,迴雲倒上河。戴星從鞅
掌,何地憶弦歌。瑣瑣陰晴祝,淮壖歎歲多。

七月二十八日蒙城紀夢

莊生祠前泥一尺,車殆馬瘏村徑夕。深林燈火停饑驂,秋雨秋風
透檐隙。倦軀得枕百事忘,青山忽出天中央。山間臺觀羅松篁,朱樓
一角七寶裝。勢如浮圖凌風揚,雲窗翠幕層層闥,仙人照耀臨朝光。
羽衣之少年,招我雙玉手。何人頰面蒼虬鬚,傲睨不言搖其首,踟蹰
鸞鶴群逐勝。樓東走重門,無人心怦怦。珠簾風靜笑語聲,花艷滿庭
瞥相見,雲鬟霧鬢百媚生。阿姆殷勤舊所識,手攜雙鬟贈我行。丰骨
清嚴淡妝飾,欲請其尤笑不應。絮語頻頻更催別,許多仙艷皆目成。
雨聲撲窗破幽夢,紅樓在眼青山青。人生夢幻生臆想,塗泥未分雲霄
仰。仙人嘖喜意可會,仙姝何由見延獎。龍宮惡婢兆將帥,迂儒素恥
軍功賞。我生得意不盡歡,云何夢幻猶髣髴。清境歷歷欲模糊,火急
作詩登前途。

太和渡潁

酌水愛清潁,三載此川湄。秋雨暗蘋渚,不似春遊時。野人指前
宰,依依臨郊歧。渡鳥不留影,停雲無定姿。兩槳渡迴灣,眷言行路
遲。高樹舊城邑,勞身竭敷施。欲覓過去心,渺渺難重持。膠擾百年
中,未來何可期?

夜　行

籠燭驚棲鳥,翩翩動綠蘿。輿遲殘夢續,山近早涼多。露蛬喧幽

草，風螢點暗荷。塵心中夜静，虛白耿星河。

野　興

出門秋色滿，耳目暫澄清。世事癡方了，名心久自平。石林濃雨色，風葉颭溪聲。紫稻香盈路，山莊憶耦耕。

京師六月至七月大雨桑乾諸河溢閲邸抄被水七十餘州縣非常灾也

一

淮上涼生夏欲訛，中宵星象亂投梭。行人詫説京師雨，彌月全傾天上河。懸釜債車寧抵牾，移坊祭社竟如何。九重宵旰頻年切，饑溺偏連郡縣多。

二

千山急雨壅桑乾，萬派奔騰勢未闌。不信蛟螭能放恣，已聞蒼赤罹波瀾。長茭白璧隨流盡，細馬輕車就食難。未解旻天[1]仁愛意，堯年一樣水彌漫。

三

懷襄日夜廑宸居，五字詩成涕淚書。倉廩全開畿輔遍，瘡痍半起面顏舒。洗兵天欲西南靖，滌瘹人當劫運除。休咎自來需幹濟，大川舟楫定誰如。

師荔扉之望江任過懷遠

一

淮水清秋夜，荆岩逼檻涼。十年方一見，兩鬢各皆蒼。問舊多零

---

[1]　旻天：《雲南叢書》本作"昊天"。

落，談山欲遠翔。人生難得處，萬里共杯觴。

二

作吏殊堪歎，偏難老遁藏。我方厭塵鞅，君已入錐囊。世路饒盤錯，民生忌譸張。問途無可贈，名士慎疏狂。

三

江上逾淮上，千山接混茫。小姑暮行雨，彭澤對開堂。下里能歌舞，平沙足稻粱。政餘吟興恰，郵寄慰愁腸。

碧　鏡

碧鏡涵花活，濃山入黛長。扇迴燈睒閃，釵掛玉丁當。流睇橫波靡，含嚬絳點香。翠鬟初攏髻，脂頰自凝妝。細柳垂腰弱，幽蘭結佩芳。巫雲遲雨色，洛雪駐風光。璧月良宵惜，琴心細語將。可能堅宋玉，不羨嫁王昌。桃葉新名渡，雲英近搗霜。天花留獨著，雲鳳繡雙翔。小杜芳時憶，相如渴病狂。春懷[1]餘一綫，顛倒爲情忙。

壬戌元旦迎春擬樂府歌青帝壬戌

寅之甲晨農，祥首元正迎。青陽鼓淵淵，蒼龍斾神之。臨百福賫諧，諧者淮亦濡。其厞房雲從，風潤彼枯荄。肇允滋農功，人牛適中日。勿後時以從，我婦子於豐。

春　雪

微風雪不禁，搖漾[2]滿疏林。不辨梅花色，絕知春意深。紛霏遲日晚，浩蕩遠山沉。悾偬中途宿，悠悠丘壑心。

---

[1] 春懷：底本作“風懷”，據《雲南叢書》本改。
[2] 搖漾：底本作“搖樣”，據《雲南叢書》本改。

霽雪

城烏噪曉空，樓觀簇玲瓏。霽色分山遠，春陰護雪濃。融泥滋碧沼，積素點寒叢。元夕燈花麗，留將並月朧。

蘄縣古城

風狂不覺春，撲面暗沙塵。雁候迷雲水，人家雜莽榛。古城空背澤，楚夥竟亡秦。治亂千年事，由來慎所因。

宿州西北山中

塵土霾征驛，蕭然路轉林。入山平野闊，絕壑亂峰深。疊石浮螺翠，靈泉滴玉音。符離回道士，應向此中尋。

雨又雪

片片輕霏帶雨斜，孤村煙靄暮停車。東風狡獪花前雪，吹上繁枝盡是花。

初霽早行

得得溪山慰早行，平沙搖漾柳絲輕。風來綠縐波新展，雪盡紅心草細生。駒隙那堪羈宦拙，人間難得是春晴。塵埃不勤天涯遠，愁思無端暗自縈。

早日

滿月未銜山，紅日已地外。豈直晝漏長，春至天亦大。東宿日次高，夜候破蒙昧。天事屬有常，陽長斯爲泰。曉路冒繁霜，微澌蕩鳴瀨。時聞樵牧兒，歌聲出蓊藹。谷鳥競高林，欣欣如有會。時行樂春生，免茲苦寒慨。

北嚮雁

鴻雁渡冥漠，當風揚羽毛。眷言江湖樂，翩翩下九皋。雖免塞雪寒，奈茲凫鷖驕。春風催歸心，萬里何迢迢。銜蘆助委頓，虞羅愁見要。一嗜稻粱味，翻飛不復高。六翮豈殊舊，太息此嗷嗷。

春林花

晴日爛紅杏，蔚茲艷陽天。灼灼夭桃花，百媚生含嫣。海棠暈如醉，容態何天然。李花殊暗淡，春風相與妍。弱質易爲滋，非彼青陽偏。物情厭寂寞，榮落惟所便。薔薇何結曲，錯錦矜紅鮮。辛夷已斑駁，山櫻紅欲然。長松獨何爲，鬱鬱深崖邊。

二月二日[1]

二月二日楊柳絲，淮南淮北光風吹。穿泥碧玉蒲芽銳，夾水紅雲杏蕾滋。案牘長年目眩晃，鶯花忽地春迷離。殷勤欲趁良晨樂，酩酊無因似習池。

得雨大風

玉岩山下雨絲斜，耐可顛風竟夜加。正是艷陽初得半，爲渠芳草又憐花。

落　花[2]

一歲芳菲去等閑，林隈款段避斕斒。落花底事憐茵席，最好風吹

---

[1]　此詩底本未收，據《雲南叢書》本補。
[2]　此詩底本未收，據《雲南叢書》本補。

碧草間。

潁州三里灣渡河

裊裊雙河柳，多情拂畫船。三年遊賞處，小渡亦悠然。薄宦如行旅，春花迫雨天。鶯聲啼恰恰，不覺爲流連。

淮壖田

跨淮作縣治，荊塗環嵂嵂。汴渦亦東匯，時復警淮洚。民田半黍稻，泥壤各不同。南涯禱暑雨，北涘愁夏凍。風雨四時和，高下難兼豐。積歉成惰農，饑腸生澆風。攘攘淮壖間，天亦難爲工。

讀前人[1]田家詩感賦

一

我從田間來，束帶欣作吏。作吏勞心神，復憶田間事。孟夏鵁姑飛，繁陰暗濃翠。雨餘農事閑，良苗蔚豐遂。野趣談古初，田酒餂歡醉。濯足溪泉清，開襟遠風至。散蕩不妨人，何由辦機智。識道苦不早，負此沮溺志。

二

井田不可談，均田亦煩促。游民積漸增，機變相馳逐。刑政詘益滋，奸偽緣猾獝。十食而一耕，饑腸成疾篤。民生首一飽，力耕詎云辱。榮利耀其前，五色艷迷目。綺裘鄙布素，珍食陋粱肉。役情索身養，身敝索未足。刀錐第可營，山海走相續。艷女懷金夫，俳優仰華屋。詩禮冢可伐，借客死可鬻。萬衆紛嗷嗷，誰能竟起伏？惟有驅田中，低頭種菽粟。貧富不相啖，田亦漸均屬。人意靜耕鑿，休風生素

---

[1] 前人：《雲南叢書》本作"唐人"。

樸。何由驅之田，云毋現可欲。

三

兵從田間出，罷即田間歸。國無募養煩，邑有守禦資。卒然下符契，萬千立可齊。十人一火具，農夫力優爲。勇壯寓羈束，耕鑿安恬熙。烽燧一隅動，四面饒兵威。更番不千里，精銳有餘施。戰士恤同民，道路無侵欺。尉長悉鄉里，緩急相扶持。既無寡兵患，何由老且疲？功成不利賞，急此南畝期。有唐變彍騎，方鎮生禍階。自從兵民分，得失難可思。優優府兵制，何異阡陌開。

四

古者仕釋褐，拔茅南畝間。民隱晰纖微，教養術所便。本無華侈性，富貴亦藐然。解帶行反耕，進退綽且寬。唐制科選雜，農士始相懸。奔競利誇蕩，車服竭芳鮮。得仕不屬情，熱中生憂煎。豈無爲民志，爲己難兼殫。沈郎四太論，流極不可言。士風日趨巧，功業日以泯。緬懷諸葛公，智術侔天人。當其南陽時，力耕若終身。成都八百桑，田業遺子孫。淡泊訓明志，千秋愧素餐。

春暮感興

火櫪星符日不虛，毿毿華髮渺愁予。喞啾桐葉誰鳴鳳，濕沫[1]苔泥互呴魚。過眼花飛春事疾，挈囊瓢在宦情疏。蒼山一曲松千樹，飽啖龜苓憶著書。

片　息[2]

片息清虛破滓來，名場心迹自疑猜。談詩未讓麒麟閣，繡佛何妨鸚鵡杯。夜雨梧楸花細落，青山裙屐夢頻回。駢煩身世無窮慮，齊物

---

[1] 濕沫：底本及《雲南叢書》本均作“濕沫”，據詩意改。
[2] 此詩底本未收，據《雲南叢書》本補。

莊生一笑開。

遣悶戲爲宋人體

一

得道堪憑慧業，美官不過多錢。待來腰下雙綬，輸却山中一眠。

二

暑中對人冠帶，長日據案鞭笞。等是人間惡趣，一行作吏兼之。

三

上界亦煩使令，名山自足清凉。神仙有分猶懶，六月驅車不遑。

四

一官一邑憂世，淮北淮南亢陽。十九峰前啖雪，六千里外思鄉。

七月十一日立秋

酷熱何堪簿領叢，迎秋盡日仰雙桐。黃房嘉會神靈藥，列子歸心離合風。赤豆井花酬節物，剪楸沉果憶兒童。暑中信有浮生慮，一笑西南月半弓。

禱　雨

一

甕蝎雩龍信杳然，山宮僕僕禱靈泉。莔畬難竟驅遊手，菽粟何堪減旱年。雲氣陸離開日駁，河聲曉夜涌風顛。天和有象無由動，蒿目晴霄炷紫煙。

二

垺鬱塵埃草木黃，井泥汩汩引殘漿。天心畢竟回仁愛，時節難教遲稻粱。財賦東南軍國計，江淮生活水雲鄉。已聞四遠同枯旱，小邑貧疲倍黯傷。

三

占星驗月費參稽，消息人天事總暌。苦憶夏香辭慷慨，難分袁甫地東西。靈山毛髮燋應痛，淮海蛟龍睡已迷。毒熱煩愁交互集，何當雷電起前溪。

微　雨

堂上看山野氣昏，入山蒼翠敞崖垠。秋陽旱沴難堪暑，疏雨微雲亦解煩。烏鳥喧聲爭晚樹，漁樵生計耐荒村。微官憂樂隨人事，茆店蕭然一舉樽。

喜　雨

盛夏苦亢旱，得雨不愜懷。人苗同[1]一枯，雲雷中道乖。今晨動煙霧，浮涼發天涯。雲霞絢猶駁，風雨俄以偕。老荷寂復喧，蒼葭黯漸霾。薄暮轉浪浪，傾洒何淋漓。物理異頓漸，舒徐有餘施。蓄極勢未已，慰茲久旱思。我行計百里，森爽忘暮饑。興夫泥沒踝，茲行不言疲。野館環深林，繁響豁心脾。我性畏炎熱，始欲耐葛絺。所惜濟旱功，後彼田家期。陰陽久亢戾，且以和天倪。把火照懸溜，捲幔揚清颸。深夜不解寐，此情無乃癡。譬彼渴酒人，酒渴不可支。得酒大甕盎，濡首無不爲。卜晝與卜夜，誰復計何時？

秋雨解

野人采菽炊饑饗，低頭淋漓背朝雨。手中攝實半空枝，太息秋霖竟無補。三伏炎炎禱龍公，豆花丰茸落焦土。等知膏澤今滂沱，何似前時旱相與。我思古來人才何時無，往往泛置猶凡夫。天地鍾靈詎無意，遲迴抑塞何爲乎？若大旱用作霖雨，古人妙喻味何腴。用不用

---

[1]　同：《雲南叢書》本作“上”。

一轉移間，紛然萬彙差菀枯。天事人事等難測，硜硜怨望嗟何愚。農夫農夫早種麥，今年秋雨明年食。

晚憩中南海寺夜雨[1]

一

兼葭水半浮，楊柳隱汀洲。人語煙中楫，燈明樹杪樓。谷陵何代改，佛伽一龕幽。小憩耽禪境，微涼動晚秋。

二

伏枕千林葉，濃陰水氣生。西風吹密雨，一夜滿秋聲。寂闃消心象，塵勞薄世情。曉鐘殘夢裏，香火憶前盟。

九　日

重九事行役，高山時登臨。所歎忳忳懷，異彼遨遊心。紆曲渡迴澗，重岡緬崎崟。秋氣淨天宇，林壑爽蕭森。寒苔秀岩石，曲泉鳴幽陰。粲粲日精花，托根凌高岑。風露自敷蕍，芬馥竟誰尋？日夕發孤興，耿耿懷芳斟。

黃　葉

頭髮老自白，木葉秋自黃。白髮緣心神，黃葉豈云霜。淮南悲長年，局促誠可傷。落木有餘態，風露繁清光。花實爛熳已，斂此生意長。人生膏火煎，百年此遑遑。安得神仙藥，一返鬢毛蒼。

夜歸自塗山下

一

長宵耐遠路，跫然空谷音。殘月上峰背，幽輝開澗陰。隱隱長淮

---

[1]　此詩底本未收，據《雲南叢書》本補。

流,素波含煙深。村巷閉寂闃,蕭森殘葉林。霜露皓崖石,夜氣空人心。何處擊寒鐘,雲水杳沉沉。

二

喚渡月在林,登舟月在水。兩槳擊玲瓏,撲簌鷗聲起。霜濃水氣清,灘空石林徙。玉玦光鱗鱗,微風爛錦綺。柁轉山影橫,蒼然兩峰峙。萬籟寂不動,天宇净如珌。明發市城喧,爭渡聲聒耳。

哀符離四章

宿州城東門夜開,白巾帕首橫戈來。焚街劫獄殺官吏,洶洶狂突何爲哉。邪説中人有如此,妖兒妖婦稱渠魁。黑雲沉沉火洞赤,男顚女躓相枕藉。城西壯士振臂呼,短兵狹巷血模糊[1]。日中五戰賊不脱,亂擁州衙作巢窟。鳳廬廉使宵介馳,單師入城賊掩匿。摧壁破壘殲其雄,困獸奔騰肆狂嚙。賊砍不死神扶持,戎莽驚心援外絶。臘月八日鳴軍枹,刀弓火炮雷電驅。妖兒妖術何有無,青天日出愁雲徂。流離在野循歸途,嗟嗟死者云何辜。

十二日解嚴

一

令下千夫集,人心壯足資。河山堪表裏,鍬鍤效驅馳。風遠傳郊柝,燈明夾岸旗。金湯成衆志,端不在臨時。

二

百里傳宵警,餘凶到我疆。妖氛能八日,兵力已多方。弊俗弦歌輟,無端壁壘防。今朝烽燧撤,愁思轉茫茫。

---

[1] 模糊:底本作"糊模",據《雲南叢書》本改。

郊行大雪[1]

盡日風雪濃,薄暮意未了。簌簌踏溪橋,霏霏眩林表。川原入天淨,村巷人聲悄。欲覓平阿宿,前山皓茫渺。

除　夕

殘雪熒熒北斗回,坐看年去[2]又年來。危途第覺風濤過,華髮何堪歲月催。賈島祭詩癡興僻,裴公①爇火壯心哀。長筵簫鼓燈如晝,且免閑愁到酒杯。

初三日雪癸亥

曉霧不開山,濛濛檐溜濕。軟風非雪候,倏忽輕霰集。紛紛漸作花,漫漫絲絮雜。宛轉意態閑,磊砢厚已積。重陰結舒徐,浩瀚恣淪洽。枯叢爛繁蕊,密竹沍槁葉。曲欄半已沉,茅舍欹欲壓。盈盈池沼平,何乃計原隰。前月雪三日,老農破快悒。牆陰積未消,茲雪更重疊。來牟定飽餐,水陸各厭泡。連年冬不雪,屢荒相蹈襲。小宰拙撫字,鬢毛坐蕭颯。天道有盈虛,豐年從此愜。柏酒禦宵寒,清輝炫銀蠟。

人日喜晴

人日曉天晴,重檐落凍聲。長淮融雪動,新水迫春生。寒峭梅花坼,香攢菜甲烹。高山良駟策,猶起壯年情。

---

[1] 此詩底本未收,據《雲南叢書》本補。
[2] 年去:底本作“去年”,據《雲南叢書》本改。
① 裴公:即裴度(765—839),字中立,河東聞喜(今山西省聞喜縣)人。

望塗山[1]

　　春晴變山氣,嵐翠濕峰棱。叢石深留雪,幽泉響漱冰。野人營窟屋,古木掛霜藤。數數崖前路,探奇竟未能。

荊山樓

　　璞玉山前雨意濃,畫樓春色繫離悰。繞林碧漲雙河水,倚檻青浮對面峰。岩草淞垂珠歷落,石苔雲過翠蒙蘢。兩年風月頻遊宴[2],又是鴻泥舊爪蹤。

離席賦得長淮柳

　　無限長淮柳,風霜兩岸凋。夜來春雨足,荏染萬千條。細浪搖金縷,濃煙籠畫橋。相將人惜別,婉轉撫雙橈。

之懷寧出山陽鋪用謝之宣城出新林浦向板橋韻

　　連山豁新晴,期程愜遄鶩[3]。沙水净迴溪,殘雪炯深樹。羈職久淮服,風霜往來屢。春色懷江城,勤役亦佳趣。搴芳蘭渚青,盍簪朋舊遇。春風慰行李,濛濛出煙霧。

龍山宮祀事

　　長江東北流,群山儼相從。峨峨大龍山,西上專其雄。江山互盤亙,陰陽交方中。是宜大藩地,自昔國皖公。小宰附城郭,畿望資要

---

[1] 此詩底本未收,據《雲南叢書》本補。
[2] 宴:底本作"處",據《雲南叢書》本改。
[3] 鶩:底本作"鶩",據《雲南叢書》本改。謝朓《之宣城出新林浦向板橋》首聯韻字亦爲"鶩"。

衝。連年苦亢旱,大吏憫三農。潔齋禱靈祠,應時甘雨通。神閟福萬民,寸雲敷大邦。今兹重承祀,登降肅旌幢。風日荷神霽,照耀開青峰。岩嵐沃蒼翠,原隰迴崆巄。仰聆涓涓泉,俯爲大壑瀧。豈直眺遊勝,豁目清塵胸。歸途踏春草,曲折緣深松。雨餘麥苗青,村巷回冲融。即事慰情愫,時和神所豐。

車津澗

春光忽忽滿江潯,石路羊茸細草侵。野氣晴蒸新樹綠,溪流紅罷亂花深。蓬龍不厭看山興,駰馬難忘蠟屐[1]心。一酌車津亭下水,九年塵暝到而今。

宿橋頭寺

風竹暗如雨,不辨夜淺深。幽窗忽炯炯,殘月生東林。衣露濕花氣,泉響生静心。一宿寬閑境[2],暫如釋負任。

茶亭嶺

種松滿青山,種稻青山趾。溪塢自成村,小山相邐迤。但使風俗淳,樂利竟何已? 雨餘溪泉清,春深雜花紫。石彴恰通人,鳥聲清在耳。盡日青蘿間,飛蓋渡旖旎。

長安嶺

曲磴盤苔濕,空亭戴石高。晚煙濃岳色,野漲入江濤。地僻稍忘暑,山行得避囂。長松千萬樹,小立聽蕭颾。

---

[1] 蠟屐: 底本作"臘屐",據《雲南叢書》本改。
[2] 境: 底本作"地",誤。據《雲南叢書》本改。

憫　農

六月早稻黃，刈穫還更種。新米飯饑農，水車聲淙淙。地力無時閑，猶艱八口供。奈何不耕人，珍食自恣縱。

夏夜詞

簾榭沉沉月斜白，屏山夢轉瑤林碧。美人銖縠玉肌涼，錦瑟露瀼拭蘭席。曲欄芳草青菲菲，雲水香濃醉不歸。蜻蜓曉夜荷心宿，不羨莊生蝴蝶飛。

石門湖遇雨

擊楫趁汀洲，青山動拍浮。濃雲頹浦樹，急雨響湖漚。大野力驅暑，西風今始秋。村人指龍掛，光怪滿江頭。

得透雨歸自高河鋪

蕉鹿猶疑夢幻同，肩輿迢遞亂雲中。動來鱗甲千山雨，聽徹松杉萬壑風。靈谷有龍呼竟起，人間害馬去難空。炎蒸忽地清涼遍，一笑醍醐灌頂融。

潛山城外寄王四約齋[1]

山行不覺遠，松籟水聲兼。秋樹迷黃谷，晴雲蓊嶽尖。翠微城郭暝，潭影塔棱漸。欲訪飛鳧侶，匆匆未許忺。

山口鎮

漲流歸壑響粼粼，雨後青山面目真。石徑寒生楓半紫，汀沙秋盡

[1]　此詩底本未收，據《雲南叢書》本補。

草如春。焚魚酌醴難乘暇，野鹿標枝憶返淳。別有幽懷人不識，登高臨水總含顰。

練潭驛[1]

參差岩岫繞芳汀，使節星軺旦夕經。疲馬臨殘沙草碧，行人折遍柳條青。一官手版紛迎送，五夜家山夢渺冥。孤月澄潭誰解和，幾回空過水心亭。

石門湖夜行

石門沉沉湖暗碧，大龍山頭半吐月。煙嵐晃月山影空，木落天高雁沙白。沙路鱗鱗舊漲痕，虛船廓落傍荒村。長官風露宵行急，茅屋人家睡正溫。

梅林湖暮行

鞅掌難堪簿領身，郊行清曠恍怡神。撲塵嵐翠山當面，坦步江沙月趁人。鴻雁低回諳地僻，漁樵歌笑見情真。肩輿宛轉思成寐，遠寺鐘聲到野津。

微雪望皖公山

風雪少人事，登樓得偶閑。相看頭半白，老却皖公山。

除日西鄉夜歸

浮雲變幻風波瞥，卒卒窮年到除日。除日猶煩于役行，三百六十何日逸？名利奔催遞古今，賢愚一樣迷悠忽。神仙大藥幾時逢，年去

---

[1] 此詩底本未收，據《雲南叢書》本補。

年來成白髮。天柱峨峨凌穹蒼，左慈丹竈開晴光。墨組羈人不得到，河頭悵望塵飛黃。吏事卑微困泥滓，朝朝斂版宵衣起。使令煩於上界仙，待食迴環千夫指。馬牛其風盡可及，鷄蟲得失爭無已。隍中覆鹿多夢人，老子烹鮮難究理。挈瓢有興何時歸，送窮無術將胡底。兀兀籃輿百感并，山村臘鼓敲匃匃。春風老柳枝梢活，幽谷早梅冰雪傾。松徑蒙蘢暮煙暝，茅亭憩立泉聲清。嚴城輿馬喧辭歲，行路虛寂轉閑情。輿中守歲不須急，江上瞳瞳看日生。

新霽登樓甲子

晴暉駘蕩發春陽，冰霰兼旬得未嘗。殘雪半含沙草碧，顛風猶在野梅香。到江山岫晶瑩出，拂面楊絲婉轉長。片刻寬閑心乍遠，小樓高揭水雲鄉。

棕　陽

一

灣灣河水半江鋪，裊裊楊花卸舳艫。樓上青山留客醉，風光都屬酒家胡。

二

士行祠前柳萬絲，維舟煙雨思迷離。天門幸有排雲翼，俯首依依送客時。

三

富貴還須不死求，射蛟臺下水悠悠。樓船彩仗青山輦，只有君王一度遊。

大新橋①送鄉人歸

健馬輕帆遠自任，家山最是好園林。東風吹起長江柳，西向迢迢

---

① 大新橋：在今安徽省安慶市西。

送客心。

江濱行

恰恰鶯啼竟日聽，披離紅杏短長亭。空江夜雨潮初漲[1]，遠渚寒煙草又青。簿領年華鬚鬢改，酒杯山色古今經。東風馬首楊絲路，過盡征帆各不停。

西　洲

經旬一度到林坰，細柳新蒲鬥裊婷。野岫春濃雲靄靄，江村酒熟雨冥冥。喚晴幽鳥迷芳徑，隨意桃花傍水亭。矮馬幄裙遊興別，勞勞空對好山青。

三月朔永慶圍長堤成起柞澗段石諸小山邊槐筴斷塘諸河包泉潭峽港兒小矼西峽諸湖抵梅家壩橋皆易以石坤啓閉巨工也劉萬象汪豁珍羅先箕王大本諸生爲予賦詩小飲迎芳庵中用蘇詩和趙德麟韻紀事

江潮悍疾人力窮，洲人寄食浮漚中。群舒山澤下秋潦，吐吞萬派乘風雄。皖公城東盡湖泊，紅蓮碧蓼滋清丰。團沙堵水種粳稻，往往平地波濤通。劉生老謀爲我畫，移山轉水真鑿空。始事落落終竟合，堤成忽奪蛟螭宮。霓捲雲連五十里，有如月暈周矓朧。汪羅諸生壯從事，歌詩相杵來清風。百日圍成陂壩足，不數豆芋資濯龍。從今大穰賀豐歲，免茲鮮食竭魚蟲。

---

[1]　漲：底本作"長"，誤。據《雲南叢書》本改。

流　水

流水地中行，平平無須治。神禹奠泛濫，疏瀹云導之。後世利堤障，漸增如守陴。留濁日以高，阨塞難久持。仰流下平地，城邑蕩如糜。利害滋聚訟，璧馬徼神祇。竹木有時盡，遷決無已時。至今黃樓側，濤聲凌庢屚[1]。汴泗沒已遠，淮渦近亦危。物極勢必返，何堪更南移？水治治以下，民安安以卑。高卑一凌替，患害踵相隨。物性即至理，穿鑿多所違。水鑒而民鑒，毋徒小利期。

春日即事

一

細雨春江闊，濛濛帆影斜。平蕪青到水，雜樹亂開花。颯颰魚梁鷺，凄迷野廟鴉。垂楊惱人意，搖蕩滿天涯。　山口鎮

二

風雨四山并，前蹊石瀨鳴。荒林何處宿？蕭寺足爲情。萬樹翻階綠，高雲下榻平。化城安穩意，轉自歎勞生。　長安嶺

三

天柱一峰出，今朝應是晴。崖陰翻瀑雪，雲氣曳松聲。茅舍稀人事，山田帶石耕。荒塗難可憩，林壑慰饑行。　潛岳鄉

四

萬綠繁陰合，殘紅亂雨飄。人家不知處，澗水曲通橋。松蕊攢金粟，藤花幔紫綃。山林隨處好，春事亦偏饒。

五

擾擾何時樂，塗泥笑此生。一春稀對酒，野酌亦多情。山翠濃餘

---

[1]　庢屚：底本作"庢屚"，《雲南叢書》本作"垂廉"，當爲"庢屚"之訛。

映，花香噴薄醒。夕陽遲不落，新樹囀鶯聲。

六

遠岫蛾眉曲，溪流帶影清。市橋攢畫艦，煙樹隱連甍。人有便娟子，歌能靡曼聲。不須輕下里，花月可憐情。石牌鎮

七

返照帶溪雨，空濛江上山。漲迷前日渡，舟出翠微灣。花落草逾碧，春深人未閑。幽芳心自惜，延佇水雲間。石庫湖

八

圍塘擴野田，彌望綠黏天。密樹雙堤合，危橋獨木懸。藤蘿牽草屋，鷗鷺適湖天。江鄉魚稻利，春雨辨豐年。西墟

九

負郭園亭好，低回芍藥欄。飛花隨水遠，密雨送春殘。迂性難移僻，泥途強自安。金丹何處有？未分壯心闌。

十

渚嶼搴芳草，幽懷黯自歡。吟詩騎馬得，盰世論人難。晴日當春少，浮雲壓地寬。愁心此江水，自古浩漫漫。

梅　雨

江上黃梅熟，濛濛雨意殷。青山黯如夢，不辨曉行雲。錦瑟移高調，香薷亂碧芬。東鄰窺玉處，寂寞綠苔紋。

洲　望

新晴白蘋渚，不奈客愁何。江水日夜急，雲山重疊多。元珠難強索，白雪自高歌。鷗鳥浮沉適，飄飄不礙波。

晚下石門嶺

雨後煙村草樹光，小亭延佇正斜陽。垂岩石髮風絲細，解籜新篁露粉香。多事荒途行靡靡，出山泉水共茫茫。嚴城隱約雲霞裏，名利虛拘未了忙。

雨中兀坐

一

久雨青苔欲到門，坐來心迹得渾渾。醍醐巵酒寧論器，鼓吹鳴蛙等是喧。幽獨有懷周世界，賢愚多事強昭昏。忘機最羨梁間燕，帶濕輕翰自在翻。

二

學得安心未竟安，百重堆案懶研鑽。莊生牛馬人呼易，老氏雄雌自守難。門外塗泥隨意附，雨中盛夏似秋寒。渠渠我屋權輿遠，漏濕移床強自寬。

發新橋港

掛帆漭無際，村舍認菰蘆。水氣浮山白，瀁雲聳柱孤。鞠芎寧戒備，粳稻已淪鋪。向夕風濤發，鷖鶊快意呼。

泊塗家凸

繫纜依山曲，蕭條薛荔村。民依艱一食，百務總難論。蛙蛤燈光集，魚龍夜氣渾。風波不成寐，更聽雨聲喧。

江家嘴霽月

炯炯月出水，斜光入我船。風定水聲息，起視山蒼然。列星何的礫,各各依其躔。數月苦陰雨,一豁憂慮煎。積水晃明河,紆回深樹顛。晚稼藝可及,何由疏百川。聊茲慰晴景,蕩掃癡雲煙。

得替後移居天台里

一

污喘負籠土,一莁殊脫然。今朝真此味,坦腹臥涼天。頓刀餘盤錯,虛舟任往還。兩年腰欲折,名實竟何先。

二

地豈丹砂得,興因山水生。要烹庖可代,執熱爨思清。華髮添明鏡,殘編憶短檠。中庭人語寂,月上有江聲。

秋日即事

一

待得瓜時歲已逾,酣眠始覺病身蘇。神仙原在人間世,細雨新涼一事無。

二

風塵到處避囂難,機事忘懷放眼寬。擬把流泉參水觀,不爭瓦礫動波瀾。

三

檢點鄉書作答遲,自緘藤紙報相思。秋江潦退如西洱,一樣青山到水湄。

四

聞道難抛債主逃,暫時休假亦清高。解衣狂飲無監刺,飽向江天嚼蟹螯。

五

飛煙飛雨渡江潭,樓閣蕭森萬木參。無數青山相對出,盈盈秋色滿江南。

出皖途中即事

一

紅亭綠酒樹西東，飛雁池潭片影同。慚愧居民留戀意，兩年碌碌去匆匆。

二

驛路僧寮似抱關，每來竹下聽潺湲。相馴更有霜翎鶴，引步蒼苔對客閑。

三

冷水鋪前溪水鳴，大龍山頭雲倒生。白雲搖蕩龍山遠，一片秋林密雨聲。

四

識遍山前樹萬重，青楓大栗莽蓬蘢。挺然直幹清陰滿，記取源潭老獨松。

五

點點蘋花拂短橈，一聲初雁渡晴霄。江流自繞青山去，猶向津亭上晚潮。

六

煙霞名利欲兼難，大李才華早掛冠。數數龍眠山下過，山莊止向畫圖看。

七

半生塵路感交游，每飲醇醪憶好仇。何處道南公瑾宅，青山黃葉滿舒州。

野　菊

野菊被崖谷，獨感秋氣清。開花粲白石，濯根山水澄。蕭灑出天然，恬淡有餘馨。汲泉壽老翁，服食垂仙經。城市競五色，甕沃滋繁英。世有捷徑子，狡焉托幽貞。至美非近玩，甘隨秋草并。陶公已忘言，真意何由評？

廬陽①懷古

一

江湖重阻足憑臨，吳魏頻煩利遠侵。春水方生堪嚇敵，斷橋超度亦寒心。盛衰時運成征戰，治亂人才變古今。何似單車劉太守，招綏群盜計深沉。

二

豫州僑奪儼如讎，零落遺黎難未休。捲地波濤韋叡堰，燎天風火北齊舟。蟲沙欲盡軍中化，蠻觸何知角外求。成敗匆匆銷往迹，青山依舊水東流。

三

行愍英姿把劍鐔，一時才勇效淮南。堅城挫銳持方急，破陣呼觴戰復酣。正朔尚能尊李氏，雄兵終竟抗朱三。黑雲澶漫江湖涌，衣錦君臣盡可慚。

四

南宋逡巡地日隤，廬州形勢好重恢。藕塘猝擊劉猊去，店步旋驚兀术來。表裏江淮寧可退，生靈塗炭豈忘哀。尺書催戰全師捷，國計從知仰勝裁。

五

將軍嶺上分流水，咫尺堪通共一溪。人力已挤山脈斷，鷄聲偏向夜中啼。矯揉事業身徒瘁，寂寞碑銘字已迷。野老尚傳隋世代，詔開

① 廬陽：今安徽省合肥市廬陽區。

肥水達淮西。

六

世宙茫茫未許猜，歷陽一夜陷湖開。麻姑東海誰憑信，老姥青山劇可哀。舻峽倚天人插竈，地形傳火劫沉灰。浮生止有神仙好，那得金丹大藥來。

湖濱夜行

平沙渺渺渡煙皋，驕馬寒嘶雁鶩號。黃葉樹深微月淡，空灘水落斷崖高。一星碧火湖心寺，往劫悲音夜半濤。野艇無人遙喚渡，此生蹤迹總勞勞。

三河鎮①

寒水三叉落，垂楊夾岸平。稻粳[1]新熟後，埠火遠春聲。羶蟻紛人事，冰魚饜客烹。喧囂難再宿，煙月放舟行。

野　望

潦收寒水澄，落葉滿橋梁。老荷鬱深翠，野菊標孤芳。陂陀冒紅樹，茅舍叢疏篁。禾登農事閑，日暮歸牛羊。一熟已蘇困，無事相擾攘。清净道日遠，庶以愜幽腸。

夜行擬李昌谷②

白日何短短，道長霜雪重。驅車中路宿，遙心如飛蓬。元鶴唳幽

---

[1] 稻粳：底本及《雲南叢書》本均作“稻航”，當爲“稻粳”之訛。

① 三河鎮：在今安徽肥西縣東南。

② 李昌谷：即李賀（790—816），字長吉，河南府福昌縣昌谷鄉（今河南省宜陽縣）人。後世稱李昌谷。

渚,悄然萬籟空。夜景何離離,曉星漏雲出。徘徊枯林顛,俄然是殘月。白露凝寒天,青山黯紆鬱。采采若木華,爲我照行轍。

荒　村

荒村土屋斷山圍,種蕍[1]栽榆未可希。積葉空林過騎響,連岡白草怒雕飛。星霜出入頻年慣,風雅弦歌此日非。城市豪華邊鄙瘠,從知撫字及人微。

獨山①詩

蜀山變蒼紫,行行周四陲。隆然青天中,雲煙紛陸離。圓如稟君廩,側如蚩尤旗。抑誰覆其笠,夸父追炎曦。原隰會風雨,蒙泉分肥施。江淮適均野,風氣交華夷。玉女偶游戲,投壺復彈棋。適然留此局,鬥彼孫曹師。樓船蕩鼓吹,飛騎揚旌麾。齊梁互置州,水火更番施。勝負訖無常,電光開笑嗤。局心中不平,難舍當局時。蠻觸角兩國,蝸牛漫不知。我聞西方義,芥子納須彌。女媧灑黃土,賢愚同蛆蟲[2]。若士舉兩臂,方將汗漫期。無稽自諧弄,靡靡行賦詩。

擬　古

一

冰雪沍長松,蕭森青桂林。磊磊異花實,共此歲寒深。所思在遠道,綢繆隔幽忱。人情各自懷,誰能相同心。采蘭襟袖間,沈吟以至今。

二

霜林淨無葉,繁枝如積煙。下有游魚池,凝冰方爛然。厥燠人早

---

[1]　蕍：底本及《雲南叢書》本均作"蘛",當爲"蕍"字之訛。
[2]　蛆蟲：底本作"虵虵",據《雲南叢書》本改。
①　獨山：即安徽省六安市裕安區獨山鎮。

息，萬籟寂不喧。寒月何皎皎，清暉竟長天。静虚識真境，妄迹思唐捐。澹然吾道存，誰與偕[1]往還？

三

灼灼芳梅樹，陽春秉孤根。幽香含素華，蔚茲風雪繁。胡爲在榛莽，支離側荒園。美人阻邅遠，心賞復何言。

四

白璧易枯桐，黄金買冰絲。不惜珍重懷，一寫綢繆思。龍唇隔山嶽，緩急各有宜。小弦廉折清，大弦春和熙。第當心手調，何勞數柱移。

壽　陽

春申潤瀆水茫茫，鴻烈書殘失驗方。艷女計成珠履寂，八公仙去桂叢荒。青山迢遞空雲影，遠渚依微起雁行。千古正淮文字在，不堪重數十三王。

微　雪

雁聲不定繞淮沱，芳館遲留倦倚扉。一歲今宵明宵盡，雪花有意無意飛。狂瀾舟楫當風緊，叟駕輪蹄覓轍微。那得閉關人事外？深山木石共忘機。

人日乙丑

忽忽已人日，和風變晴郊。春色淮東來，蒙蒙生柳梢。冰壑泛苔渌，山氣動雲坳。仰視林中鳥，各已營其巢。艮限則易逾，澄源理無淆。行役不辭遠，歸思誰能抛？

---

[1] 偕：底本作“諧”，據《雲南叢書》本改。

春　雨

風簾響玉玎，向夕雨冥冥。春色遲相待，遙山黯欲青。落梅香粉濕，萬柳午眠醒。陌上花開近，相期款翠軿。

柳　色

柳色滿洲渚，青青吹散絲。人事劇變幻，我來亦多時。平野何蒽然，碧草浸漣漪。婀娜紅杏花，濛濛煙雨滋。芳時慰遠路，事往得心夷。日暮促歸程，笑彼僕隸癡。

北　渚

北渚南皋耐溯洄，芳陰端合傍亭臺。林花艷簇虹霓落，池草青浮煙雨來。春色等閑人被惱，華年長好思難灰。游絲嬌鳥蘭成賦，別有心情不是才。

津亭雨

細雨生冥漠，津亭漲碧漪。銜杯濃竹色，行路得花時。艷染桃緋簇，低含柳蔓滋。晚煙青未了，潤物淺深知。

雨後霍邱城西樓

煙樹隱迷離，高樓萬頃陂。水生先穀雨，花發舊松滋。濕濕牛垂耳，關關鳥挾雌。豐年憑時若，人意共春熙。

懷　古

一

庭堅裡祀渺荒丘，陵谷難憑世代求。子燮偏師無六蓼，勾吳烽火到雪婁。穹窿大別垂雲出，浩瀚長淮夾灌流。村社酒濃花滿路，升平春色在田疇。

二

落花吹面雨沾襟，薄宦游蹤耐獨吟。遠渚依微綿碧草，春山罨靄濕青林。龍池戰後雙綃寂，仙藥功成九臼深。下邑地偏閑索古，不嫌荒蕩爲登臨。

韶　光

放眼韶光處處同，小庭莎草亦青葱。落花撩亂蒼苔雨，飛燕遲迴柳絮風。救世鏟文饞强耵，反人龍惠辨徒窮。委懷自得忘機適，遲日芳陰酒興濃。

重三日

融融霽色斂朝雲，深院簾櫳映碧曛。楊柳鸝留音自裊，梨花蝴蝶夢難分。流觴有興酬佳節，采芍無由寄遠芬。擬得陽春流徵曲，暖風駘蕩已如曛。

雨中城南得魏花

暖艷朝霞紫，濃香細雨垂。小欄須折取，珍重晚春時。

過大別山山界霍邱、固始，淮河決灌二水間，亦名大別。

曉行渡長山，大別青滿眼。久雨涵浸濃，爽晴嵐霧捲。峰嶺遞橫側，雲鬘變梳綰。陂陀古寝邱，綠樹蔭畦畎。緬惟孫叔風，瘠埆成豐腆。長天落楚雲，古人邈已遠。浪浪澗谷鳴，茸茸花露泫。斜川下平綠，草深路不辨。

憩白衣禪院①

林外塗泥白皓膠，林中蕭寺隱雲坳。坐來煙雨初飛盡，靜覺鐘魚不用敲。碧草錦斑花滿地，綠陰殘雪鷺依巢。偶然勞憩逢真境，猶是香溪水未淆。

壽州②孫慎齋得趙亘中息壤集相示

伊古不周山頹裂元池，狂瀾突地江河移。水妖石怪凌交遝，五穀靡爛人民饑。莫堙其源誰能治，美人夐夐淮之湄。荷衣蘿帶冰雪肌，吐吞萬象窮兩儀。懷寶不出光陸離，匪今匪古何人斯？雲君恍惚山鬼癡。我聞道有混元萬景煉神之宗支，童真士女相遞師。瑤姬渡世三千基，上宮追隨飛化遲。人間遊戲謫不歸，丹文玉笈留擁持。陽九百六丁其時。虞余庚辰無人麾，欲往援之中心悲。鴆毒鳩佻鳳鳥詒，深篁蔽天煙雨迷。塊獨無聊歌噫嘻，含睇宜笑嬌微詞。紫庭真人不可追，回車弭節雲之陲。珠玉唾落天風吹，古草茫茫荒春陂。壽陽孫子嗜好奇，遺瑂淬珮探渺彌。寶書爛爛輝丹曦，點蒼道人眼眩披。謂是神仙化身信不疑，荒蕩無實何由知，厥名《息壤》云知之。

大觀亭

風潮雨漲兩喧豗，江上征帆不斷開。忽忽去來成往事，悠悠天地一登臺。露壇恍惚移灣柱，山色尋常落酒杯。獨有吾忠亭下墓，丹青生氣壯層嵬。

---

① 白衣禪院：又名白衣庵，在今安徽省亳州市譙城區。
② 壽州：今安徽省淮南市壽縣。

舟行金沙墩月上

漲流渺渺接江平,掛起風帆暑氣清。不辨煙波行近遠,亂山中斷月東生。

落　月

隱隱青山塔影偏,鐘聲遥動水雲連。荷花幽翳抱清露,落月光光開曉煙。

葉家集雨行

風泉徹曉聞,山氣息炎氛。密竹涼生雨,迴溪倒上雲。幽藍耽一宿,塵事苦多紛。曲曲青蘿徑,驪聲亂鳥群。

立秋夜

一

道路過長夏,冥心扇懶揮。炎蒸餘閏續,消息早秋微。泉響來深竹,山光在野扉。清虛堪自適,待月暮忘歸。

二

明月上東嶺,徘徊深樹顛。微風動遠水,碎影明蒼煙。人語静無擾,蚊聲消寂然。錦屏圍燭處,夢不到神仙。

由澧口至潤河集

渺渺長山黛影微,駁雲天半漏斜暉。荒途盡日淮清轉,遠浦斜風細雨飛。緑樹裊煙茅屋静,潢流返壑豆畦肥。塵勞未少閑中趣,目送滄波白鳥歸。

村　店

青燈虛壁夜厭厭，舊被黃紬[1]暖不嫌。睡味一清塵鬱悖，新凉初聽雨廉纖。濤喧櫪馬江湖杳，髮白雕蟲簿領添。好夢如雲迷斷續，山林廊廟片時兼。

七夕雨

天上苦相思，星橋閏後期。雨漂銀漢溢，雲蕩翠軿遲。巧思從人擅，秋懷耿自知。槐花深店滿，忽憶少年時。

蓮花寺夜坐

曲徑陰森古木交，渚荷香霧曉風捎。相呼水鳥迷菰葉，不盡飛螢渡竹梢。净土暄凉殊自別，禪家藥病等難抛。夜深渾覺諸天静，兀坐無心學繫匏。

九　日

強把茱萸酒不釃，旱塵蓬勃繫情殷。西風槁葉宵疑雨，九日荒城曉望雲。岩邑艱辛催白髮，蒼山歌嘯憶離群。當階一樣黃花好[2]，何似東籬醉夕芬。

淮　濱

坦蕩河沙細草平，蒹葭無際暮煙生。斜陽霜葉逾花艷，歸槳淮流泛酒清。擾擾輪蹄人寄世，寥寥天地雁來聲。登臨自古多詞賦，更是秋妍易惹情。

[1]　紬：底本作“袖”，據《雲南叢書》本改。
[2]　黃花好：底本作“黃好花”，據《雲南叢書》本改。

答王柳村寄懷詩

　　淮波蕩皎月，照我朱絲琴。之子在遐遠，清風來好音。海門斂流潦，浮玉標陵岑。泂溯無由洎，悠悠懷道襟。

黃　葉

　　秋色滿黃葉，淒迷谷口廬。晚風吹撲簌，寒雨併蕭疏。馬埒翻塵響，鴻泥踏爪虛。煙波連北渚，渺渺正愁予。

紅　葉

　　青女來楓浦，娟娟返照間。疏林紅不輟，流水去猶殷。寒鳥迷春夢，殘霞倚暮山。金丹何處有，渥赭起衰顏。

樊菱川太守率屬禱雨張龍公得透雨紀事

　　秋田禱雨迄初冬，太守肅屬迎龍公。焦臺汲水雲飛從，博山裊煙旋東風。飛蓋萬點聲琮琮，習習浥浥回困蒙。中宵忽復如夏凍，摧檐萬派鳴奔漴。旱霾千里消無蹤，龍我用意幽明同。髯蘇盛事非匆匆，雷聲匌匒騰歸龍，餘雨滿天雲濛濛。

劉家臺夜渡

　　遠火識津迷，沿緣曲岸西。淮當天漢直，星向大荒低。風浪有宵涉，利名無竟蹊。征鴻亦何事，不定往來棲。

九仙觀即事

　　鄉人賽九仙，仙去自何年？老檜標祠古，層巒結頂圓。岩棱三面絕，石洞半林懸。藥物餘苔臼，丹砂伏澗泉。凝神疵癘却，御氣雨風騫。報祀興農隙，馨香竭野鮮。村姑翹聳髻，土樂競繁弦。竹翳紅妝映。溪喧笑語傳。山深餘樂事，地僻得豐年。攬勝逢于役，登高惜式遄。千峰迷舊楚，萬壑落寒天。桂樹榮霜日，蘭苕冱凍煙。雲霞糾絢茜，鸞鶴隱連翩。極目[1]開塵眯，遥情托珮捐。夕陽人影散，山水浩綿綿。

經龍池灣感賦

南循大別麓，北至關洲嘴。陂陀二日程，迂迴略西鄙。南行泉淙淙，霜葉艷餘紫。北渡冰瑩瑩，白草被涯涘。寒暄蓁爾殊，地氣各異理。惟有民風同，爭訟不解已。角勝乾餱間，禮讓風邈矣。戴星日不給，何乃親宮徵。歸途攬長淮，清瀾浩瀰瀰。洄漩龍灣池，嘗時出蜕委。張公智勇沉，九子助弓矢。鄭龍非意干，扁心甘鬥死。楚蓼山澤深，何此一勺水。民氣實獷悍，在龍亦如此。嗜欲囿群生，誰能遏其始？善名不相期，利在爭以起。悠悠善利間，太息楊朱子。

竹　園

雨氣餘深竹，晴光净影涵。峰巒見餘杪，蒼翠沉煙嵐。醖葉香醁洌，飈雲苞笋甘。止應古張鷹，風味此中諳。

行城西湖涸中

麋麋萬頃煙，細草綠芊綿。風浪消重險，洪荒見始天。飛蓬移轉轂，藏壑斂虚船。封畛真無用，勃蹊應杳然。樵青人蟻動，采地雁臣還。但得排淫潦，何勞計受田？盈虚時自運，坦蕩意殊便。東海揚塵過，小年知大年。

---

[1] 極目：底本作“目極”，誤。據《雲南叢書》本改。

喜雪時蒙宿賊平

春信動嚴臘，朔雪揚輕風。輝輝炯暮色，綿綿縈素空。妖氛蕩初
盡，來牟復滋豐。

又　雪

曉煙漾清霏，悠揚不即落。重疊委疏筵，宛轉入簾箔。玉塵盈復
輸，天花墮還着。忽憶瓊山侶，瑤華遽可托。

迎春日宴雪

高會乘清賞，消閑送臘晨。雪花飄綺席，直是滿林春。搖曳隨歌
韻，翩翻向舞人。幽蘭徵曲舊，瓊樹選聲新。光動班姬扇，濤飛織女
津。宮妝梅點額，羅襪玉生塵。笑口凝香霧，懸璫落素珍。管弦催斷
續，巾拂亂紛綸。碧盞銷寒暖，瑤山逼座真。洵開花頃刻，莫憚酒逡
巡。謝賦誇梁苑，吳詩憶洛濱。何如白少傅，佳宴促歌頻。

點蒼山人詩鈔卷四

早春丙寅

曉霧暗簾幕，細雨如輕塵。窗竹啅寒鳥，不覺時已春。梅花夜來坼，幽香含微噸。凍木始寂寂，行當萬卉新。吏事促昏曉，華髮滋陳因。屠蘇發朱顏，良時以爲珍。

微　雪

風定野煙沉，冰消碧漲侵。暗塵噓細雪，霽色動春林。雁聚河沙迥，人閑村巷深。新蒭餘柏葉，隨意有芳斟。

左傳述

一

晉楚狎主盟，極力在兵威。子良①紓鄭難，舍信從所非。晉指既舟掬，楚目亦矢飛。邈矣召陵師，堂堂服楚歸。

二

子文②紓楚難，先事自毀家。子產③作丘賦，蠆尾生怨嗟。田成施煥休，公收私貸加。世衰道日雜，論人當如何？

---

① 子良：即姬去疾，字子良。鄭穆公子，鄭襄公弟。
② 子文：即鬬穀於菟，字子文。楚國令尹，三任首輔。
③ 子產：即公孫僑，字子產。鄭穆公孫，公子發子。

三

懿公①備狄師，亦以保元元。急難肆惡譴，珍禽何足怨？禄位衆所目，才勇資奮賁。稱服非楚楚，慎惜此乘軒。

四

穿封②勇戰士，皇頡③亦健兒。立囚問誰獲，對面枉其辭。勢利中人心，在敵亦如斯。州犁上下手，活潑巧佞姿。

五

郤克④東會齊，臧叔⑤亦來同。蹐蹐儙相儔，比類相爲恭。欹側互睨視，跛眇一堂中。爲譴亦已虐，相與師旅終。

六

魏絳⑥謀息民，出積相貸與。牲幣有必更，服用亦區處。鄭僑⑦蘇民困，衣褚而田伍。優優賢者謀，有節斯政舉。

七

左師合諸侯，楚侈晉益衰。屬國交相見，弭兵甘所縻。事大良不易，況復多方之。奔命復奚恤，何以財賦爲？

八

晉人侮衛盟，原溫相鄙夷。楚人止唐蔡，裘馬生禍胎。積强日以妄，積弱日以卑。由來古紀侯，大去不復歸。

四月二十八日新河口顛風繫舟柳杪

船前奔瀧後怒濤，帆旋柂舞魚龍嘷。溢淮百里搖羊角，摩頂老柳

---

① 懿公：即衛懿公衛赤。衛惠公子。
② 穿封：即穿封戌，春秋時楚縣尹。
③ 皇頡：春秋時鄭將。
④ 郤克：即郤獻子，春秋晉正卿。
⑤ 臧叔：即臧孫許，春秋魯卿。臧文仲子。
⑥ 魏絳：即魏莊子，春秋晉卿。
⑦ 鄭僑：即公孫僑。

能索綯。平生意氣藐蛟璧，此日性命輕鴻毛。點蒼山頭石可煮，長歸弄雲何囂囂。

宿溶河村寺

少女微風自轉蘋，停雲吹蓋渺無因。蓼花漲起蟲移國，蘭葉香紉蝶趁人。魯酒流連成醉易，青山遠近入詩頻。覓心還覺安難竟，應世何如世應身。

苦熱行

離日澤火鎔金天，蠕蠕者人中相煎。[1]

青　蠓

青蠓附熱飛，撲簾暗庭炬。具體螽斯微，藐生蜉蝣楚。

尺　蠖

飽葉翠蜎蜎，吐絲不成織。爾伸能幾何，步步枉其直。

蜥　蜴

焚柴逐蜥蜴，飛雹儺三農。但可致雲雨，拜爾孟河龍。

蠅　虎

斑駁隱陸離，趫足悍蹲舞。青蠅殊可憎，壯爾策名虎。

叩頭蟲

呪呪叩頭蟲，叩頭復吐血。困麝抉臍香，藐茲欲何拮？

---

[1]　此詩底本及《雲南叢書》本均僅二句。

蠶　絲

蛛絲誘翾灾,蠶絲徇裸寒。綢繆各殫巧,墨翟而申韓。

蝶

好夢怡莊子,驚才艷魏收①。度花情款款,漾日影悠悠。

六安踏勘收成分數夜歸

名州茗産遍通津,野徑輪蹄接市塵。畢竟豐穰資稻秫,更佳饒沃擅松筠。山深雲氣移城郭,夜靜燈光夾水濱。還擬寬閑徐按野,新棚古寨踏嶙峋。

奉議謫軍台效力

蓼蟲習蓼苦,失性葵菫間。蓼邑謬負荷,易地成釁端。引咎即徽纆,徼幸文網寬。豈復得失顧,前路遠且艱。却念竊禄懷,因循安素餐。瓶樽居井眉,誰能相與完。委身赴邊塞,慷慨非所難。徘徊別老親,惻惻摧心肝。

誦繫江防丞署

一

急景增寒雨雪侵,絜囊無計變黄金。因人貴賤原非我,涉世機緘苦用心。婢妾嚴賓低色相,梁魚倒尾失沉吟。十年總負毛生檄,何似漁樵有故林。

---

① 魏收(507—572):字伯起,小名佛助,鉅鹿郡曲陽縣(今河北省晉州市)人。北齊大臣,文學家、史學家。撰《魏書》。

二

破甑難除墮後蹤，迷陽却曲巧相逢。芳荃茅艾移椒櫬，井雀蟲蛇仰鳳龍。對影青燈殘葉響，閉門寒雨綠苔濃。塵編自檢消長夜，無限人間懊惱儂。

雁北向丁卯

江上春風促雁行，征人夜半理行裝。情知一樣龍沙路，不似渠伊是故鄉。

鷓鴣

冥冥細雨鷓鴣聲，花落花開未了情。好語分明行不得，行人格是要將行。

烏夜啼

月落江頭風露淒，籠窗夜半夜烏啼。人間亦有烏頭白，可奈江流不解西。

二月十八日奉恩旨免赴軍台發還懷寧等縣士民鍰金予琛侍親回籍感泣恭紀四首

一

擊簫風來已報寅，黃雲四起皖江濱。天心急擬焦枯活，孝治從推化育均。解網直蠲邊塞役，納鍰還免義鄉民。雙親衰白團欒喜，泣遍人間岵屺人。

二

借袍今得拜綸輝，小吏泥塗淚自揮。節府澄清先舉赦，九重視聽悉幽微。遊盤已負南陔養，來謢翻逾四牡騑。下邑蒼黔齊忭舞，惟天陰騭不民違。

三

　　板輿從此奉歸途,邊塞無煩料驛夫。雨雪不饑勞利雀,籠窗猶聽夜啼烏。化城險道須臾幻,天[1]棘慈雲長養俱。魯法贖人金給取,皇仁蕩蕩善同驅。

四

　　宿瘤緣醜得知名,日月容光照耀傾。萬里車航從早計,彌天雨露待春耕。君公盛事逾三願,富壽烝民有四生。自苦無階籌上答,鳥翔魚泳不勝情。

述德陳情四章呈初大中丞①

一

　　鳳鳥鳴高岡,雨暘爲和穆。麟趾惜生蟲,摯獸自慴伏。惟賢簡帝心,上下蒙嘉福。盛治浩蕃生,民計艱芻牧。俗積法令滋,易簡邅難復。宵旰廑皇仁,良弼起惟岳。直節始埋輪,遠猷靖僰濮。一德契無間,文明資道覺。淑問宣亶聰,是式此南服。攘攘江淮間,懾然起震肅。

二

　　吾滇渺天末,土墝民瘵貧。長吏詘征賦,鹽法成算緡。朘削逮黃口,挺走無復馴。我公軫疾苦,沸鼎爲抽薪。吏民息攘奪,風俗還其淳。役法亦著式,耕作安畦畛。於今長千年,衣食我滇民。

三

　　國家舉措權,天地爲轉移。秦誓思有容,口摩而心維。抱璧惜途

---

[1]　天:底本作"夭",據《雲南叢書》本改。
①　初大中丞:即初彭齡(1749—1825),字紹祖,號頤園。嘉慶十一年(1806)九月至十二年五月任安徽巡撫。

乞，伏櫪悲驥嘶。説士誠甘肉，自古何訑訑。荃蕙等蕭艾，志士中道疑。有黜者左輔，吏治古人齊。芳聲紀綸翰，遺澤深淮沘。微疵注吏議，淪落隨塗泥。一朝荷拯拔，丹陛隆恩施。兆民爲額手，僚友相展眉。直道俄以振，廉吏實可爲。滌濯冀茅茹，千載誠一時。休休取善懷，大海水所歸。

四

咨予識庸暗，莅事昧情僞。隕越重以愆，謫戍從寬議。荷戈甘服勞，投軀自奮勵。行行別老親，衰白難爲慰。生離萬餘里，人心共淒淚。毅然爲捐金，士庶齊奔萃。江鄉與淮壖，千里亦踵跂。破格仰仁天，希冀贖刑例。公乎大悱惻，憺兹蜂蟻志。擴陳達九閽，皇恩溢情至。戍役既釋免，鍰金亦蠲賚。返我骨白肉，全我烏哺愛。歡呼馳四民，感泣到儕類。朝疏夕報可，轉圜無此快。聖主賢臣閑，能誰禦恩沛。陽春蘇九區，寒谷變蓊蔚。蒙茸荆棘枝，被此慶雲惠。慈孝敦群生，惟惠亦何翅。緊琛實駑劣，剗兹縲牽累。何以效涓埃，愧彼銜環智。有懷誰能已，馨香祝清閟。惟天祐碩膚，光翼萬年治。

感懷寧建德霍邱懷遠四縣士民爲余釀金代贖之義三首

一

桓山啼鳥正分騫，北磧南雲思黯然。那是解驂堪救免，俄然振臂起爭先。百身贖我真臨穴，尺管回春共仰天。皖伯臺邊重載酒，人心江水兩纏綿。

二

南方建德古風遺，蓼邑迢遥亦效馳。憶我罪愆驚夢寐，苦心薰浴費情辭。捎羅黃雀摩天駛，涸轍枯鱗得水奇。凉薄自慚庸俗吏，斯民醇厚竟如斯。

三

赤子彝親血氣通，國家名義宰官崇。鍾離瘠土金非易，左史償租事不同。千里未遺情懇懇，兩年真悔去匆匆。江雲淮雨跂余望，惟有心香祝歲豐。

查萃如周廷秀楊瑞黻江左琴諸士夫招飲白沙泉踏青蕭家山登大觀亭復飲致和堂醉賦

二月汀沙芳草新，佳遊爲我解長聲。江山穠郁如人意，煙水溟濛泛酒清。中聖賢從兹入勝，小蓬萊未了前因。良談傾倒花香洌，撩亂楊絲掛月輪。

天台里寓曉起

一

北寺鐘聲斷續聽，先生春睡起冥冥。花叢取次露華濕，飛上曉鶯啼不停。

二

老樹過墻雲喔翠，蒼苔堆井石花斑。夜來急雨池塘滿，蘸得城頭數尺山。

管西渠園賞牡丹紅紫三百餘朵盛開諸邑士咸集

絳露濃香繞座隅，名花嘉會款潛夫。醇醪醉我非杯杓，春色於人正燠敷。把火飽看紅艷舞，搴芳一慰桂叢孤。青冥亭苑逡巡酒，豪士風流眷此都。

石牌紫雲庵偕張春衫廉正宗長仁諸生賞牡丹雨中信宿題壁

綠樹芳堤淨洗塵，紫雲庭院牡丹新。看花依舊纏綿雨，重到長楓正暮春。

同王柳亭方紉湘諸生聽鶯三閭廟柳林

靄靄春雲渚嶼晴，綿蠻一片晚鶯聲。三閭祠畔千株柳，不盡飛花冒芷蘅。

同陳孝廉泉陳慶夫諸生飲續箋山房看牡丹
鄭生萬箋以尊人松岡先生集相示

獨秀山前潛水斜，松濤十里翠谽谺。有人著論窮三古，畫井耕田共一家。歲久洛花成大樹，春深紫焰爛晴霞。頻年未逮干旌意，淹貫欣逢弟子芭。

梓　花

停雲薄紫霞，瀟灑寥天廓。春雨老林材，高花開自落。

冶塘同楊里千汪學普汪鄭祥
北岡晚步題謝名石書齋

山橋人擁沸村衢，慰藉今吾與故吾。誑世已拋阿練若，處身不厭厥株枸。長松怪石含情碧，蒼狗浮雲蕩影無。我醉欲眠人更集，起看溪月上浮圖。

宿高河鋪茶庵寺王經邦吳官達諸士紳餞飲

山雲漠漠攬輕衫，懶慢能閑已不凡。萬里聚糧遲月計，偶然游屐戀岩嵌。網絲幸免王魚植，花供猶殷百鳥銜。多少愛緣酬不得，低回石上老松衫。

餞別謫邊友人

江上花飛柳拍堤，送君西出玉門西。同官十載同淪落，拚得今宵醉似泥。

鰣魚

繞郭看花漸已殘，雨餘新笋翠琅玕。市橋水滿鰣魚[1]上，痛飲江樓酒未闌。

答友人書

戰後癃腆故我仍，故人相慰更相繩。然灰未分韓安國①，顧甑差逾鄧竟陵②。歸路向山騎馬得，荒畬帶雨荷鋤能。君恩旻覆何由報，麋鹿長生亦瑞徵。

贈歌者

水榭風簾月半明，爲余惜別可憐生。看花未誤櫻桃字，舞鏡空縈紫鳳情。醉後凉生團扇影，歌餘汛入斷腸聲。當庭一種春葵尾，記取芳時拊手行。

復客簡

魏武矜誇吏事長，少年往績教陳王。由來無憾談何易，自古於斯總漫嘗。庚市厭爭甘玉毁，楚人貽笑在凡亡。昭琴難免成虧在，非譽

---

[1] 鰣魚：底本作"時魚"，據《雲南叢書》本改。
① 韓安國（？—前127）：字長孺，梁國成安縣（今河南省商丘市民權縣）人。西漢將領。
② 鄧竟陵：即鄧遐（324—373），字應遠，陳郡陳縣（今河南省周口市淮陽區）人。東晉名將，曾任竟陵太守，故稱"鄧竟陵"。

而今亦兩忘。

送傅嘯山謫戍噶剌沙爾①

天恩我已濯枯鱗，把盞看君未老身。嘉谷關前馳馬路，君家介子舊通津。

集賢院感鄧山人石如②

老鶴已蛻去，蕭森疏竹林。山人亦羽化，岑寂千古心。軒冕有時絀，冥飛終自任。瘞銘來好事，空谷響跫音。

練潭三渡

練潭驛，劍亭灣，北來南去片時閑[1]。送人幾個鳴騶去，不見鳴騶送我還。風風雨雨長亭樹，烏堞鷺令移新故。江潮不到舊時痕，迂回爲我成三渡。

奴　客

奴客奉所事，迎承不知疲。一朝值衰落，去去無復疑。亦復勉周旋，餘潤嫌銖錙。人生各自養，名利欺所歸。役我尚如此，況彼我役之。林回負赤子，何以白璧爲。

夏夜詞時旱熱望雨

塵海冥冥星象微，萬綠無聲露夜晞。凄迷醉客坐忘起，瞪目明河

---

[1] 閑：底本作“間”，據《雲南叢書》本改。
① 噶喇沙爾：即喀喇沙爾，今新疆維吾爾自治區巴音郭楞蒙古自治州焉耆回族自治縣。
② 鄧山人石如：即鄧琰(1743—1805)，爲避仁宗御諱以字行，改字頑伯，號完白山人。懷寧(今安徽省安慶市)人。

漂支機。小鬟不解夢爲雨，團扇習風汗濕衣。四更缺月上屋角，斜光入雲雲懶飛。

明河篇

沆碭西灝壓熺塵，雪庭靈圖詮仙真。織女七襄不遑夕，人天誰是無愁人。王遠麻姑①等閑見，蓬萊恍惚波鄰鄰。玉輪連蜷單桂樹，嫦娥淒寂同朝暮。少仙石洞淫奔人，夜半銀河褰裳渡。白水素女羞郎窺，壺中宰相詒媒誤。無情有情天憒憒，天孫河鼓長西東。瓊筵瓜果競良日，千金一刻愁歡儂。華陰老將回天力，銀州潦倒無人識。雲軿翠幰瞥相逢，片語殷勤勉貴極。人間蕩蕩仰天開，富壽榮華隨巧得。英雄兒女等情癡，傾倒千秋同此夕。明河奕奕星輝輝，曉光化作波雲飛。

駑驥

駑驥拙所售，低回牽向人。江湖難可涉，爾主未因貧。豪士遠莫贈，鹽車愁更辛。糞田從一飽，休與拭彬璘。

游仙詞

夢裏仙娥百尺樓，搴花侍女上蓮舟。當時最好樓頭去，誤逐蓮舟聽水謳。

雁來紅同李鳧村賦

霜林艷如染，青女相爲工。荏苒柔綠叢，迎秋亦絢紅。大化足狡獪，瞻彼花樣窮。翹翹蘭紫莖，結葉垂金蓉。皓露發其英，爛漫雲斑

---

① 王遠麻姑：王遠，字方平，東漢魯國習道名士；麻姑，一説爲王遠妹。

彤。朱綴錯剪綵[1]，曲瓊參黃琮。——赤鳳凰，掉尾揚當風。瑰詭難為名，俗譽隨所從。時物表雁來，朱顏詫老翁。我聞采芝人，奇芝無定蹤。異色適所娛，陋彼藥物籠。列子綜化機，繼陵變幻通。寄園爛紅紫，酣我琉璃鍾。短李妙歌咏，强予賦秋蓬。下筆恣塗抹，一笑繪工同。

慨蓼旱

大地饜豐熟，蓼人愁向隅。赤日徑春夏，秋雨期又逾。婉轉雙流河，決涸灌復枯。城邊草肅肅，本是稻與秋。偶然異雨暘，沃土成荒區。糶米盼商航，飲牛奔澗淤。農夫貨家具，卒歲何枝梧。艱難吾已免，不復相號呼。兩載荷推戴，急難群匡扶。茲來袖其手，蒿目增煩歔。去去無彷徨，故山從樵漁。

中秋夕遲月

薄雲不成雨，鬱此月華明。秋水一涯遠，素娥良夜情。露花深艷色，錦瑟泛秋聲。萬里陰晴共，無由問玉京。

十七夜雨餘玩月

蟾光解雲駁，流影如窺人。人意異前夜，桂花猶滿輪。明河翻遠籟，餘雨暗前津。好景迷離得，蕭森竹滿鄰。

女忠祠小寓

木樨香動篆煙微，佳日宜秋宿雨晞。簾角輝輝花五色，莎庭款款蝶雙飛。依林自覺巢鷦便，入夢人談覆鹿非。厭事已能無一事，杜機

---

[1]　彩：底本作“綵”，據《雲南叢書》本改。

壺子正忘機。

家大人誕辰稱觴

一

向平①五嶽興猶酣，棒杖今朝從轉驂。薛惠吏材難可教，胡威②樵爨素能諳。風塵遲我芝田養，家世宜人菊水甘。便買輕舟溯江上，真成一曲鶴飛南。

二

耆闍崛③下彩雲城，楚水黔山萬里情。百頃良田方計畝，小人之食未嘗羹。

三

九重諭養榮雙老，絕塞予歸荷再生。指日圓圜春二月，倚閭爲念一程程。

灃河橋

一

決流淮倒漾，巨浪駭停橈。過眼消秋潦，虛船枕斷橋。風塵真瀌落，吾道一逍遥。平沙娛坦步，淺草碧蕭蕭。

二

決口訛爲史，灌流今作灃。溶知何處水，水亦諱稱窮。蓼祀無遺趾，花臺誰故宮。是非與名實，芒芴太虛中。

---

① 向平：即向長，字子平。東漢高士。子女婚嫁後，離家游五嶽名山。
② 胡威(？—280)：字伯武，一名貔。淮南壽春(今安徽省壽縣)人。魏晉時期名吏。魏東征將軍胡質子。
③ 耆闍崛：耆闍崛山的簡稱。耆闍崛是梵語Gṛdhrakūṭa的音譯，意譯爲靈鷲山、靈鳥山、靈鳥頂山。在中印度摩揭陀國王舍城東北，爲釋迦牟尼説法之地。

自開順至懸劍山九丈潭雨臺諸山
遊歷兼旬得詩十八首

一

秋色蔚晴嵐，孤煙繞竹庵。枯池搖的蒩，老圃蔚紅藍。泛駕隨車轉，歸心指雁南。青山千萬疊，迢遞楚天涵。

二

危橋接翠微，幽谷水禽飛。石潤林於簇，松深艾納肥。得閑耽僻路，息靜厭塵機。兀兀肩輿寐，居人候板扉。

三

一夜池亭冷，溪流到曉增。雨聲餘木杪，雲氣疊山層。茱酒流連別，樨香縹緲凭。故人珍重意，來往得頻仍。

四

細籟含松徑，崩崖絡竹根。人家時隱見，林谷暗潺湲。石冷花開晚，雲移鶴踽翻。斜陽見平野，錯繡有煙村。

五

密竹連千畝，清溪小渭川。鳥啼泥滑滑，人倚翠涓涓。蕭瑟長時雨，豐穰不稼田。誰家數椽屋，平地洞中仙。

六

石确藏腴壤，山農盡土宜。碧絲攢玉秫，花雪亂荊葵。饜飫平常得，菑畬次第移。廣生真不竭，雨露浩無私。

七

紫籜秋前笋，紅芽雨後薇。芝人尋九洞，茗戶擅三尖。石磴盤車轍，松枝掛酒帘。山鄉蕃草木，通藉有雕儋。

八

竹林三日雨，臥聽楚天秋。隔斷人間事，翛然碧海遊。苔深雙屐軟,雲響四山浮。此意無人共,懷思得子猷。

九

雲脚旋西浦,林梢無限山。日華濃竹色,人語出松間。錦雉雙翬起,輕鷗極意閑。白沙泥不染,獨步款禪關。

十

山深耽作雨,濡滯難爲情。萬壑并秋樹,中宵同一聲。行藏歸委運,資斧竭瀕行。舟輿兼馬足,歸計六千程。

十一

雲寒四山暝,問宿得農莊。茅舍新塗壁,松床旋爇香。龐眉能絮語,老釀壓秫觴。我亦歸耕者,羨君丘壑藏。

十二

山果鬱離離,晶瑩濕露垂。尼珠無定色,紅豆結相思。寒蝶尋疑蕊,幽禽引哺兒。春華與秋實,各自擅英奇。

十三

黃葉籠山塢,蕭森注夕陽。秋深場藿雨,趿響槲林霜。掩映楓逾紫,迷蒙菊有芳。小橋橫曲徑,人在赭雲莊。

十四

烏桕紅兼紫,香楓紫更紅。柿林翻玉楮,楝葉返花風。錦帳幪金谷,丹霞簇蕊宮。化工無寂寞,絢爛得春同。

十五

倩笑臨風艷,亭亭翠葉濃。佳人倚修竹,秋水出芙蓉。香草搴堪贈,芳洲瞥見逢。寒煙將暝色,溪樹遠重重。

十六

踏踏碎雲影,俄然明月生。主人深樹出,列炬亂禽鳴。皓露濃花氣,冰輪晃酒舩。池魚深夜躍,應詫客談聲。

十七

劍崖鐔可拔，鐵匣水能浮。洞壑饒靈閟，古今稀遠搜。浪花翻厲揭，松翠落褰摳。癖好尋山水，無心得此遊。

十八

僻遠勞供帳，醪觴雜飶牽。涸魚猶呴濕，棄蟻不忘羶。雲水迷離夢，情緣蔚薈天。山靈如惜別，雨意暗前川。

長山謠

朝看長山橫，暮看長山縱。長山長可盡，扁舟意無窮。長淮曲曲青天轉，無數丹楓相映紅。

伎曲

鸞鏡雙雙影，蛾眉曲曲春。歌聲延月上，掩扇落花頻。細管遲迴雪，行雲疊繡茵。小鬟如解意，別曲帶愁顰。

柏林亭榭憶舊遊

遠岫縈洄水，高樓漵灩斟。芳洲迷客夢，紅樹艷秋心。綺語請珠佩，徵歌脫臂金。舊遊風景似，一別信沈沈。

夜宴曲

銀燭高花堆長檠，繁弦急管催短更。烏履交錯金釵橫，酩酊未闌呼酒聲。曉烏啼呀呀，明星高東方。僮僕爛漫醉，不知行樂是他鄉，客遊之樂樂未央。

落葉曲

落葉復落葉，落葉如落花。翩翩紫艷揚風斜，丹楓赭楝紛交加。

落花春寂寂,落葉有聲響。撲簌上簾波,玎琮下庭敵。陶令籬邊亂夕
曛,生公石①上點苔紋。短衣射獵南山廣,馬蹄垮垮翻黃雲。雲暗山
前路,烏啼烏柏樹[1]。行人憶故園,逐客迷津渡。風雨深山煮石人,
欲尋行迹無定處。淮南惜長年,宋玉悲秋賦。渺渺深宮一葉媒,蛾眉
紅怨惜詩才。流水何太急?人間去復回。落葉如落花,秋思共春裁。
落花一落春摧頹,落葉落盡春風來。

慢　遊

細菊沿溪岸,幽芳愜慢遊。山寒來鴝鵒,野曠適州留。廢寺依林
在,虛船積葉浮。蕭閑遲暝色,身世兩悠悠。

苦竹岡

苦竹岡前野路歧,茅檐濁酒雨絲絲。本來不是韓康②遁,却厭名
教婦女知。

淠河渡

浮萍水落上漁磯,風捲殘霞變夕霏。落葉紛紛打兩槳,朱鷺近人
懶緣飛。

蠟　梅

小鬟呵凍繞霜華,折得金蕤上髻鴉。怪底曉來鴝鵒鬧,枝頭争啅
蠟梅花。

金家橋

曉日散寒霧,繁霜在積葉。茸茸青松枝,滴瀝蒼翠濕。連岡下遥

---

[1]　烏柏樹:底本作"烏柏樹",據《雲南叢書》本改。按"烏柏",借指御史府。
①　生公石:相傳爲晉竺道生講經處。在今江蘇省蘇州市虎丘山下。
②　韓康:字伯休,京兆霸陵(今陝西省西安市)人。東漢時期的隱逸高士。

岑，紆回束平隰。野路古通津，長橋駝峰立。崖石匯奔泉，玲瓏豁雲峽。流礛礐科竇，淙淙琴筑協。農隙村市靜，茅檐鳩鴿集。閑適忘旅行，野趣游目給。人生寧免勞，所要謝羈縶。

遊蜀山開福寺寺爲楊行密祠址王景仁間道歸梁望山痛哭者也

大蜀山邊芻牧閑，楊吳臺殿有無間。靈池瀲灩龍蟠寂，老樹杈枒鳥倦還。閑道英雄悲故國，荒祠涕淚認青山。山僧不識梁唐事，鐘磬虛堂自掩關。

長至日

迷離噩夢斷啼鴉，竹影搖窗射日華。簾外嚴霜苔似鐵，冰瓷迸出水仙芽。

新月詞

車塵撲地月西生，隱隱嫦娥如有情。鏡裏修眉纔半畫，簾邊鈎影未分明。分明一片團圞意，盈盈缺缺回環遞。好與征人駐馬看，勞他翠袖臨風拜。風雨關山客路愁，行行見月笑登樓。楊柳春花過上巳，芙蓉秋水憶牽牛。棲棲水國霜華滿，梅花梢上斜光偃。屈指天涯幾度圓，一弦一上華年晚。宛轉華年思渺茫，錦帶難捐寶玦光。翹首玉京無限好，不教容易譜霓裳。

三峰谷

風霾暗平野，入山邊晴朗。連蜷怪石岡，微徑蔓榛莽。渡嶺俯平林，曲折藺畬廣。谷聲殷吠尨，橫橋背茅廠。陰陰槲葉雲，冰泉瀉岩響。招呼問藍若，却步緣溪上。

石泉精舍

明月上崖背，石影垂玲瓏。山氣生夜白，千林淡如空。寒冬百昌
斂，深谷含冲融。釋氏清净理，宴坐愜所宗。炯然不成寐，塵路已千重。

鳳陽邸寓

一

掃葉驅塵卸路裝，閑庭宛轉下斜陽。五年僚舊無人在，千古淮流
逝水忙。窺食空階喧凍雀，含情石檻老疏篁。饑來健飯差强意，七尺
棱嶒有鬢霜。

二

眩眼雲煙變幻多，自捫心迹究如何。臧書穀博均成失，鷗嚇鵷飄
等一過。得士交遊方外久，看山面目向來訛。死灰獨吊韓安國，猶有
遺黎爲涕沱。

下洪渡

漠漠寒煙見遠洲，多情山水愜重遊。人聲晚競津亭市，紅影波搖
樹杪樓。泛駕阮生無定轍，饋漿列子已虛舟。援援止止何勞計，苦憶
僑家在蓼州。

偕許叔翹宿中海寺答僧慧如

寒柳無一葉，枯湖無一波。峨峨古臺下，昔遊風景多。蘆港溯曲
折，芳洲縈陂陀。珍禽百種色，飛鳴雲錦窩。爛爛芙蓉花，風吹十尺
荷。離披花滿船，花氣蒸顏酡。玉藕出冰雪，碧筒擎婀那。酒酣發歌
咏，古壁揮擘窠[1]。彈指忽七載，入林重逡巡。豈我異今昔，山水亦

---

[1]　擘：底本作“劈”，《雲南叢書》本作“壁”。

改觀。老衲大歡噱，證茲來去因。本來無垢凈，起滅原一塵。詰朝春水來，俄頃還彌淪。胡弗少流連，一賞柳花春。許邁①笑撫掌，惜我行佽佽。資糧衆可給，離情遽難分。感懷各進觴，爐火紅温靡。

茶亭鋪戊辰

漠漠雲生石，茸茸柳颭絲。燒痕[1]濃雨色，凍壑轉風漪。止遽長途適，澄懷往事疑。情緣難共了，離思滿川湄。

化湖陂

酩酊不知行路遲，喧喧燈火化湖陂。那堪舊説如淮酒，真作塗山父老卮。

途中大雪戲咏

難忘結習好嬉遊，天女天花散不休。亂着征裘祛不墮，看儂彈指現瓊樓。

雪後望鎮耶雲母諸山

銀虬蜿玉沙，縹緲入天斜。煉粉凝雲母，瑩膏淬鎮耶。青環淮一帶，塵息路三叉。不盡看山興，中林駐雪車。

人日訪王禹符時著天文輿地左傳諸書垂成

人日逢人得不虛，鍾離城外好幽居。一林積雪無人迹，藴世潛夫老著書。

---

[1]　痕：底本作"痕"，據《雲南叢書》本改。
①　許邁：一名映，字叔玄。丹陽句容（今江蘇省句容市）人。與王羲之爲世外之交。

中立譙樓遠眺

一

危樓壯麗聳蒼冥，子子灰餘往劫經。雲際長淮流渺渺，春來方草自青青。一抔[1]葱鬱傳天葬，百頃森嚴詎鬼靈。至竟遭逢邀異數，古來陵墓幾能扃？

二

水曲山盤鬱古原，雲煙萬堞有頹垣。閭閻蹤迹如蓬藋，樵采生涯到草根。豈有凶荒成故事，長將賑濟賴仁恩。六塘一樣豐粳稻，地力還須重討論。

野　鶴

冷霧迷離散曉風，避人野鶴頂深紅。氈氀自啄荒田雪，嘹唳一聲天地空。

渦堤望北山有懷

曲曲渦堤夕照殷，暗回春色柳條間。白沙新水淪漪嫩，廣野平山意態閑。莊叟園林輕楚相，嵇家鸞鶴渺人寰。溯洄別有娛懷處，難路塵煩未足患。

旅　懷

逆旅無何飲自諧，蒙茸裘暖與春乖。狂塵十丈迷行路，好雨經年懶過淮。物累何因來鵲感，惡聲猶慣舞鷄喈。歸心欲假長房術，閉户深林道始佳。

---

[1] 抔：底本及《雲南叢書》本均作“坏”。

長淮曲

淮北渡淮復淮西，淮南風雪漂行衣。歸雁飛飛渡淮直，人歸渡淮淮迂迴。多謝長淮休戀客，雪花飛盡柳花飛。

焚　草

翩翩聯聯千卷束，紙舊塵陳蛛網簇。塗鴉引蚓盈汗牛，是非同異成觳觫。委積俄逾十二年，勞神殫思廢宵眠。今日束裝重檢點，欲覓過去心茫然。竟付祖龍燔書火，白藤書笈還故我。風吹烈焰聲騰騰，雲煙飛盡青天清。

與韓潔士飲

一

范叔笞錘飾死，魏齊戰慄全身。饒君軼才異勇，僅僅支絀庸人。

二

勃蹊有時可厭，跫響空谷難期。由來冠蓋相索，莫當車笠誓辭。

三

裹糧南容患道，抱甕丈人息機。静寄春醪獨撫，悟來言説成非。

點蒼山人詩鈔卷五

序

人之身不能無所置，人之心不能無所用，人之才不能無所見。而仕止久速、喜怒哀樂之間，亦若分試焉，以迭徵其所爲。有詩人出而後隨，在可以置其身、用其心、見其才。而所謂詩人者，或數十年一遇，或數百里一遇，蓋遇之如此其難也。矧在荒陬僻壤如吾鄉者，而吾乃得見太和沙獻如先生。始吾甲戌歲秋，讀獻如《荒山紀遊》諸詩，氣奇情邁，絕衆離群，嘗題辭其後矣。丁丑歲暮，又得近作數冊讀之，其氣奇如故，其情邁如故，其絕衆離群亦如故。詩人乎！其點蒼山、西洱河靈秀之所鍾毓，而適際貞元會合之盛者乎！吾鄉於是爲不乏人矣。然是皆獻如年五十後失意暫息之所爲作也。而其周攬名勝，交遊賢豪，蓬蓬勃勃，不可遏抑之概，皆於是乎見之。若斯人者，何常一日置其身於湫隘喧囂之境，用其心於鄙猥凡近之域，而輕見其才哉！向使吾不識其人，而但讀其詩，必以爲此名將相盛年得志者之所爲矣。而獻如固如此哉！

獻如魁梧雄偉，精明強健。前此治績，久入輿人誦中，今將復作萬里行，重爲世宙生民依賴。無論論其詩，且日富而未有窮也。獻如不老，余以爲尚可與言。其使余歲得讀之爲幸哉！敢書此以要獻如。

嘉慶戊寅正月甲辰日，寧州愚弟劉大紳序於五華山麓，時年七十有二。

古別離庚午

埋丹橘樹根，神仙爲母資。賦命合仙去，忍茲生別離。年年橘花春，慈母憶兒悲。千載一歸來，九泉寧復知。顧影畢天地，長生徒爾爲。徘徊謝彈射，故山心靡依。

南鄉晚歸

龍尾橋頭唳雪漿，題橋往事遠難忘。西流水亦滔滔下，古道風仍踽踽涼。宿草不醒泉路客，黃金空秘枕函方。私心欲禮波羅窟，窈窈溪雲萬木蒼。

得皖城書年餘始道

梁州西盡雪山邊，江左書來總隔年。世事渺茫聞觀寂，此生端合老逃禪。

賦得瓶樽居井眉

朝汲萃井瓶，甄大瓵甄小。瓵小得泉微，甄大得泉飽。倉卒下兩更，歷甄詎得保。藐茲升斗罌，軋迫墮冥杳。釣竿[1]縈沉浮，一笑微坏好。却顧井之眉，嘗礙輮甄倒。甄倒得甓聲，瓦解但泥潦。寄語更上瓶，薄汲以爲寶。

幽　蘭

幽蘭生空谷，含香守陣荄。幸免采折緣，媚此三春暉。繁霜變秋節，孤芳爲之摧。枯根結綿邈，陽春不復回。卷葹爾何物，無心得芬菲。

---

[1] 釣竿：底本作"鈞竿"，據《雲南叢書》本改。

避　塵

買得靈犀好避塵，懷情滅見自沉淪。八區那盡蠅蚊格，一醉何勞螟蟆瞋。過影動泡泡動影，即身非觸觸非身。覆簣自慚伊仙譃，口業些些是率真。

看　山

落盡黃梅暑不生，支窗清晝點蒼橫。青峰自幻奇雲出，白雨俄添遠瀑明。大地炎涼山界別，落花茵溷世緣輕。江鱗朔雁勞相訊，猶向塵埃憶尚平。

聽　泉

虛寂憪長日，山泉汨汨聞。倚欄花盡雨，洗屐草連雲。却顧於人遠，無何飲自醺。鳥聲深樹托，倦影息欣欣。

青薜香

湘波窣地掩清涼，擾擾飛蟲透隙光。一點青熒金博火，笑看醜扇避煙忙。

佛　界

石佛出青城，遠自閻浮提。多寶鏤隸字，往代誰能稽？邈茲雪山陽，地傾水流西。空寂明鬼道，伊古優婆夷。福德較布施，輪迴懾瞋癡。能使蚩蚩衆，傾化淪心脾。平等易爲好，柔弱安恬熙。其始得慈忍，其究蔑是非。嫭然至放侈，流極難可知。出沒群波間，混混相磷淄。政刑有弗逮，覺悟將何施。點蒼與西洱，佛道之魯齊。非法在必舍，勿爲佛耶悲。

曉　望

點蒼看慣欲渾閑，夜雨浪浪漲碧潯。曉日亂雲鋪地起，迴峰飛出絳霄間。

聽　雨

白袷涼風失夏炎，紅蕉翠篠響廉纖。離離薄霧疏燈濕，細細清宵密雨懨。枯硯有情魚夢續，石芝無信鳥銜淹。蕭蕭却憶吳娘曲，雲暗巫山不捲簾。

洱濱尋友

瀰蕩迴波聲滿林，白沙幽草翠蕭森。山昏微雨斜陽薄，水溢晴空綠霧陰。漁釣舊游成白首，行藏往事感秋心。四洲風月花三島，輪與幽人直至今。

洱水泛舟同趙紫笈許晉齋步前人海樓題壁原韻

一

卅年湖海逐萍浮，却愛鄉關玉洱流。罷谷南來三百里，點蒼全載一扁舟。倚樓好句趙承祜，懸霤高情許遠遊。紫翠雲嵐紛打槳，人間新入廣寒秋。

二

牽牛河渚客槎浮，不及舴船自在流。星宿一天都貼水，月輪四面敞停舟。魚蒲有會悠然樂，蝸壁猶題逝者遊。簫鼓華燈良日興，羨他漁父醉橫秋。

三

青城石佛現沉浮，西洱宗風萬古流。窣堵坡光經像寺，閻浮提骨

海神舟。鷲頭垂影披雲出，迦葉褰衣振錫遊。人世茫茫天地遠，鐘聲
搖曳雨花秋。

四

蒙宮段壘幾漚浮，好在青山枕碧流。蠻觸只知蝸有角，金湯屢負
壑藏舟。沉書驪信存明誓，分器天王憶舊游。今日昇平嬉盛世，村村
簫鼓幔亭秋。

五

赤文斑駁島如浮，羅刹岩前水伏流。僰國①古通迷往代，仙人大
願濟同舟。滔滔一概江河下，渺渺孤懷汗漫遊。素芷芳蘭無限思，良
晨珍重好涼秋。

六

人生聚散比雲浮，華髮俄驚歲月流。快意翠濤開倩檻，退身滄海
任虛舟。霞綃染水霏霏動，鷗鳥隨人得得遊。好句當前難續和，自攄
心迹淡如秋。

步　月

閶風南下點蒼連，碧洱浮光欲度闡。峰頂潾晴雲似雪，月華霜皎
樹如煙。跂身欲翳閬扶影，曳履行歌溟涬天。誰向寂寥同此意，廣寒
清極不知眠。

山雪感興

一

點蒼雪羃巔，一年一回老。山人晞短髮，一白長皓皓。陽春回山
容，雪液滋翠草。我有絳雪丹，服食苦不早。飲冰却內熱，明霞劇强

---

① 　僰國：僰人在今四川省宜賓市一帶建立的國家。僰人主要分布在僰道（今四川省宜賓
　　市）附近，秦以前曾建有僰侯國。

飽。神仙獨何爲,千年長姣好。

二

渺渺耆闍崛[1],佛域周秦先。南詔此會盟,蒙古此開滇。廢興雖萬變,古雪常皓然。炎方凜冰玉,奇構標南天。山水得真趣,浮榮何足賢?煮雪飽松苓,俯仰長歲年。

三

西山雪亘冬,東山冬不雪。風吹西南雲,海底現飄撇。雌龍望其夫,萬古冰霰結。四大合幻成,誠至金石裂。冥心煉形神,一仙諒可必。

四

皚皚山上雪,焰焰雪中花。銀屏錦步帳,重重結飛霞。綿亘一百里,爛漫洱之涯。土人不知異,籬落隨欹斜。妖嬈蜀海棠,紅暈淺深加。紫綿半開落,蓬勃赤玉芽。俚名號小春,殷兹十月嘉。香花四時供,佛界禮毗迦。寒燠適中氣,靈奇標異葩。山城遠寂寞,自然足豪華。賞花高宴雪,陶陶處士家。

五

霽雪净林莽,野徑飄風香。燦燦早梅花,北枝亦已芳。藎蕭雪中藟,含笑宛清揚。連山皎如玉,雪漲聲浪浪。蟠根濯泉冽,奇英菀春長。感此歲寒知,幽貞詢所臧。

六

枝[2]窗梅影下,簡編適我情。古趣自跂仰,驚眼雪山明。群峰聚如柎,朗列披太清。皎皎白芙蓉,倒影含光晶。晚煙映虛白,天然不夜城。金銀爲宫闕,蓬萊但聞名。棲遲點蒼間,塵污何由攖。

七

春雪涣點蒼,彌漫洱河水。魚龍活新流,跳躍不解已。灼灼夭桃

[1] 耆闍崛:底本及《雲南叢書》本均作"耆闍崫"。說詳前。
[2] 枝:底本作"支",據《雲南叢書》本改。

花，隨風落芳沚。泛舟雪鏡湖，照我鬒鬖改。不惜鬒鬖改，惜此春日馳。感舊各天涯，無由致相思。把杯酌清影，徜徉心自知。

八

高崖尚留雪，城市已炎天。錯落珩瑀琚，萃影松篁間。剽劙隨山樵，無勞伐冰堅。酒豪宿醒困，丹客金石煎。那得竟此嚼，滌彼飢火咽。點蒼富崖蜜，楊梅首時鮮。調和入雪液，甘香溢饞涎。盛夏例鬵賤，涼風生市廛。嶘州亦何別，王母列仙筵。江淮六月時，懷此鄉思牽。一呷醒塵夢，忽忽成廿年。寄語諸寮舊，熱中今已蠲。

綠萼梅

一

石瘦林枯駮蘚岑，孤芳獨自意愔愔。却嫌紫蒂猶多色，欲儷幽蘭有素心。蕳藟繁枝香繞暈，晶瑩殘雪翠籠陰。東風萬綠濃如染，早辦春含數[1]點深。

二

素艷幽香絕點瑕，爲梅真是費諮嗟。雪膚遥見藐姑射，翠黛天然萼綠華。靚影乍移春水色，疏篁欲亂五分花。芳時可奈情無限，把盞凄迷碧玉家。

三

盡道梅花似美人，廣平詞賦巧傳神。最憐金谷珠投地，恰稱湖妃淚染筠。曉鏡碧池清自照，綠衣翠羽夢如真。私心願在眉爲黛，莫遣風吹向玉津。

上元節日憶王休寧黃鶴樓話別辛未

東風同趁楚江船，黃鶴樓頭雪滿天。一下危欄相背發，杳無消息

---

[1]　數：《雲南叢書》本作“素”。

又經年。

花朝出遊憶杜詩江畔獨步尋花諸絕

飛紅片片點緋袍，宛轉楊枝社燕高。可惜有情寬歲月，自教俯首向風騷。梨花好趁浮蛆甕，碧草初勻射雉皋。欲答春光竟何事，情知詩酒不恢豪。

觀音石會日沿山麓看花到寺

桃李繽紛拂路塵，遲迴款段愛溪濱。喧喧混俗優婆社，得得看花羊苴春。池面泡漚遮影異，人間混沌鑿痕新。斜陽最好紅千樹，不厭青山古黛皺。

有懷傅嘯山

長淮歧路柳依依，同是桓山忍淚飛。此日金雞聞有赦，已無人寄蜀當歸。

城東園看李花尋趙紫笈效韓昌黎體步原韻二章

一

南方異花木，先春熳爛驕相夸。梅花靜窈窕，下與噲伍心暗嗟。妖桃艷杏鬥紅紫，落英紛紛春風斜。李花硈硈獨也正，潛幽守寂堅寒芽。城東老園二月半，瑤林琪樹開晴葩。雲房高積玉塵斛，銀濤亂擁天孫車。龍目之國夜如晝，若木焰焰紅不遮。恍然直悟昌黎語，不見桃花見李花。

二

昌黎古艷高咀華，盤空硬語蛟龍拏。醒肝瑩骨蕩邪慮，眷眷寫此連天花。張徹盧同共花夕，花前風景十倍加。自我閑居得花癖，每到花下忘歸家。城東老友外世事,丹經火符候不差。結習猶然好佳句,清如雪風冷齒牙。更與踏月盡花意,勿令穰穰填污邪。

樓成四首

一

攬取諸峰宴坐邊,樓成不費買山錢。清含太古重岩雪,綠遍春城萬木煙。短策好停尋窈窕,紅塵深與謝周旋。繽紛一枕梨花夢,飛起攀雲鶴背仙。

二

白雲蓬勃捲還舒,倦鳥高林意自如。退士不須謀谷隱,愚公合是面山居。多渠宛轉初弦月,老我伊吾百種書。莫問元龍①床下客,本來湖海氣難除。

三

支窗曉日涌霞堆,碧落澄澄玉洱迴。錯繡千村纔雨後,輕帆三島馭風來。求仙舊説樓居好,學道還資眼界開。種得琅玕初百個,籜龍觡觡走春雷。

四

清虛纔得勃蹊消,插架縱橫萬軸標。自笑酸寒成作用,強將湫隘變寬饒。撫琴真聽衆山響,覆斗時從壘塊澆。一室掃除吾事了,莫須起念又情遥。

夜 坐

瀔瀔泉聲繞砌長,坐來虛白是天光。行藏有素思何與,懶慢於今

---

① 元龍:即陳登(163—201),字元龍。下邳淮浦(今江蘇省淮安市漣水縣西)人。東漢末年將領。沛相陳珪子。

得不妨。積雨雲開星宿濕,高花風定月朧香。澄將一念無由起,却笑
耽吟習未忘。

蕨

春山煙雨翠芊綿,蔬笋厨中得味鮮。南國懷人薇共采,首陽甘節
葛同搴。兒拳快意撩詩興,鱉脚天然肖雅箋。堪笑東坡飢海外,欲將
丈食補當前。

微 雨

雙峰一片雨濛濛,飛繞簾櫳澹泡風。草色青回殘雪裏,泉聲高在
亂雲中。百年精力成衰始,萬里交遊少信通。已慣虀鹽能健飯,莫將
窮達問天公。

木香花

雪蕊玲瓏簇素霞,濃香漠漠繞籬斜。長安好事珍投贈,林野誰知
是禁花。

素 馨

花田一片雪晶瑩,翠葉紅跗絡玉纓。慣向朱絲穿宛轉,却簪雲髻
鬒分明。瑤鈿斂莓朝含露,香汗氤氳夜有情。好是滇南開四季,珠娘
莫漫詡羊城。

和紫笈山人①獨歌

歌云:我不讀書如何窮?我不讀書如何通?如子桑氏②歌哭鼓
琴,有不任其聲而趣舉其詩焉。至云"得來一息造化融,習射鼓琴無

---

① 紫笈山人:即趙廷玉(1749—1830),字梁貢,又字紫笈,號晴虹,太和縣(今雲南省大理
　市)大井塝村人。撰有《紫笈詩集》。
② 子桑氏:即子桑户,春秋魯人,隱士。

比工"，道趣盎然，抑何樂也！

豹雨不食文炳彪，轅駒踟促駑秫優。黃塵汩汩幾千載，翛然獨與
古人游。小夫聲利霸蚓穴，從他大笑訖不休。班固《漢書》亦晚古，下
酒猶能逾珍羞。鐵脚之仙人，琅琅誦《秋水》。赤足和雪嚼梅花，要沁
《南華》入肌髓。人生何蒙蒙，河漢污潴疏瀹通，禮明樂和聖所公。華
胥洋洋人仙同，窮達訖無損吾宗。朝弄點蒼雲，暮浥曩葱雨。雨飛雲
捲山悠然，此意欲言難竟語。紫笈山人飛瓊章，獨弦哀歌聲無方。要
予和之縱又狂，芒乎芴寞攄未央。

再和趙紫笈

虛堂細雨一事無，恍惚遨游萬物初。歌鐘羅綺浮雲徂，紛紛蠻觸
何爲乎？天耶裁培吾豈樗？有待而食誰蠆蠆？千金養竇臨化俱，閱
世優哉天徐徐。閉關不駕阮生車，落花洋洋春風嘘。

三和趙紫笈

敝人澤車云時宜，笙歌圍幙當妓衣。神仙鬻炭逃耘芝，誰其迫者
胥飾之。駒隙富貴慕泉石，勢力無奈綠拗兒。盤餐待客鷄養老，冒雨
殷勤韭亦好。斗酒何必到公榮，入社淵明時醉倒。我我周旋無否臧，
腰適足適履綦忘。

擬唐人遊仙詩

一

翠岫紅雲駐紫軒，瓊臺玉醴酌仙源。翛魚縱壑麇依藪，不是中天
化默存。

二

融融春氣匝天長，澹沲飛花碧龕香。赤脚科頭行坦率，到來仙界

不炎涼。

三

閬風四面敞花樓，千隊紅妝進舞謳。忽憶髯秦晴雨句，真將霓彩作纏頭。

四

形骸脱略了無嫌，揮麈清談戲語兼。只説風塵諸混迹，詐多劣相笑掀髯。

五

瀛洲一徑躡雲嵐，橘叟相邀共手談。往復玉塵贏不定，人間瑞雪已沉酣。

六

混沌何人閟化工，中條山上問鴻濛。嫌他果老誇官樣，哆説陶唐大侍中。

七

金薤琳琅古洞中，人間疑義了圓通。泊然未兆嬰兒似，授講新從河上公。

八

《鴻寶》煇煇得異篇，劉安丹藥偶乘緣。八公習氣驕相妒，雞犬髿髿吠獨仙。

九

花艷驚人曼睩光，天然眉意遠山長。雲鬟霧鬢隨心攏，道是麻姑狡獪妝。

十

朗月溶溶玉宇涼，素娥花宴會霓裳。綵鸞畢竟爲情擾，一下瓊山寫韻忙。

十一

仙侶相要謁上清，霞旌雲馭指層城。爲憐風月耽疏散，猶向花間
擁翠舲。

十二

鶴舞鸞喈海曙生，小鬟傳語未分明。含情欲問愁顚倒，底事荷花
寄遠生。

聞荔扉師三化及

大雷江口送登臨，却問歸期暗欲喑。三載寓公知骯髒，半生薄宦
自浮沉。飛揚竟爲誰雄者，著述猶餘未了心。屈[1]大夫傍增一冢，楓
林煙雨最蕭森。

聽兩孫效蓼兒誦書

小兒琅琅朝誦書，兩孫孩語學伊吾。謷嘈錯雜焉哉乎，我昔兒時
亦如此。攬聥大父哦書史，一詩成誦大父喜。而今班白竟何成，得禄
不逮遺甘旨。人生賢達詎可期，詩書畢竟是謨貽。重重繞案孫曾樂，
仰慰高堂杖履嬉。

讀蘇詩月華寺七古有感用原韻

坤維富媼私自憐，懷金腋寶藏深山。山民采鑿易衣食，由來厚利
歸豪奸。地脈斷續應喘息，天道盈虛成往還。偶然探采値其空，遑遑
星散依榛菅。工商販負坐交困，農夫粟滯女紅艱。那得金剛一杵衆
山碎，碎杵礦山青斕斑。平地蕩蕩種黍稻，不用孳孳求舉鍰。銀銅豐
歉地難測，農田雨暘天不慳。可憐吾鄉舊樂土，嗷嗷此日哀悍鰥。誰

---

[1]　屈：底本作“㲼”，據《雲南叢書》本改。

知渡嶺東坡老,早嘅涔場廢寺間。

山　雲

白雲霏霏細雨來,雨來濕地雲飛去。妙鬘披離欲蓊山,虹霓却掛
曩葱樹。瀑布山頭細不分,如花如絮弄斜曛。山公自愛閑雲好,可念
中田待澤殷。

七　夕

曝衣樓上花娟娟,積雨河頭聲滿天。裊裊秋風思徑渡,盈盈一水
默依然。壁車好在西陵樹,沉火孤飛金博煙。自倚結軿供夕張,浮雲
泛濫夜綿綿。

理　泉

苔花漠漠漸斑然,蠟屐沿緣理碧潯。細響亂摵蕉葉雨,青山半褪
竹梢煙。懸岩冰雪移池沼,到海波濤劃溜涓。永日清涼深院静,不須
人境結廬偏。

魚潭岩

巉岩千萬穴,嚙此海門波。鱍鱍岩邊鱗,窟宅盤幽遏。揚鬐陣馬
來,翁尾潮蜂嘩。噞喁動海日,跳躍捎崖花。潛深黛色重,掠淺銀刀
斜。纖悉粲可數,弄影嬉雲霞。翠蔄積如罺,護此漨漨沙。水性詎有
異,在山清無瑕。風濤肆簸蕩,終難污染加。游魚適所性,寧復慕江
河。盤石坐忘起,空鈎意釣多。

高仲先攜游舊州温泉

古城蕩無址,沙石平市塵。喧寂異時代,一泓猶燠然。熒熒象

山麓，暖氣蒸雲煙。珠璣噴渾沸，肪玉折方旋。咫尺冽蒙汜，調濟衷涼暄。瑤池舊瓊館，金碧餘頹垣。佳構始天女，曾此濯珮環。僻壤寡好事，無復歌吹喧。浣濯便樵牧，膏乳澤墝田。利汲詎井渫，何乃荒榛菅。繄茲一池碧，大造深雕鐫。丹砂異礜石，甘香溢高原。環以玲瓏岩，磊砢雲根連。達以永春湖，萬綠涵漪漣。并將山水勝，卑子地主賢。共有耽遊癖，趁茲免官閑。涼風净天宇，秋林艷渥丹。移具蘋花渚，聊騎青巒巔。解衣浴磅礡，頃刻塵垢蠲。人生適自適，身外復何論。章江萬黔首，待子恤飢寒。明年此相憶，雲煙浩淼間。

病　起

密雨落深檐，浪浪入清夢。紙窗耿虛白，過眼雲煙弄。灑然一事無，頓失前宵痛。平生薄寒燠，習氣餘頹縱。拘拘造化爐，大肆陰陽哄。我法無生忍，愛憎了無用。病拋藥亦拋，借慰維摩衆。困卧已逾旬，起視天宇空。燦燦日精花，披離破昏霧。秋色佳有餘，良時自珍重。

和陶九日閑居

連雨迕澄霽，嶒廓秋涼生。偃仰適棲遁，此意難爲名。黃花被幽徑，瀼瀼白露明。佳節感舊遊，無復歌吹聲。繁華有時替，矧茲壯盛齡。人情愛重九，誰挽歲月傾。舉觴挹清景，疇能薄世榮。寂寞望同志，千載留深情。存生愜幽契，何必還丹成。

聞　雁

高飛鴻雁避峰巒，嘹唳餘音入渺漫。怪底故人書信杳，千山萬水寄應難。

鬻田嘅

鬻田須糴貴,糴貴却鬻田。莫以錢神論,更論荒年錢。涸魚自呴濕,點蟻豪據羶。不堪呰痡積,切須駔儈賢。夷陋貧非窭,金饑事偶然。擾擾刀錐利,囿盡世無邊。

朝　眠

歷歷瑤臺玉珮摐,夢回雲氣瀢床杠。雨聲一夜在黃葉,雪影半山侵曉窗。髀肉病餘消自覺,睡魔狎處懶難降。詩成斷續迷離裏,張藉淙淙出嶺瀧。

雪山歌贈馬生景龍

崑崙之墟名無熱[1],點蒼六月猶積雪。離披鷺羽半青青,不似玉龍終歲白。原是西域大雪山,奇蹤異闒非人間。晴明直現點蒼北,欲往遊之阻且艱。雪山馬生今奇士,忽來過我談經史。示我雪山詩,十有三峰亙頂趾。金沙百折從中來,南條萬里濫觴始。手君詩帙倩君談,江聲雪瀑當前起。我聞阿耨達[2],環出六大水。雪澤之所潤,流行布佛理。麗江迆折達巑東,半達鉢愁森重重。奔騰到江入江底,矯矯逸出江南峰。豐巒狹隤銳圭角,雄奇奧窈蟠虛空。瓈即老人各異態,斗牛危壁標星宮。番名漢語雜稱引,當頭亙古無人蹤。春融雪渙洪濤下,岷山百丈盈奔溹。信知天地妙偉造,江河大本非淙淙。馬生邃學佛,能譯西僧語。貝多得真諦,進取資凈土。飄然來去十由旬,事業名山物外身。別後應知翹望遠,雲煙不障玉嶙峋。

---

[1]　無熱：即無熱池(梵語 Anavatapta),今稱瑪旁雍措湖。

[2]　阿耨達：即無熱池。

巡梅曲

晴山漠漠嵐翠濃，樓頭雪影清浮空。山城異卉無寒色，重重野艷含霜紅。龍尾關河八千里，寂寞煙霞照寒水。難忘何遜舊揚州，人倚司花笛聲裏。年少須臾兩鬢絲，尋花嘗是惱春遲。小梅含情[1]如相語，無限芳情對影知。

得左杏莊①刺史書備及師荔扉身後諸況

萬里蒼崖雪，梅花對寂寥。故人心尚爾，書札到山樵。世味浮沈共，良朋生死遙。纏綿百行字，只是黯魂消。

題白貞女唇志閩縣令白公女□□左□□聘室

貞女于歸日，縗麻換吉妝。從容慰生死，哀感動肥梁。今日雙埋玉，層霄共引鳳。我曾觀盛事，人艷說尊嫜。積善徵餘慶，緣源發異香。渺茫惟禍福，應驗在倫常。宦海波方惡，詩庭子遽殤。人情移盛替，士氣爲悲凉。淑女心何摯，千鈞諾竟償。題書貽返馬，捄浴就含床。禮則嫻嘉訓，幽閑制烈腸。代夫供子職，忍淚悅高堂。喜起興家婦，祥臻卜世昌。所嗟人瘁甚，那更病相妨。七載流光速，三生結願長。思親驚遠訃，延命恨無方。侍膳資賢娌，修文佐玉郎。等知冰雪冽，惜此蕙蘭芳。傳志成翁手，旌揚待典章。志承清白吏，孝感泗虹鄉。彼美真豪傑，人生足慨慷。古來存節義，道並著柔剛。畢世須臾事，芳名日月光。嗟余叨父執，感舊憶循良。異地悲歡共，開緘曲折詳。臨風跂望杳，歌咏起彷徨。

---

[1] 含情：底本作"含情"，據《雲南叢書》本改。
① 左杏莊：即左輔（1751—1833），字仲甫，一字蘅友，號杏莊，江蘇陽湖（今江蘇省常州市武進區）人。乾隆五十八年（1793）進士。

書左太冲咏史詩後

十年成一賦,太冲真儓父。於時未之重,黽俛造皇甫。果雪覆甕醯,價貴洛陽楮。沾沾辭翰名,用心亦良苦。男兒當世間,良圖懷騁步。途路有通塞,驚心慨前古。琅琅咏史篇,抑鬱誰能吐。浩氣陵天虹,繁音雜風雨。倔强貴賤間,浮雲眇珪組。屈伸各有宜,齷齪何足數。等知作賦心,恥爲溝壑腐。辭督縱遠懷,一枝聊栩栩。

書阮嗣宗咏懷詩後

嗣宗外形骸,迹已逃於癡。見迫時貴辟,復深猜主知。潔身將何措,凝霜沾人衣。北望首陽岑,良辰懷采薇。一醉六十日,大哉天恢恢。登高見城邑,慨然獨心悲。才色委時命,惜彼婉孌資。薄俗慕放曠,衷曲何由窺。凄惻《咏懷》篇,千載使人思。

消　夜

炯炯梅花夜,踟蹰静掩扉。竹風如雨驟,窗月閃雲飛。犀首閑無事,漢陰深息機。三餘隨意酌,未覺愒時非。

梅花即事

一

怡人冬令不風霜,消受西窗日影長。午醉半醒人不覺,梅花陡作十分香。

二

繞屋梅花近水濱,朱朱白白萃玢璘。不緣雪候爲分别,只當尋常桃李春。

三

滿路飛花拂水流,玉鱗如雪蜿潛虬。無人著意城西角,磥砢梅槎大蔽牛。

四

宮妝穠麗醉紅添，縞素湘妃俯翠涴。爭似山梅明媚意，麻姑垂鬟爪纖纖。

五

爲愛宗炎①鮑謝詩，涉旬不見費尋思。小樓岑寂風帘掩，寄我幽梅綠一枝。酬胡品南寄花

六

疊葉重英玉婉揚，槎枒困蠢盡芬芳。我今半老成衰懶，那似梅花老更强。

七

花裏梅花世外仙，山鄉氣候不嫌偏。海紅俗艷無多態，開向梅邊亦嫣然。

八

東白先生雅興長，西園常得醉芬芳。過門一徑霏霏雪，又索梅花花下觴。張書有西園連飲

九

短笛長簫舊譜聲，玉臺金砌怨分明。繞林細看梅花落，搖蕩春風也耐情。

十

野寺冬春送臘時，西溪小約趁晴曦。夭桃紅杏爭春早，石畔梅花好是遲。

十一

半放梢頭半委苔，慰人寂寞好徘徊。乍寒乍暖春無定，天與安排

---

① 宗炎：胡宗炎，字彥聖，常州晉陵（今江蘇省常州市）人。

細細開。

辛未除夕

一

雲煙過眼雜新陳，送臘欣承七日春。年復一年催老態，我仍故我是鄉人。林泉已幸堪潛世，菽水終難慊養親。手把屠蘇愁喜集，兒童歡笑説明晨。

二

草木春從暗裏回，良宵歡感倚心哀。倚閭有夢泉臺隔，斷雁無聲雨雪漼。人事百年胥此視，星纏一例只奔催。漸思漸遠成終古，愁對蘇耽①舊日梅。

三

笑口頻時遇幾場，閏餘長歲又抛颺。無多田業逢荒歲，難渾人情在竄鄉。顧影已蹉石學士，撼衣猶認李冬郎。薪盆暖熱閭前火，好是從來古道良。

四

飛揚壯志耿猶存，學道無成坐意根。出處兩難諧世故，優閑終是負君恩。春風鼓蕩催花柳，積雪迷離洉芷蓀。已委此心惟任運，不嫌沈涵向金樽。

曼衍歌 言者不知，多知敗道。案：感容與聊以窮年，得曼衍之歌七章。壬申

一

螻蟻一臠堪衆飽，終日如飢營擾擾。神龜不食長千年，高游荷葉

---

① 蘇耽（前190—前177）：桂陽郡郡城（今湖南省郴州市）人。漢末方士。

深藏淵。蚑翹喙息蠕蠕並，各使於形云其正。人生百歲資識神，願言
葆之三尸瞋。

二

彼者之趨此之棄，熊魚痂腐各有嗜。昨日之是今日非，水輿舟陸
紛從違。雞鳴一例孳孳起，是非彼此易地耳。西方老釋挈其終，抽釘
拔楔還空空。

三

太璞萬鎰琢乃光，敗素而紫十倍償。天人相資實相戕，善名善利
生爭攘。九九之牧覬一羊，嗜欲已開何由防。伯龍憂貧鬼笑傍，人笑
鬼笑誰低昂。

四

落花洋洋飄春風，茵席照耀溷壤壅。兩兩無心成定蹤，何不轉移
標風功。天地大仁物芻狗，爽鳩之樂爲君有。蟠桃待實飢拊手，井李
蠐餘延命久。

五

洞洞灟灟天地清，子光孫永生無形。至人寶之百不營，掞挺挺挏
百家出。滄波遞勻無終畢，井飲何勞捽相擊。曼言窮年言無言，蟲鳴
合喙翛翛天。

六

雨暘在天無鈍置，橐籥虛含動愈出。連年歉薄農呼天，秋霪夏旱
如相沿。并毗一變成豐年，錦瑟繁音雜風雨。誰能膠柱調宮羽，靜言
調之今猶古。

七

鳳凰一見天下昌，飲啄丹穴生遐荒。耦耕荷蓧士者常，蓬車歷聘
易其方。聖人憫世心遑遑，六經垂訓恐人忘。杜陵餓叟千秋下，哆談
稷契人云狂。

杏　花

　　春風爛爛滿林泉，絳雪緋霞擁杏仙。已抛杜曲①探花願，却憶江南度雨天。錦宴香籠雲髻影，山程紅漾酒壚煙。而今耕播希輕土，翹首芬芳思凘然。

春　柳

　　裊裊池亭綠幔絲，斜風細雨落花時。黃金散盡無歌舞，振觸春愁向柳枝。

遊蕩山

　　長憶丹霞境，精藍半嶺開。塵蹤俄卅載，今日得重來。木有牛山慨，花尋龍樹摧。舊有龍女花最爲名勝，今摧折無存。尚留開士迹，光相滿層臺。寺肇於西僧成眉，著靈異於趙波羅。明初，爲僧無極敕建，賜名感通。

寫韻樓謁楊升庵侍御畫像

　　翽翽超宗鳳，摧殘冒逆鱗。可憐宗國義，亢直不謀身。爽颣占雲紫，蟲魚入注新。僧樓搔白首，作麽了同塵。

題擔當像

　　青山掛黃葉，抔土是英雄。七字饒奇語，千秋有擔公②。擔公詩“青山有影不過海，掛在人間黃葉村”，又“英雄只是一抔土，天地空留數點鴉”。詩僧中能奇語者。畫圖開古貌，湛寂見宗風。像清願奇古，湛然寂净，邃於禪者也。

---

① 杜曲：在今陝西省西安市東南。
② 擔公：即擔當（1593—1673），名普荷，又名通荷，字擔當。雲南晉寧（今雲南省昆明市晉寧區）人。

慧業原無染,休參文字中。

再遊蕩山

月丹千萬朵,一鬠看花心。客醉春雲暖,鶯啼綠樹深。木芝供困蠹,崖茗瀹清森。自解隨緣適,無勞遲向禽。

海印樓宿

層樓花杪出,窈藹翠巒間。密葉低澄海,春嵐淡遠山。岩深孤磬窈,井冽一池閑。惜取今宵月,矇朧碧洱灣。

龍伏山

落花風磴轉,塔影故依然。感舊成迢古,題詩憶往緣。閱人僧臘健,彈指佛機傳。翹首波羅窟,長空響瀑泉。憶趙所園、何得天諸故友同游波羅岩,信宿於此,今三十年矣。

藥師寺看薔薇

喬木纏宮錦,遥看未覺非。靈山深雨露,古樹老薔薇。風舞一林雪,霞披初日暉。無人修水貢,惜此異香飛。

落　月

小樓炯炯月低垂,彷彿湖亭觳觫遲。金管玉簫殘醉裏,人生幾個少年時。

風　夜

穀雨不濡地,塵昏山翠銷。風聲驅石走,雲帚拂星搖。薄俗移荒熟,冥心耐寂寥。艱虞嫌袖手,吾分屬漁樵。

檳　榔

却曲何能不染埃，蚊虻鐘釜貌悠哉。金盤滿貯檳榔贈，還起人情一念來。

朱子豆腐詩種豆豆苗稀力竭心已腐早知淮王術安坐獲泉布憫農困也旱後幾於無菽賦豆腐歌

神仙黃白變幻出，黃金豆腐同一術。點金雖秘點腐傳，淮王利濟闊無邊。去年夏旱豆苗槁，腐儒食腐腐不飽。晦翁小詩寄慨深，而今腐到賣腐心。

瘴煙行

形殘直夢紛如草，淒哀向天成白道。木綿花開瘴煙紅，雕題祀人醊骨飽。往來倐忽九首騫，謂言不信楚些傳。鯛鱅鬼蜮叢句連，由來佛法一按指。羅剎伏地毗闍靡，炎火南荒一千里，焚香嗷嗷禱佛子。

立夏日

綠陰漠漠水平池，爲餞青陽一引巵。好雨怒生新竹笋，頻迦穠浸野花枝。倚樓盡日山嵐變，杜足於今世態宜。最好臥遊圖畫裏，岩嵌自看老鬚眉。

田　間

夜雨依旬洽，山光發曉新。豆孚青入饌，麥蕞努爲仁。剝復娛觀化，蕭閑得遠塵。浪浪高澗水，分蔓下畦畛。

點蒼山花詩

　　滇地無大寒暑,花木多異。點蒼冬夏積雪,花又以寒毓者,極清奇穠麗之致。近日山民搜岩剔穴,悉入花市,並可移植焉。但皆俚語呼名,不知珍異。兹擇其尤者爲之名,繫以詩,得八首。

紫霞堆

　　蟠根移瘦嶺,翠葉菀枯槎。冒雪披紅蕊,凌炎簇冷花。晶瑩堆火齊,雲霧養丹砂。落落寒暄外,相娱野士家。

　　舊名馬鼻纓。僰俗以絲結纓,飾馬鼻間。今猶然。花團欒似之,樹高者丈餘。花攢十數房爲一朵,大逾尺,深紅瑩澈。葉藉之如堆阜。然易今名,狀其光曜也。

碧虀香

　　花菜供新饌,花枝浸碧漪。雅堪餐秀色,端與咏凝脂。翠葉分岩雪,幽香瀹密脾。靈均高寄意,蘭菊那充饑。

　　舊名白花。葉如桂而圓厚,花純白,心蕊皆緑。土人采漬蔬虀之,芼之如鷄臛然。秀色濃香,實異卉也,因名之以此。

淺絳雪

　　匝歲含苞久,花當杪葉中。芳菲春自媚,峭茜雪初融。紫艷偏宜淺,清妍欲洗紅。妙香開佛界,占斷好光風。

　　俗名紅白花。産深崖間,花亦聚開,而蕭疏襯褫。葉淺緑,花嫣紅,濃淡如玫瑰。名以此,庶盡其色之異耳。

雪牡丹

　　買爨花柴好,農夫語漫猜。誰知深谷底,花似牡丹開。馥郁披雲鬢,晶瑩涌雪堆。詩成題靭葉,惜此部闍材。

　　原名萆花。花萆聚,柔薄多瓣,白色,中有暈紅者、茄色者。花頭大逾盤,葉長厚,光潤可書。産雪中,密林無際,爲名牡丹,始足肖其穠郁也。樵人以爲薪材,亦昆吾之玉抵鵲乎?惜哉!

萃金鍾

莫倚枇杷似,花名亦强從。如盤鋪翠葉,承露萃金鍾。璀璨黃中徹,團欒玉藉重。挹房深注酒,試飲色香濃。

俗名山枇杷。葉長大,紫背。花純黃,房平闊,可注酒,因以名之。

玉翹翹

静婉餘姿態,芳心露碧房。皚如花是雪,莞爾玉生香。翠葉微雲綴,交枝細影長。塵寰如一現,仙子下唐昌。

俗名山龍花。殊無味,或以虬枝蜿蜒狀耶?花如玉簪舒放者,瑩白綠心,參差桂葉間,香極清遠,爲狀其風致以名之。

金鳳翎

岩徑半消雪,虬枝生倔强。翹翹纖葉大,蟄蟄蠟珠黃。金鳳覽翔集,翠翎垂短長。紅緋滿花市,光耀竦群芳。

舊名蜜蠟花。花韌厚圓鋭,纍纍如聚珠。大葉纖長,瑩净可愛。易兹名,兼狀其葉也。

波羅花

貝葉原多種,多羅花更奇。拆樹蓮六出,含薏筆尖垂。皎潔光輪寶,玲琮落玉匙。效靈供佛子,雲鬘擁迷離。

原名波羅,或曰優曇。則内典已言其開難值矣。花六出,大逾尺,心圓鋭如筆,葉如貝多。一種花開,香聞數里。按:波利質多羅花,一日熏衣,薝蔔諸花香皆不能及,正與此相符。波羅與多羅無異耳。

諸花詩後一首

放士閑無事,雲山狎點蒼。濡毫弄花草,不是學齊梁。眇莽稽含狀,凄迷楚客芳。融融花世界,聊與托徜徉。

新路尖在麗江府西北鹿滄界。

西睇蘭滄嶺，東望老君岑。巉巉萬岡巒，徑此危峰尖。俯視但煙靄，積雨霾蒼林。遙天嵌晴雪，條分表江潯。西南實坤位，博厚包重陰。灼知洪荒始，一氣結浮沈。地水互流峙，滔下成高深。莽然重障山，世趣難可探。夷猓跼洞穴，嶮瘠各自諳。勞塵鬱山河，狂花顛倒尋。佛有平等法，分別由妄心。不平平等住，斯義大宏含。虛空本無礙，了此去來嫌。

新山寓樓

山椒並兩巒，金鼇聳其角。宗子好結構，岑樓起中曲。寓我霞霄間，萬廈見林麓。有時雲濛濛，翕起南崖松。油油布東壑，銀海游群龍。樓頭過疏雨，雪影明西窗。嶙嶙陀羅嶺，磊砢千萬峰。怒猱所窟宅，由乾夜叉宮。岌峘宲深壆，頹岾阤奔江。寮刺氣沸鬱，盤旋崦嵫空。若非茲遠遊，誰見此崆峒？我來秋正半，月輪近如閜。月夕與霜晨，看山不解已。舊好遇涂欽，吟詩馥蘭芷。魏叔名相孫，寧越東南美。過從風雨中，劇談星漢裏。若非遠遊茲，何知數君子？人生足慷慨，蹤迹難可知。鴻雁逐稻粱，渡影流清池。雁無駐影迹，池無流影思。風日劇清美，惜此徘徊時。

富隆銀場

江流下鑠地，連山高稽天。莽莽大林藪，不聞鳥雀喧。自非寶藏因，何由通人煙。板屋架崖壑，危峰開市廛。騾綱遠如蟻，擾擾凌巑岏。萬竈雜千冶，列火蒼雲端。夜氣涌聯鼇，金鱗何燦然。潮蜂奔曉衙，得蜜聲呼歡。茲山早霜雪，旅人忘苦寒。糧蔬千里致，百錢始一餐。以彼膏粱費，攻此山石堅。妄覬足可笑，爲富無乃艱。世界大廣莫，山民資食山。一旦巨礦出，意氣雄腰纏。人情重阿堵，何乃跼田園。我聞佛遊戲，擁童恒十千。聚沙而聚人，多此流轉緣。安得自在童，一問團沙間。

松杉菁

茫茫山世界，漫漫樹林海。入谷陰蒙蘢，陟岫青旖旎。亭亭寒松標，勁直幾千咫。迴枝盤蒼穹，積根狀磷磪。搖蕩懸泉落，孤峭斷崖倚。春秋邁古椿，蕃滋密叢葦。鬖鬖四無竟，漸遠望若薺。天風散淞花，濤聲殷地底。萬象互變幻，出沒雲波靡。有時腹火燔，龍顛虎豹死。臃腫荒徑塞，輪囷芝菌紫。僻遠罕人煙，無復匠石指。妙用得南華，材不材等耳。彷徨廣莫間，庶免無用悔。

石鍾山

往還石鍾嶺，行人云畏途。礧碬大河水，沿緣上嶔嶇。臨風眩欲墮，出石棧棱隅。稍慰前椒及，復驚岡岑紆。盤磴促轉折，寒冰結沮洳。巉巉巨岩闢，云誰鑿其初。仰視層峰頂，金鏞懸太虛。蟠螭蹙交鈕，輪郭周形模。丹黃雲雷紋，斑駁蟲鳥書。物理有相肖，寧復造作殊。機祥出聲響，灼知傅會誣。遐荒富奇構，林莽藏模糊。茲勝獨表表，高標萬丈餘。隱顯異地勢，名實難虛拘。路險心亦平，自慰行旅孤。

老君山

崑崙衺南下，金滄夾西東。隆然起中阜，區劃勿相蒙。盤礴四萬里，茲實南條宗。日昨羊山道，冰雪表敻峰。棱棱竦天柱，疊嶂紛蘢樅。邐迤三日程，西水鳴潀潀。九十九龍潭，匯彼神靈蹤。東下下陽岑，朗列青芙蓉。晴雲澹容與，積氣含冲融。須彌蟠地海，根菀無近功。嘗聞春雁歸，卵育依蘢葱。南北萬餘里，於此朔漠同。人生踦方隅，遊覽何能窮。夕舂照長坂[1]，茅店環深松。汲澗煮山毛，即事非匆匆。

玉龍山

東下汲州嶺，明光炫煙靄。雪山直北來，掛影青天外。前峰如卓珪，信桓翼其背。陂陀遞迴峰，三英復西萃。聯嶺側東出，漸遠勢如墜。屹崒百千重，集銳叢旌斾。晶瑩四無薄，玲瓏錯蒼翠。隱隱金沙峽，盤折鬱深邃。雪水涌長江，布潤孰斯大。固宜天地構，有此巨瑰麗。河伯駭望洋，夏蟲語冰怪。彷徨汗漫期，奇絶茲遊最。

西域雪山

玉龍西曳尾，連山不復見。蒼茫積氣中，縹緲吳門練。注視漸分明，層疊遞隱現。巨阜側西南，峨峨狀星弁。無乃阿耨達，四水出噴漩。與夫詳告余，全藏夙所遍。茲實梅里西，巨嶺出東面。曾歷虎跳江，又歷擲弓岸。不聞牛象口，河沙金銀判。行行盡白山，一一插霄漢。佛迹渺茫間，圖經難可按。有丘皆無熱，崑崙竟誰辨。余生好遠遊，山水恣奇觀。有涯隨無涯，於道實云患。聊以自適適，放眼青天半。

四十里箐

密樹寒猶綠，連山束不開。溪行四十里，水足百千迴。失路遨遊僻，歸心雨雪催。荒村曾宿處，尚隔幾雲隈。

高遲井

險遠絶輸運，井鹽生澗隈。只供蠻洞食，未許利源開。板屋晴堆

---

[1] 坂：《雲南叢書》本作"坡"。

雪，山蕎澀釀醅。塵塵推世界，業力巧安排。

同春河

河水迎歸客，行行溯碧波。斷崖爭路出，紆谷迸雲過。格是東西逝，何煩曲折多。淒淒三日響，應得鬢毛皤。

得勝溝

稗溝千蔓水，密箐鬱嶄嵯。得勝今名地，同春舊搗師。誰防蜂有惹，翻致獺逾期。夾道喬松櫟，猶殘火炮枝。

通　甸

坦步青霜畈，逾程尚未殫。亂山聊此豁，邊雪有長寒。稊稗充常稼，松菇得美餐。浪遊殊自詫，西逝水漫漫。

白石江

嶺氣涵蘭野，山名記雪邦。懸岩交翠壑，疊石轉銀瀧。亭迥游人獨，天清白鳥雙。詩成延佇裏，一笑問淙淙。

水茨坪

數家依澗曲，宿客有層樓。白粲翻匙滑，蒼藷糝玉柔。寒暄分有界，山水漸瀕州。回首林稍路，雲煙萬嶺浮。

松溪橋

山程迢遞慰冬晴，簇簇峰巒朗太清。細篠跂溪冰葉翠，平林映日淞花明。羊裘敝後能回暖，籃笋疲時好耐酲。博塞讀書臧獲異，等閑得失已忘情。

甸尾

海虹橋下碧潺湲，泥潦冬收異舊灣。十日羈留秋雨惡，一樓吟眺客蹤閑。青山對酒寒暄裏，浪迹如雲卷放間。珍重居停濃款意，東湖蝦鯉出斑斕。

應山道中感楊瀚池同年楊召棠諸友

三浪川原路舊諳，怡人風景簇雲嵐。玲瓏卷石環深洞，瀲灩温泉蓊翠潭。乳酪瓊酥如塞上，山村紅樹宛江南。故人家在湖西渚，猶記當年兩縶驂。

迂道瀛橋訪高仲涵不遇留題齋壁

河頭小艇摇霜蒲，險嶺千重雲影徂。落木依微鄧賧詔，翔鷗宛轉東西湖。到門何必見安道，呼酒依然款灌夫。留語故人及早出，五年匏繫嗟余枯。

沙坪

龍首荒城落照懸，關前歸客思悠然。等知騄駬窮方外，不盡蚍蜉逆磨旋。南嶺渺茫繚暝靄，澄波映發拖藍天。巡檐却愛江村好，紅樹蕭蕭擁賣鮮。

理行笥稿

晴日梅花照碧疏，詩囊重揀自踟躕。披然玼纇莊生鹹，率意行蹤阮籍[1]車。雪巘江聲猶聽瑩，雲飄霧撇趁紆餘。駸駸歲月閑消遣，不

[1] 阮籍：底本及《雲南叢書》本均作“阮藉”。

是窮愁抵著書。

又二首

一

掃地焚香息妄緣，還宜我我細周旋。落梅墮影有餘態，好鳥感春啼自然。鴻烈説山山是道，張騫鑿空空無邊。難除綺語根塵習，那欲驚人事巧鎸。

二

鎮日無何染麝煤，端知敝帚擲污萊。故人好在春江渚，佳句清怡畫閣梅。杳杳音書雙鯉斷，寥寥山水獨弦哀。人生最是閑居適，可奈繁霜滿鬢來。

點蒼山人詩鈔卷六

□□□^①先生紀遊詩題後^[1]

杜老不到處,山川自珍惜。獨與混沌初,元氣共朝夕。萬丈松不燒,千尋雪常積。熊虎長厥子,蛟蜃安其宅。蠻夷亦紛紜,習見無創獲。番僧據西域,空勞語重譯。竊窺天地心,中外罔間隔。既通金銀賈,何吝風騷客?九州復九州,宴遊遍履屐。詩筆一賦與,渟嵲並受厄。毛髮盡刌梳,無路匿精魄。幸兹多奇怪,尚未遭刻畫。何來沙雪湖?嘯歌太惡劇。時時傲杜老,秦川枉行役。豈知山水靈?嫌君頗有癖。向使長顯榮,何至相逼迫?我今年雖衰,奉讀夜無射。恨少黃麒麟,飛空振長策。臥遊自今始,封詩寄勒石。

嘉慶甲戌年月丙寅日,在五華山麓。寧州愚弟劉大紳拜稿。

段鳴齋知將出遊至飛來寺送別未值却寄^{甲戌}

泛駕茫茫只漫遊,重勞相憶遲山樓。離情却寄橋邊柳,宛轉河梢到洱洲。

山路木香盛開

夾路瓊瑤簇露華,濃香引惹向天涯。芳因欲共香嚴證,屋裏沈熏

---

[1] 此篇底本無,據嘉慶二十三年本補。嘉慶二十三年太和沙氏刻本版心題"題詞"。
① 嘉慶二十三年太和沙氏刻本此處爲三個墨釘。疑當爲"沙雪湖"三字。

底似花。

白崖感舊

人事如雲促變遷，彩雲橋畔畫樓前。故人攜手惜遠別，生死悠悠三十年。

倚江鋪納忠憲王墓下

茫茫人代疾難憑，邊徼勳勞蠹簡徵。夾路青松蔭行客，無人知是憲王陵。

青華鋪寄袁蘇亭廣文

擬向耇仙醉一餐，山城咫尺先生盤。脚夫趲程不聽客，盡是人間行路難。

姚楚道中九首[1]

一

白石清泉碧樹圍，溪行款款度斜暉。落花撩亂魚鮞影，翠羽一雙來去飛。

二

勉學戎朱自僂身，舍人爭席道方真。相逢不在寒暄裏，最好人間陌路人。

三

陣陣飛花冒草青，暗香霏拂上溪亭。深山春意不珍惜，的皪亂榛開素馨。

---

[1]　九首：《雲南叢書》本同，且底本及《雲南叢書》本題下均僅七首。

四

隱几山樓萬綠春，荊葵薄釀亦清新。山家給客無鮭菜，采采紅芽古大椿。

五

年少難忘舊此行，刺桐花裏踏歌聲。淋漓一石留髡酒，紅袖周遭唱月明。

六

綠柳紅橋漱玉汀，神仙離合彩雲停。五樓等是鴻泥爪，遠水平山未了青。

七

回磴關①前破賊回，平章從此被嫌猜。妒心一點妨賢急，昆海茫茫有劫灰。

雲曲道中十首

一

有意無意雲合離，雲頹樹偃泉奔垂。奇觀最愛師林石，恨不雲林見此奇。石雲庵

二

一死酬歡釋兩危，青樓俠骨艷當時。而今姓字無人識，欲訪桃根那更知。棟橡街

三

湖上雲開翠島浮，泥塗車馬自啾啾。詩情誰似蘭徵士②，盡日凭欄對水鷗。蘭徵君芷庵祠。"凭欄"句，先生詩也。

---

① 回磴關：即回蹬關，在今雲南省禄豐縣廣通鎮西回蹬山上。明、清置巡司於此。
② 蘭徵士：即蘭茂(1397—1470)，字廷秀，號止庵、和光道人等。雲南嵩明人。明代醫學家、音韻學家。

四

嶺路縈紆閟古祠,枯杉鐵立菀新枝。披雲漬雨閱人代,漫滅武侯盟爨碑。<small>關嶺古杉</small>

五

野漲迷津渡,沿緣月掛村。即今迂路改,猶自影塵根。<small>沾益新橋塘</small>

六

野曠人煙少,天低霧雨冥。老樹豬都古,連山燕麥青。<small>宣威</small>

七

石墨深藏土窟,山民逐利星星。奇哉創用誰始,得火瓷花泛青。

八

松韶關①上石崔巍,來遠鋪前行客稀。一路松韶聽不徹,離離雲氣濕征衣。

九

蘚石斑筠夾路叢,杜鵑啼血淺深紅。山行始盡花情態,艷茜濛濛煙雨中。<small>杜鵑花</small>

十

燈光雲氣疊波澿,颯颯山窗響亂筠。茅店不愁眠聽雨,而今行路是閑人。

可渡河和吴梅村先生原韻

翠屏岩上款禪關,倚檻驚眴兩岸山。金馬千秋傳僰道②,銅山一綫轉烏蠻。蓬蓬霄雨雲搏上,撲撲深林鳥猝還。舊是相如馳檄路,鑿痕重疊蘚花斑。

---

① 松韶關:在今雲南曲靖市沾益區炎方鄉松韶村。
② 僰道:古縣名。漢屬犍為郡。在今四川省宜賓市叙州區安邊鎮。

歸路又和

彩雲西涌碧鷄關，歸路岹嶢可渡山。隨意逍遙忘鷽鷃，澄懷得失等蝸蠻。金丹自古仙靈秘，歲月何由逝水還。繞壁自尋前日句，墨花經雨翠斑斑。

盤　江①

可渡橋邊問水，盤江從此洋洋。力能排山到海，可惜閑曠蠻方。
可渡河

翠屏崖僧寺題壁

絕壁梯雲上碧空，思量此事亦神通。若教名利心除盡，便是三關透徹功。

馮登瀛鎮府雨中小飲

總戎坐嘯日舒長，蒿目窮黎歲洊荒。剪燭雨窗談海嶠，艱難猶不屬山鄉。

烏撒②喜晴和楊升庵先生難逢烏撒晴原韻

容易黃河清，竟逢烏撒晴。昔人悲遠謫，今我適閑行。雲帠倒回岫，龍湚青到城。遐荒詩自遣，等是可憐情。

威寧八首

一

幽谷雲蘿碎剪霞，清新適我興無涯。籃輿好注軍持水，滿浸園林

---

① 盤江：涪江的支流。
② 烏撒：彝族有烏撒部，在今雲南省鎮雄縣及黃州省威寧縣、赫章縣境。

未見花。

二

島石嶙岣草蕩長，雲腥雨膩暗蠻鄉。權奇不少龍坑馬，一例銅山老運綱。<small>烏蒙海</small>

三

石磧如沙磧，蕎農雜稗農。金寒蕃健馬，海闊恣淫龍。

四

山半雲橫樹杪平，上山微雨下山晴。沿溪石磴嵯嵯起，又向白雲行處行。<small>新塘</small>

五

跫聲空谷聽寥寥，路轉林開野霧消。啼鳥遠呼沽酒酒，花邊不見掛帘飄。

六

當頭路轉俄逢坦，擁鼻詩成喜不禁。習苦蓼蟲甘嚙葉，弄晴山鳥自憐音。

七

出雲降雨晌爾，萬穴千峰窈然。不辨珍逢牛相，直堪拜殺米顛。

八

茸茸萬畛擴田園，絕壁玲瓏瀉碧潺。第少苛求來狹口，更從何處覓桃源。<small>隔遞河</small>

水城至安順道中十一首

一

突姑東下水奔流，橫嶺千重悍不收。到眼茫茫山似海，驚潮過後亂漚浮。

二

競將金碧畫崔巍，老米灰堆妙染煤。何似水西西浦上，拂人濃翠一堆堆。

三

峰如聚米連高困，岩似揚帆峭碧氛。兀兀籃輿消永夏，茫茫身世屬迷雲。

四

蘚石玲瓏細竹斑，青崖繞屋翠屛顏。村翁不解開窗牖，却疥銀墻畫墨山。

五

元兵囊渡定滇疆，下水高瓴勢已張。鬼國有人憂宋社，惹他朝士笑荒唐。

六

空堂塊獨思無何，撰彎高翔重障多。遮莫壯心人似鐵，青山如礪與銷磨。

七

急雨中宵迅轉雷，煙嵐洗净曉山開。懸崖百道銀瀧下，併起長河殷地來。大崖脚

八

跨壑穿岩盡職方，奇標異構只尋常。濫觴晉宋譚山水，到此因知失望洋。

九

著相見聞同是漏，集緣世界習成歧。甕還墻壁還無甕，好看黔山變幻奇。

十

男把芟鋤婦甕禾，山花焰焰簇香螺。那知人世姬姜美，笑語依依

嫵媚多。

十一

簸易河沙晃夕曛，垂空篠簜石繽紛。東岩凄喚西崖應，聽徹清猿和白雲。

貴陽五首

一

曉氣澄澄日上團，千山東輕楚天寬。蘭沅源上思香草，煙水雲山更淼漫。黔寧山曉望

二

城郭深嚴嶺阜通，苗蠻四面領華風。須彌一葉青蓮上，世界含苞萬蕊中。游南橋

三

倚檻千峰出女埤，虹橋雲樹舞淪漪。憑誰墮却岩端厦，放眼穿天雲洞奇。雪崖洞

四

孤雲靄靄欲何馳，垂老方知學道遲。遙蕩恣睢途轉徙，乘成天地大爐錘。

五

古有遠求勾漏①，今無人乞貴州。瑩瑩丹砂滿市，渺渺葛令風流。

貴山陽明書院感懷

一

山川有險易，及境乃得窺。人心有險易，未境已潛滋。平地陷阱

① 勾漏：即勾漏山。在今廣西壯族自治區北流市東北。

納，斗室車馬馳。誰使復誰覺，所妙自知之。憧憧百年内，恍惚不自持。有時發惺寤，聞見逐外移。涅涅塵埃境，失此照用姿。奇哉陽明子，一唱致良知。

二

四時運用行，不待何以行。百昌日夜生，不謀何以生。人心唯虚靈，格致此虚靈。静無禪縛苦，動無外蔽縈。學問既核實，功業非剽瞥。知行理無二，厥義實泓澄。紛紛排擊者，無乃失心平。斯人已千古，不聞來者聲。窅窅貴陽山，浩浩雲煙横。

題松門池館四首

一

嚴城萬厦蹙鱗筌，勝地清深敞洞天。簾幕重重隨意卷，好山都到畫樓前。

二

平開甓徑遠林巔，碧水長橋鏡影懸。驀地荷香廊檻轉，田田風葉翠無邊。

三

竹郎山水擅幽奇，錦石銀泉嶰谷猗。盡日雲嵐晴又雨，層層蒼翠上玻璃。

四

樓閣參差畫不如，木蘭艓子見花初。山鄉確犖難消暑，慰我荷纕舊日裾。

札座駙見林念杭司馬題壁

雪泥指爪認飛鴻，舊館人猶惜寓公。百丈帆檣航大海，也憑人力也憑風。

播州寓六首

一

才人遠摘古來愁，急難交情見柳州。自笑平生輕萬里，六年兩度播州①遊。

二

夜郎盤曲五溪遥，雨後峰巒暮靄消。明月一池清似水，無端惆悵憶龍標。

三

長橋百坎連，錦石漱平川。小立披雲海，颯颯五十弦。<small>東門橋</small>

四

櫟林被山坂，處處鳴絲機。焦守舊遺化，樹中出妙衣。<small>《華嚴經》語，題焦太守祠。守，山東人，教民以櫟林放蠶織繭，郡以富庶。</small>

五

連連播州山，峭茜來青閣。涼風生老槐，雲影高不落。<small>閣在郡署東苑。</small>

六

搖曳湘溪雲，漸掩桃山洞。白雨過城頭，篠簜懸崖弄。<small>來青閣望桃山來雨</small>

飲任恒齋協府池館

一

方花鏤古楚，戎府何沈沈。老桂沃洗滌，炎天涼陰森。<small>協府爲楊應龍②故巢穴。</small>

---

① 播州：在今貴州省遵義市播州區。
② 楊應龍（1551—1600）：明播州世襲土司。

二

谷應清談響，花深密坐移。山園風味別，蓮子摘芳池。

游桃洞山太白樓贈陳復廬少府

岩亭林榭簇雲岑，仙尉風流寓遠心。世界也須人料理，最難山水得知音。

陳復廬索題太白樓詩

巫山江上脱青蓮，生幸汾陽爲洗愆。當日醻恩曾不預，而今爭借夜郎天。

雨後福静圃太守招游竹林諸寺飲謫仙樓上

一

白雲拂拂透絺袍，照眼奇峰涌近皋。洞入曲珠穿蟻徹，岩揢斷石駕鼉高。靈山欲倚謫仙重，異境何當康樂遭。亭榭重重隨處好，深篁雨滴響琅璈。

二

太守心怡雨滿川，相攜石磴上層巔。青森翳野千林櫟，合沓人聲萬井煙。遠岫嶒嵯雲海蕩，危樓縹緲蕊珠懸。朝餔莫遣行觴急，水色山光正益然。

黔西道中三首

一

播山點點透雲天，南望牂牁①嶺折旋。陸海萬波人一芥，不知何

---

① 牂牁：漢郡名。在今貴州省黔東南苗族侗族自治州黃平縣舊州鎮。

事此留連。

二

當橋賣酒龍鍾叟，倚石揩檥三五家。飛瀑隔林翻白雪，丹岩射日爛紅霞。

三

革駁溪西低夕曦，崎嶇登頓痡夫遲。摺疊層岩架簡軸，呷嚘飢腹嬉書癡。革駁溪集書崖戲題

大定道中十二首

一

到來洞口見人煙，洞裏川原好稻田。眩眼遊人穿洞出，又懸一洞達青天。路穿厓塘，舊路穿洞出，入塘東西，無厓不洞，無洞不穿，奇極。

二

聽徹清溪九曲迴，萬山西豁攬風臺。印雲筰雨交參錯，天地悠悠鑿空才。大定東坡，望滇蜀諸大山。

三

墾岩種包穀，蓬勃青巒巔。樂歲炊珠米，生涯仰石田。

四

警眾看蕎豆，鑼聲夜遠聞。寧知淮汝上，拾麥廣成群。

五

織錦飾苗衣，習尚頗華臕。流移日漸增，苗衣亦藍縷。

六

苗財盤可盡，苗土墾無遺。前人趨利至，適得後人飢。

七

眯眼塵寰局局行，空山雨過晚涼生。長溪雲氣平如砥，千仞岡頭看月明。望夜新屯嶺

八

盤磴鱗鱗蕩水聲，平心坎險不平平。身塵世界塵塵等，毗舍如來證記明。六歸河

九

細草繁花茜石苔，荒塗宛轉净無埃。翩翩異蝶嬉晴景，飛向籃輿去又來。

十

古戍明師壘，荒祠漢嶲山。瓴高三竹水，天近七星關①。七星關

十一

蟠蟠嶺路逼天青，名利艱辛客不停。恰似海人甘食蠣，重重堅殼一蚝腥。銀廠溝

十二

月出東崖底，斜輝生澗陰。蒙蘢上石角，知我延佇心。

自界河抵楊林十首

一

買酒滿酬輿力，回看苔磴雲斑。勞渠重繭百舍，出我二鐵圍山。

二

理鍛終朝忘暑，撫琴得趣非聲。道人看經遮眼，閑客遊山當情。

三

喜見青松滿道，黔中久未相逢。一錢飽餐玉粒，五鬣響助金風。

四

溪聲喧白雨，雲氣裊青峰。驀地斜陽出，長虹落澗松。

---

① 七星關：在今貴州省畢節市七星河。

五

大龍嶺上攬雲梢，疊巘遙巒劃澗坳。落日芊茸平等焰，倒垂荷葉萬千苞。

六

目極西南萬里天，藐身今古思悠然。青松遞遠晴雲白，無限平山疊眇綿。

七

烏龍箐底雲蒼茫，白塔鋪前風雨狂。傍道老松不蔽客，龍鍾石丈嗤郎當。

八

大壑松濤萬派潺，雲煙漠漠暗隆川。細雨暝鐘關索嶺，少年長路景依然。

九

燦爛虹霓起半空，海潮寺外夕陽紅。莫愁晴雨無憑准，秋在湖煙樹靄中。

十

山程到此總逡巡，泉性由來也具塵。毒水碑前閑討究，知何附入誤妨人。毒水，和西林中堂①原韻，泉今可飲，知前有附入者，非水毒也。

海潮寺和鄂文端公②題壁韻

走馬當年似轉丸，今來已覺路盤跚。半生遊宦一嘗指，險步驚心百尺竿。湖上亭臺披曉鏡，雨餘雲氣裊層巒。留題最愛西林句，塵土身名等自看。

---

① 西林中堂：即鄂爾泰(1680—1745)，西林覺羅氏，字毅庵。滿洲鑲藍旗人，康熙三十六年(1697)舉人。官至軍機大臣。謚“文端”。
② 鄂文端公：即鄂爾泰。

又　和

紅日奔跳疾彈丸，朝朝相逐奈蹣跚。不妨阮籍窮車趣，難舍任公舊釣竿。渺渺扁舟歸別島，離離尺篋記仙巒。蕭閑等負名山約，袖手看人惋自看。

板橋龍潭

岩洞晶瑩勺水，遊鱗紛逻行空。憶曾投石深宵，頃刻雷雨冥濛。

駟亭有感故同年戴崧雲

氓氓歸塗共酒瓢，棄繻心事耿難銷。淒迷廿五年前約，秋雨秋風舊板橋。

題店壁

樂府高情興采薇，隨流宛轉莫心違。忘憂信有馳驅樂，渺渺天涯安所歸。

碧鷄祠村塾訪張懋齋不值

擬得長談款絳紗，故人歸棹渺昆涯。蒼苔小院香雲滿，山雨霏霏濕桂花。

迤西道中十四首

一

蒙茸綠嶂躄人家，樹底長橋石墊斜。三十六灣蘭谷響，猩紅開遍刺桐花。

二

雨後秋光鬭鏡奩，曉峰重疊黛痕添。閑雲也戀人寰好，山下淳澄懶上尖。

三

樹影橋邊合，雲情雨後閑。小樓無限好，人倚夕陽山。

四

炎蒸鬱林莽，兀坐待遲月。炯炯入蓬窗，寂爾蚊雷歇。

五

露重秋光白，山深曉意寬。沿緣修竹下，幽鳥噪晴歡。

六

西風渲染雁來紅，籬豆繁花蔓紫茸。繞屋秋蕎霏絳雪，天然景色艷山翁。

七

鷄聲人語馬蕭蕭，獨客閑遊未寂寥。野霧漸分層岫出，光光落月滿沙橋。

八

山橋雨過裊寒煙，茜茜幽光照水邊。空谷佳人修竹倚，淡妝婀娜出天然。木芙蓉

九

千峰萬壑朗晴川，積翠澄澄海日鮮。雪影依微三百里，點蒼高出彩雲天。普淜道中望點蒼

十

葉鏡湖邊熟萬疇，家家開柵放耕牛。炊煙翠抹平山轉，窈窕青林一壑秋。

十一

詩情飲興較增無，青海雲平紫稻鋪。爲報先生多置酒，齋田今歲

十分租。青海道中擬示袁蘇亭①一笑。

十二

波羅江水百谷連，定西嶺上初涓涓。一路清音到西洱，歸雲迢遞琅璈仙。

十三

柳花[1]送客春濛濛，龍尾關河路正東。一度人歸一度老，却憐秋柳踠秋風。

十四

幔亭喧鼓樂，擁路看婆娑。自有還家樂，點蒼明月多。是日中秋，江津洞賽會。

鄧川楊貞女詩

五星在天上，不專何宮垣。正氣在人間，不限何山川。鄧賧②昔蠻邦，美色生禍端。鐵釧識爐骨，麋身甘重淵。夫婦而宗社，抗志懾雄奸。時節吊星回，千古留凄酸。婉婉楊氏女，禮聘寒素門。中道罹夭折，慷慨死投繯。舍生良不易，寧復矯激然。於心一諾竟，身也從可捐。豈以未成婦，躊躇使心遷。直木不曲生，白華非自涗。荒涼德源城，節義相後先。彌苴何悠悠，清風回漪瀾。人事萬不齊，昭此冥冥天。

思茆陳貞女詩

思茆隸職方，曾未及百年。草昧而詩書，渺茫嶮遠間。陳氏有貞女，赴義何軒軒。女德在三從，中正協經權。身從與心從，推析難究言。大智循其本，人事實補天。忠信結精誠，形性無拘牽。何必同衾

---

[1]　柳花：《雲南叢書》本作"花柳"。
①　袁蘇亭：即袁文揆（1749—1815），字時亮，號蘇亭。雲南保山人。
②　鄧賧：即鄧賧詔。唐朝前期雲南的一個部落。在今雲南省洱源縣鄧川鎮新州東北。

禂,恩愛始纏綿。所慟夫死貧,旅櫬羈瘴山。寄身叔翁家,夫兄窶且
孱。貞女幼讀書,自信金石堅。誓往負骨歸,阻兹物議煩。輾轉慰立
嗣,忽忽逾二年。藐身無姑嫜,遺罹慈母憐。一死事則已,相見即黃泉。
慷慨而從容,委宛百折全。明明皦日心,歷久道彌宣。儒有良知學,佛
有頓悟禪。從來貞女義,常變皆自然。恢恢道之奇,揚摧無竟殫。

城西園野梅花歌

半冬晴暖梅花遲,荒城出遊無所之。斜暉滿山黛色重,流泉夾路
翠草滋。城西籬落得花早,開遍野梅如棘枝。蒙籠竹篠壓冰雪,磈硊
銕幹蟠蛟螭。素萼迸珠照點點,輕花散淞含颭颭。荒林寂寞不見賞,
幽香漠漠煙雲披。東閣官梅助宦興,孤山妻梅縈誕思。梅花風格艷
人口,畢竟真梅人罕知。宮妝緗綺近妖麗,九英檀暈繁葳蕤。畫家畫
梅得三昧,施朱著粉無相宜。野梅淡淡入圖畫,疏枝瘦影神清奇。人
生嗜好各殊面,唐突刻畫誰鹽施。已脫俗艷免攀折,却異散木來譏
訾。古香古色自榮落,時有幽人同襟期。巡巡索花共大笑,誰其德者
梅支離。

城東園老紅梅

荒榛斷莽凋繁霜,春光蕩蕩揚孤芳。落霞一片暈紅紫,雪膚仙人
酣羽觴。杈枒蟠鬱大合抱,朱顏却詫梅花老。淒迷野霧飄艷香,繽紛
彩蝀凌清昊。太息何人舊此家,園亭頹盡一株斜。變換百年長姣好,
不是夭桃兒女花。

哭李春麓師

一

一別不復見,百年徒有生。孤恩心自楚,跼地世無情。奎野星躔

隔，魚山夢影橫。傳聞終恍惚，萬里訊難明。

二

京師居不易，憐我困多場。黽勉曷無有，提撕日就將。行藏茯蔭遠，盤錯繫心長。寧識鹽車下，摧頹負樂良。

三

采藥逾淮水，江干訪故人。星光移末照，縣令最風塵。道境清癯異，詩評激賞真。只今如昨日，蹇蹇十番春。

四

海內傳封事，杭嘉在頌聲。自從歸養母，百不欠生平。傳火薪櫨續，乘雲海岱清。所悲人在遠，絮酒幾時傾。

春陰乙亥

小樓濃暝色，細雨杏花明。迢遞寒煙渚，濛濛草又生。

辛　夷

木筆濡春雨，江淹夢裏花。春風不拘檢，潑墨染飛霞。

聞傅嘯山放歸

一

男兒志意耿難磨，得失心輕宦海波。介子已聞歸絕塞，譖人捫臆復如何。

二

難把恩怨計菀枯，斯人直道忍淪胥。乘風亂鼓翻雲手，捉得狂花住也無。

述　古

莊子貸監河，涸仰升斗需。惠施從百乘，煌煌過孟瀦①。握手一歡笑，趨舍良殊途。去去筍中鱗，何用此多魚。

暮春連雨

一

點蒼消雪翠斑璘，草樹濃煙入檻新。爛漫晚花深對酒，蕭森今雨耿懷人。殘春可愛情難措，漸老於閑味始親。幾日銜泥雙燕子，飛飛畫棟哺雛頻。

二

擬答春光奈怎酬，鶯聲宛轉雨絲稠。有時厭看山多態，盡日依違雲滿樓。紫粉離離迸籜笋，高花冉冉下林楸。小窗遠水青於染，寂寞寒煙野渡舟。

三

西溪雨脚渡斜暉，離合煙雲鷺嶺飛。香草繽紛連渚暗，落花迢遞餞春歸。蕭蕭却憶巫山曲，漠漠還飄玉女衣。可奈良時成白首，千山萬水滯驂騑。

新　荷

瀹水石池滿，卷卷折[1]新荷。晴暉蕩珠露，宛轉濡庭莎。有美懷佳人，浩言澤之陂。含苞鬱朱夏，遲此紅婀娜。悠悠洱河水，日夕空澄波。

---

[1]　折：底本作“拆”，據《雲南叢書》本改。
①　孟瀦：即孟渚澤。在今河南省商丘市東北、虞城縣西北、山東省曹縣東南、單縣西南。

羽　扇

山氣鬱雲水，晴雨時飛颺。閶風萬里界，磅礴森點蒼。黛色濕天宇，岩瀑垂淋浪。稽事竟盛夏，袷衣饒清凉。我有白羽扇，皎潔如秋霜。時復自珍愛，無用爲捧揚。棄置諒有宜，眷言匣笥藏。

夢左杏莊刺史

坰野故人遇，驚心噩夢殘。想因推獸守，機氣隱鮑桓。老境端居好，名途撒手難。迢迢無問訊，何自釋疑團。

偶　成

沈煙雙縷碧氳氲，盡日簾櫳疊水紋。解帶雨聲修竹動，倚樓山翠半江分。窺臣未分甘鄰子，聒世端知笑尹文。一念油油時起倒，呼觴急爲掃迷雲。

馬漢才招游沙村北渚

新晴揭山翠，映發洱波明。蒙蒙萬柳煙，渚潋劃縱橫。藉草幪密葉，玲瓏沙水聲。故人妙清興，鱗荇芼蓴鯹。夕陽鸛洲尾，島嶼豁崢嶸。東北巨山藪，雞足首傳燈。斜光見頂相，閃爍古金庭。溪壑滃雲起，雨氣百千層。長虹掛餘景，變幻瞥仙瀛。流觀渺何極，怡此閑居情。

夏日即事

一

長瓶滿浸乳膏融，山市山花下雪中。珍重碧幗新艷異，雲霞標格照燈紅。

二

翠蔓金沙引徑斜，泉聲瀩瀩繞人家。仙人掌上金菡萏，亂石嵁墻骨董花。

三

雲山煙渚雨模糊，青草牛羊有塞酥。忽憶江南鱸正美，自删新笋芼醍醐。

四

琉璃萬頃漲晴瀾，十九屏開碧玉巒。何處更容炎暑著，寥寥長日洞天寬。

五

上關花事愁供役，翠葉紅桁化遠埃。乍喜台峰深寂閴，雲端一樹木蓮開。五台峰

六

七二崇祠景地分，遺他張盛古斯文。茫茫往迹俱塵土，光怪寥天化彩雲。木馬邑懷張叔盛覽

七

迷離蝶樹千蝴蝶，衘尾如纓拂翠湉。不到蝶泉誰肯信，幢幡鬘蓋蝶莊嚴。上關蝴蝶泉

八

柳港重重浸漲潮，菰雲萍雪引鳴橈。老夫別有觀魚樂，踔厲金鱗透網跳。沙村柳港

九

行街僰唱滾三弦，酪酊酬龍野廟煙。楊柳橋邊人賣雪，紫城六月好涼天。

十

星回萬火吊仙鬟，七月划舟競洱灣。彩藥村村挨次舉，天教節義

點湖山。吊台會

<h2 style="text-align:center">十一</h2>

紫稻花香應木犀，春秧秋實入冬齊。民天滋味徐徐美，不遺三農病夏畦。

雨中秋海棠各種盛開

沈酣竹醉與扶頭，今雨蕭森翠影酬。倚檻小山苔峭茜，嬌紅滴滴海棠秋。

獨漉篇

獨獨漉漉，泥行却曲。欲出門無車，欲渡津無梁。拔劍捎雲雲不開，但聞淫雨塞空聲浪浪。烹肥擊鮮，沈飲流連。濡首皤皤，回憶壯年。善哉相逢，來日大難。男兒快獨平生，生不成名沒何賢。汝獨何人學神仙？遨遊青天中，其樂不可言。用太白句。

秋霪雨

三伏度淫雨，庶及秋節晴。秋雨復綿綿，曉夜凄寒生。草木雜莽莽，瘥茲粳稻榮。端居困泥潦，驚心時序更。頃聞鄧睒災，決河潰縱橫。豐歲蹇瘠土，況乃蕩析甖。山疆事格閡，苦樂各自情。疊疊彌苴雲，彌漫洱河并。

斜　月

霧撇雲飄擾擾，泉奔竹偃灌灌。清風脫然至止，明月直入何猜。

喜晴出遊

曲折秋泉響，陂陀古石凭。晴霞分海色，雨氣畫山層。隨意行吟遠，看雲舒卷能。不須勞白眼，一碧是秋澄。

桂　花

却也聞香未，曾無爾隱乎。月宮田地闊，遺落許多株。人爲淹留久，枝隨龍樅紆。攀援聊自樂，花露滿身濡。

王友榆寄龍女花

盈盈玉鉢花，云是龍女施。夜半異香起，炯炯白雲氣。

牽牛花

點點疏花曉露深，竹籬秋意最蕭森。蔚藍剪取青天色，爽豁人間平旦心。

楊澤珊以洱海會日招同李鄴園諸人讌集遍游諸湖

一

辟舉家瓊嬉見客，隱之借月暢開樽。揭天蒼翠峰垂海，趁集魚鮮船到門。

二

玉宇溶溶渙月華，煙低山遠四無涯。水禽唶唶驚雙槳，一片翻飛蹴浪花。

三

閬丘亭子鏡塵揩，萬柳垂垂接斷厓。那不醉挀今夜月，古人寂寞空詩牌。

四

划舟弦管集秋晴，踵事相忘爲放生。過影動泡泡動影，夕陽東下證分明。

五

曩葱遠樹綠層層，島窟玲瓏日氣蒸。無數鳴榔都過海，曬晴嘎嘎上魚鷹。

六

北湖柳港[1]翠縈紆，芋畛瓜籬隱釣艫。不爲蹲鴟如卓氏，也思老圃效樊須。

七

群峭飛藍掛遠林，這峰雲起那峰沈。浮萍搖蕩雲嵐影，離合峰巒向水心。

八

問客南村已到家，淄塵狼藉染京華。茫茫人事升沈裹，若個安心理釣艖。

九

自笑沙陽狂覆斗，却看李瑨醉扳鞍。歸鴉點點向山郭，老柳毿毿低月闌。

溪　雲

朝光揭陵岑，溪谷渡雲蜿。即離小樓平，點蒼忽近遠。

一真院訪德昌上人

真理率自悟，衲子例謾人。隔林嗅木犀，何似即花聞。煦煦破襖師，虛冲無畦畛。癯骨耄彌矍，定亂邈不分。洪鐘寂聲響，一叩徹高旻。疑義發吾覆，了了析微塵。韜居側名藍，曲徑羅松筠。澄秋愜所慕，引領道斯存。倚徙坐泉石，悠然到夕曛。此生閑有餘，庶以向

---

[1]　柳港：《雲南叢書》本作“柳巷”。

迷因。

南泉精舍晚坐

人定梵鐘鳴，聽徹百八杵。餘響拂松雲，濤聲雜風雨。寂坐耿虛明，繁星爛秋宇。耽閑懶就眠，棲禽噤夢語。

朝步三門至净土山

朝日蕩霞彩，塔光流玉虹。垂影百尺樓，金碧輝玲瓏。林翠擁高廉，臺殿開層穹。踏踏長廊轉，却曲莓苔濃。晴暉狎山鳥，飛鳴墀宇空。秋草菀萋萋，零露下長松。異境發清曠，静理含虛冲。却憶塵囂裏，攘攘將何窮。緊余息機久，林泉痼心胸。童稚爾何得，栩栩亦歡悰。

過李堇園書樓

石徑入深翠，寒泉鳴幽幽。返照掛黃葉，寂歷山氣秋。一宿復信信，愛此林下游。李謐擁百城，遁迹中南樓。良談落松影，世事良悠悠。塵鞅幸我釋，禪縛亦焉求。陶然遂忘夕，白雲無去留。

挽袁蘇亭廣文

老耄從此寂音塵，尺牘詢詩墨尚新。千里睍然伏櫪驥，全滇失却有心人。論交氣誼京華日，訪舊流連洱水濱。攎古發潛千卷梓，降官閑冷是良因。

挽李文庭先生

文庭先生古俞和，千金慷慨揮逝波。大鏊惇惇奈貧何，洱東要迎起人死。杖履飄飄一百里，彼人之生翁已矣。翁生疾惡苦罵人，罵人療人兩有神。奇窮奇技證所因。盈盈兩槳西斜飛，猶似翁遊盡興歸。

鳳山城訪袁葦塘

燕雲江樹兩懸情，一笑鄉關白髮生。仙藥有靈徵老健，風塵無分到公卿。躊躇善訣藏刀刃，慷慨詩懷托史評。滿地迷陽餘痛定，青山杯影較分明。

董韶九楊舒彩招遊鳳山寺

談道紬三耳，詫茲三耳山。象形翥兩翼，威鳳何軒然。瞻望數往來，無由躡其巔。良友愜清談，行行忘步屟。古寺翳紅葉，晴霞爛渥丹。矯矯千喬松，騰挐諸龍天。遥峰遞離合，紫翠交濃煙。却顧所來徑，石磴高雲端。隆冬百昌斂，掌菓披迴川。勝境膺長日，山芳羅仙筵。談詩老衲子，異趣溢枯禪。殷勤勸竹根，松月留清眠。良常自茲始，百里非險艱。

蘇髻龍池

鴉寨元師壘，龍堂髻女靈。山頑猶混沌，竅鑿始娉婷。雙碧融晶鏡，千畦飽建瓴。風車雲馬馭，笙筑響泠泠。

烏龍嶺

曩葱東邐迤，西對點蒼平。人渡炎涼嶺，泉飛向背聲。土囊巉石骨，井谷俯山城。乍欲忘冬序，欣欣萬木榮。

靈澤園

伏地流西洱，滂洋透石垠。粼粼雙閘玉，盎盎一川雲。花竹穠煙島，樓臺上綺紋。融通山澤氣，巫祝濫醼醼。

塔山街訪黃錫久

簇簇陵岑背洱濱，蕭條村落雜新陳。震鄰奇疫成空劫，落月晨星見故人。抵掌功名纏藥裹，杜門風雨老松鱗。廿年往事雲煙撇，也似神仙話隔塵。

趙紫笈以對山自嘲絶句索和

酒聖開簾醉雪光，晶瑩萬仞發詩狂。山公傲我頭俱白，笑舉觀河老匄王。

乙亥除夕

隨例桃符換歲闌，梅花滿浸剪燈看。老如積羽徐徐重，年似磨塵汩汩殫。下吏何關談出處，棄材翻與避艱難。須臾日出成新歲，不覓來心等是安。

細雨梅花有懷舊遊丙子

浥浥江梅雨細絲，皋亭弦管趁春巵。倚欄岑寂山城晚，振觸梅花舊雨時。

步　晴

懶日輕雲半作妍，長河新柳翠翩翩。今年春在梅花裹，好乞東風莫放顛。

顛風頻日望夫雲起

繅車圜轉絲抽水，雌龍夢斷雲窩靡。俯身東望喔天鷄，瞳瞳日射貝宮紫。毗藍噫氣雲亂呼，直撇濤山見海底。黄姑織女河東西，盈盈

咫尺甘分攜。嗔癡小婢情凄迷，望夫雲起青天低。一聲應應石龍子，
揚沙走礫無端倪。點蒼濛濛春弄色，冰封雪沍藏花密。園林桃李滿
空飛，星斗朱旛遮不得。喈喈危巢望歲氛，知風知雨不知雲。吹花擘
柳曾何惜，懊惱停舟欲濟人。

游三陽峰至竹林庵讀中溪侍御詩碣

琅峰揭天起，陡落三陽岑。壁立萬仞石，弗鬱欹長嶜。古雪絡幽
壑，晶晶日西含。峰嶺變橫側，盤礴亦何深。奇觀屬修阻，憩飲怡中
林。廢寺古遺構，詩碣鑴禪龕。諤諤李侍御，勇退甘龍潛。遊跡遍岩
壑，歲月消雲嵐。於時諸貴顯，却曲事奸憸。寂寞豈不念，寧此山水
耽。題咏類荒誕，誰復究其心？悠悠天宇中，長此去來今。

立夏日

翠葉濃陰映翠觴，流鶯聲裏餞春陽。樓頭雨過玉山碧，雪裏花開
溪水香。常日閉門容我懶，一年入夏愛天長。千金彈盡支離技，始得
平心自斂藏。

李士元招遊龍華山極樂林諸勝

溪流漱鳴玉，綠蘿渲塵襟。瀚濛白雲起，遙空鈴鐸聲。拾級上崖
閣，碧海光沈沈。南山萬虬松，北澗千石岑。參差各獻狀，無勞窈窕
尋。短李眷清境，棄官歸園林。移具招我遊，共茲欣賞心。折瓊羅仙
筵，家醞滿芳斟。咫尺塵凡隔，日馭舒騋駸。山水興日闊，感往慰斯今。

觀張景園同年畫山水

當杯磊隗澆不平，點蒼對我昂崝嶸，翻雲竦石泉飛聲。故人舍館
城西陬，朝暮清談談不足，索詩丐畫迭相續。毫端照眼開林巒，恍如

從君遊汗漫，山平水遠紆天寬。

張景園以無妄被誣羈牽榆城半載
昭雪後得新興學任餞以詩

雲山相望各棲遲，旦夕良談水鏡披。杜迹那防來雀角，慰情翻勝屬駒維。點蒼雪月夏逾好，吾道踽凉誰與期。此去一官師鐸重，清風匝地是相思。

連　雨

浪浪檐溜疊粉潾，簾捲簾垂拂翠筠。應璩屢書謀雨讞，伯文清興述山貧。江源泛漲思湖海，花塢迷離洽隱淪。滿地塗泥深閉戶，獨遊一頌最怡神。

題周孺人雁沙集

平生愛風雅，每厭閨閣詩。境界隘拘束，柔弱滋呻哇。花月累剪刻，雲煙涴黛脂。不病病呻吟，隱約名心馳。受才異士夫，文彩亦奚爲。道非男女相，我憶末山尼。真理妙難言，得者無弗宜。雁沙見遺稿，傾倒豁心脾。本分攄直語，風水自淪漪。緘情悟遊子，眷言三春暉。綿邈古媛契，婉約幼稚規。攤書坐寒雨，豎義抉精微。想見茶苦中，大哉天恢恢。造適不及笑，寧須雕琢施。即今巨室寢，其樂誰能知？忖兹報老友，無徒噭噭悲。

立秋日新晴張西園約出遊

一

一夕秋來積雨間，亂雲飛絮揭屠顏。出門一笑癯仙癖，得得攜觴指看山。

二

雙鶴橋西落瀑明，雙鶴橋東煙林清。青山翠染龍關路，擾擾行人畫裏行。

七夕登樓

支窗西洱水，新碧鏡奩中。急雨旋東浦，遙帆入彩虹。曝衣酬舊俗，架鵲仰澄空。巧拙紛人事，茫茫乞禱同。

雨中趙紫笈饋鶴釀

忽到青州從事佳，閉門十日雨潺潺。寥寥天地古人遠，裹飯輿桑別調諧。

水　涸

水積自生魚，魚魚相食生。聖人禁數罟，濟以不平平。水涸魚呴濕，小大若爲情。驚心竭澤漁，虹螮亦冥冥。

丙子秋太和淫雨雪霰禾不實外郡縣灾潦
滇民舊不備積冬春大飢睟感十二律

一

漸看墳首遍牂羊，北斗南箕自抪揚。夜靜哀鴻凄斷續，月明幽蟀劇蒼凉。繁霜不解芟藜茵，秋雪端然害稻粱。銅硐銀坑人事拙，難將積貯問山鄉。

二

印度南開古百城，南詢童子記分明。佛魔錯處俱成俗，人我相忘是遂生。桀桀甫田孤耒佃，悠悠廣厦萬間營。蹉跎[1]白首成迂僻，吾

---

[1]　蹉跎：底本作“跎蹉”，據《雲南叢書》本改。

道艱難未了情。

三

流年人事兩相從，爨桂炊珠驀此逢。陀崆涓流何太橫，漏江百竅又成壅。夸娥掌劈遥難借，莊子魚呴驟怎容。萬里綿綿孤思遠，可堪雲嶺更千重。

四

彩雲常見爛晴空，野老嬉游歲歲豐。往事難忘年少日，浮生同聽太虛中。雷聲迭送冬前雪，海氣寒吹七月風。莫道邊陬時節異，甘萌惡草報占同。

五

難將鄒管試吹枯，遠邇中邊盡版圖。仁覆有天周四海，顛連含淚向方隅。求芻不惜號羊牧，載魄寧甘化鳥都。徒手彷徨心轉惑，凄聲菜色見聞無。

六

遏糴猶然阻巨津，輸征何處覓紅陳。好音乍喜傳威鳳，江水應難泊涸鱗。草木充腸春信遠，流離遍野雪花頻。云何慈力同悲仰，欲問堂堂佞佛人。

七

王粲當年賦《七哀》，婦人抱子棄蒿萊。而今幸際承平樂，此事何堪猝見來。天道渺茫難委運，人心吃緊望彌灾。願船努力齊篙櫓，莫道溝中異己推。

八

山薯溪蕨又黄精，博采窮搜漸不名。畢竟育人須粒食，難將辟穀教編氓。記名耕犢沿家剿，入市贏羊唾鬼成。可惜邊方風氣古，澆醇散樸陡然更。

九

杯水薪車救怎禁，傳聞異事總驚心。新魂恨飽觀音土，故鬼難藏校尉金。劫量不遺天末遠，愁雲猶沍雪山深。豆簞生死鴻毛重，人世悠悠自古今。

十

良駒高山興久墮，殷心人日強題詩。擎空使者瓶何餉，醞海脩羅味不移。晴雪芳梅凄瘦影，東風楊柳正攢眉。天公好運陶輪轉，蠶葉蜂花合並施。

十一

羽檄如星曉夜馳，梨[1]花江上嘯梟鴟。居民正苦枵無食，伏莽[2]驚聞蔓欲滋。迢遞三灾流疫饉，貧疲千里轉兵師。敝牢急爲亡羊補，翹首風雷雨露施。

十二

遲遲春日覆重陰，急切嗷嗷待食心。靈殖有神催早豆，宅迦無藥贍賙金。人情自顧原非嗇，魚沫相濡促共任。菽價漸平牟麥續，可憐萬殍已冤沈。

送楊丹亭游順寧丁丑

一

洱江西去鹿滄來，雙鶴橋邊客思催。眇莽舊遊今記取，春山一路木綿開。

二

古戌深林煙雨昏，行人珍重勉加飱。瘴鄉直是無楊柳，猶有長條到臘門。

---

[1]　梨：底本作"黎"，據《雲南叢書》本改。
[2]　伏：底本作"休"，據《雲南叢書》本改。

宋芷灣①先生南行草諸集書後

平生慕風雅，獨嗜古人真。厥道屬情性，千載長斯新。三百政以達，指示聖所諄。二事括遠邇，世宙此彌淪。風化歷正變，興觀義無泯。楚騷得精髓，漢魏抉津源。泛濫盛唐代，得失千萬端。帖括網似龍，龍蛇奮重淵。昌黎格蚍蜉，李杜光爛然。宋初襲晚唐，西崑沿晏錢。矯矯蘇長公，杜韓屹後先。汪洋大瀛海，今古同波瀾。四靈擅江湖，滔滔汩金元。蜩鷽各有適，鵬搏見遺山。勝國志復古，氣象殊前觀。混潔或漢晉，閎鉅亦杜韓。就中絜精華，往往優孟②冠。極盛如李何，不免椎鑿斑。真境要自得，天地不腐陳。國朝數鉅公，頗持茲義論。茲義在天授，養氣直浩然。窠臼避却曲，詞彩溢喧闐。人人探驪珠，始覺鱗爪殘。寧知我同時，嶺海來天仙。獅乳一滴迸，靡靡怳象屢。虛空碎可立，研精挈幽元。稱情自適適，清氣滿人間。閱世盱賢才，遇合今古難。落落見聞知，瀝膽披千春。

送別芷灣觀察巡部永緬兼攝順郡

一

鐵橋天半躡飛霓，煙雨蠻荒慰遠黎。舊說相如孫水上，而今遠過浪滄西。

二

海內爭傳題壁詩，岳陽黃鶴興淋漓。崑南奇絕瀾滄[1]水，萬仞江岩稱筆庵。

---

[1]　瀾滄：底本作"蘭滄"，據《雲南叢書》本改。
①　宋芷灣：即宋湘(1757—1827)，字焕襄，號芷灣。廣東嘉應州白渡鄉(今廣東省梅州市梅縣區)人。嘉慶四年(1799)進士。嘉慶十八年冬至道光五年(1825)，宋湘遍歷滇官。
②　優孟：春秋楚國著名優人。

勸高立方同年之官

支離技重產金輕，好看龍蛇傍海行。莫教淺人生議論，將無負氣測先生。

禄豐張耀南五華同舍生也老健遠
遊過榆城遍訪諸故友感喟殷然

四十年前上舍逢，白頭訪舊未龍鍾。藏錐布袋俱無用，却不出頭是善鋒。

秋　感

一

聞説彌沮水，新防築更開。比鄰俱破膽，鹽井又成災。騎月重陰積，秋陽失信回。市糧稍減價，淫雨復高擡。

二

雨聲跳瓦異，山雪曉皤如。蕞爾寒恒若，何來氣不舒？豆箪生死絀，任恤閭閻虛。不信黔婁子，康居得自如。

三

雲煙散復集，雨意其云何？只益江湖漲，何勞醞釀多。痛深飢饉疫，仰切豆蕎禾。牛女也須惜，翎橋迫架河。

四

也竟晴如洗，愁消雨夜心。遲回殘月上，凄切一蟲吟。天地常能幻，盈虛古至今。飲河思偃鼠，失笑計深沈。

五

疫氣消初定，天心憫覆長。暖回秋雪後，晴趁稻花芳。夢境叢歌哭，生涯費忖量。一隅三可復，世道兩難忘。

六

微雲過飛雨，日氣落朝霓。秋意歸平淡，人心賸積迷。艱難存我固，吟嘯出花低。酒價頻頻減，杖頭始欲攜。

七

狂瀾驟雨工，龍氣拂腥風。祝爾重淵蟄，憐茲禾稼功。物情各自逞，時令難相蒙。餘響入深夜，茫茫想網中。

八

異事忘相習，田禾十月收。可憐酬一飽，擔得許多憂。沃瘠殊人事，高圓不箸籌。深心腐司馬，貨殖校諸州。

九

萬慮消趺坐，燈花落更生。水雲空際響，星漢隙中明。異此秋爲氣，勞耶耳作鳴。歐陽心獨感，托意樹間聲。

見　雁

嘹唳漸分明，依微薄太清。雲鈎風半捲，斜次出山橫。

又

萬里隨陽意，南溟渚嶼長。江源西側度，不復阻衡陽。

曉　意

疏櫺冏冏[1]入瑶環，自起開門月墮山。露菊著花都仰面，可無人共獨醒間。

宋芷灣觀察招集海樓賦洱海行次原韻

蓬萊始見封禪書，海山恍惚浮嶠壺。徐福童女風浪驅，少君一去

---

[1] 冏冏：底本及《雲南叢書》本均作“同同”。

不可呼。金銀宮闕雲影摹，誰見東海揚塵初。牧龍蔡誕誇仙符，仙不
愚人人自愚。昌黎不肯神山巢，寧有倔强無含糊。眼前江山巨清美，
鴟夷有酒江有魚。使君好客開行厨，高談洒洒道之腴。此水南蠻舊
竊據，自言當兵十萬餘。海神封號僭四瀆，回首蝸國成郊墟。水德清
净不改趨，今今古古深涵濡。點蒼冰雪飛瀑落，鷄足雲嵐蕩影俱。古
佛神通開隩隅，春花雪卉交敷歟。留與幽人搴瓊蘇，滔滔不舍千年
徂。憑誰摹此元洲圖，使君大筆天霞舒。來省海民收海租，詩情飲興
寫真樂。下與[1]坐客攄豪粗，從來山水有真氣。與人投分分親疏，衡
雲遮護神豈徒。昌黎一禱情難孤，東坡十月見海市。戾常奇理驚瞀
儒，神仙詩人分不殊。我欲探龍公得珠，片鱗一爪我不無。云胡不醉
醉且扶，手詩競作蛟龍吼。海神啞啞知音乎，明月過海連西晡。水禽
嘎嘎嗚呼娛，詩耶醉耶力排奡，馬蹄踏踏盤空如。

閑中倣李義山得六首

一

迴雪流風作意飛，玉人消息睒清暉。遥情難向遻荒憩，錦瑟低含
笑語微。鳥爪正思當背癢，蟠桃可分泊臣飢。沈香一瓣雙煙起，金博
山邊獨自依。

二

絳河倏忽又千年，渺渺銀濤溯曼延。螺女殷勤留穀[2]米，牽牛凄
寂貰天錢。元洲紫館遲明月，翠幰雲軿蕩曉煙。最是良時容易失，莫
將疏逝解情愆。

三

搗盡元霜憶玉京，塵埃蹤迹幾多更。迎車黃鵠頭班白，寫韻仙鸞

---

[1] 與：底本作“得”，據《雲南叢書》本改。
[2] 穀：底本及《雲南叢書》本均作“殼”。

腕瘦生。荷露弄珠圓蕩漾，梅枝出手凍晶瑩。輸他何物青年子，一染
奇香却定情。

四

曖曖停雲一晌移，橫波曼睩乍迴時。采蘭原上花如綺，解佩江頭
柳跐枝。雌蝶雄蜂幽夢隔，瓊樓玉宇暗春知。遊絲三月縈空轉，駘蕩
芳情未了縻。

五

月娥長好玉輪凭，青女淒迷夜漏增。梅下咏花人定有，夢中行雨
賦難憑。承芳願在衣爲帶，顧影猶懸鏡有淩。至竟相思成底事，種來
紅豆著花曾。

六

清溪白石兩相忘，蕙帶荷裳濕露瀼。曾是有媒逢鴆鳥，猶思先戒
屬鸞凰。絲繁絮亂春迷向，佩短弦長意遠將。鶗鴂聲聲芳草晚，不堪
情事托蒼茫。

看　雲

冬晴雲氣閑，雲閑吐晴嶺。卷舒不遮礙，厚積浮嵐影。崖壐絡霽
雪，峰棱翁斜景。渙渙欲消痕，縷縷茁新穎。過澗龍蜿蜒[1]，綴林鶴
振警。迴翔竟昕夕，變化適虛静。無情有情間，戀戀仙靈境。如何雲
裏人，遠思動馳騁。

---

[1] 蜿蜒：底本作"蜿蜓"，據《雲南叢書》本改。

點蒼山人詩鈔卷七

發龍關

一

浩然發龍尾，憶切少時年。心有功名計，身爲父母憐。頭顱儈更老，奔走債猶纏。身世邊隅遠，勞生屬定緣。

二

小兒强解事，逐我伴舟輿。離別難爲母，平安囑報書。奚囊經籍負，洛誦路途徐。人事如陽鳥，時飛合自如。

三

老友老能健，江淮續舊遊。平生揮霍意，不作旅人愁。把酒雲山共，對床今古籌。饑驅[1]與結駟，無住即風流。

四

無限關河柳，條條盡向東。梅花山石坂，迢遞好香風。慷慨誰驅我，綢繆舊惱公。古人莘渭老，作麽卜窮通。

青海鋪大雪

雲暗青華海，飛雪浩漫漫。茅店沽海酒，僮僕醉闌珊。杲杲曙霽日，萬山浮緲綿。層嶺陟冰凌，流潦鳴潺潺。玲瓏錯崖壑，峭茜晶瑩

---

[1] 饑驅：底本作“譏驅”，據《雲南叢書》本改。

天。林莽翠蒙密,刻玉森檀圞。矯矯千玉龍,騰拏松岑巔。寒鳥哢晴景,蹴羽花翩翩。夾路紅山茶,璀璨餘光妍。地氣不嚴寒,行旅殊坦然。異境擅僻遠,緬茲天地寬。極望匝千里,庶幾償豐年。挈壺屬老友,苦樂付一樽。

黑龍潭值老梅盛開感懷舊遊用壁間芷灣太守韻次之

黑龍潭上老梅樹,幾度看花四十年。年年花開燦紅玉,老幹鬱屈龍雙眠。少年意氣游上舍,五華春早花含煙。高山良馴周迴盤,花情藻思相愛憐。逡巡不竭酒家錢,酒徒詩侶何翩翩。一從薄宦各奔走,雲搖雨散塵漲天。花晨月夕憶往事,難忘勝概花蕃鮮。崧雲不歸笏山死,同研同年戴聖哲、朱奕簪,皆詩家好手。使我愁思纏肺肝。我歸點蒼又十載,滿鏡白髮黯消魂。閑居鬱鬱發遠想,等閑重山疊水間。磨牛步步踏陳迹,名山勝友心相關。老梅作花如笑我,我老何似花不言。低回酹花別花去,天涯萬里誰驅奔。人生執著虱處褌,水行習坎天行雲。鴻飛東西那復計,花前一醉緣分存。亭臺簫鼓日增盛,老梅落落高輪囷。繞廊拂壁醉叉手,詩成啞啞梅耶聞。

東大路中

一

山田處處趁春耕,垂老年華萬里行。遠水平山饒轉折,斜風細雨半陰晴。長林夾路花如海,野店挑帘酒當情。盡日催春幽谷鳥,干卿何事一聲聲。

二

飛拂楊絲路正東,春光可奈只溟濛。熒熒穠李寒煙裏,茜茜夭桃細雨中。鎮日攖心長寂寂,良晨予我不匆匆。看花又到交河渚,難憶鴻泥舊爪蹤。

勝境塘題壁

回首西南萬遠岑，幾人把定故園心。罡風陡揭籃輿起，霧雨平分界嶺陰。苒苒入天春草碧，悠悠出岫晚雲深。石虬亭下鱗皴石，閱遍征人自古今。

松歸寺

擾擾逐蹄涔，到來生靜心。竹陰初徑轉，松翠一樓深。風定碧旛影，山空春鳥音。頓忘前路遠，返照八嶔崟。

茆口渡

蕩蕩盤江渡，嵚岈萬壑聲。水痕摧壁斷，崖塹出天橫。想見洪荒始，由來大地平。滔滔趨日下，世界若爲情。

繁花塘道傍石

簇簇小湖山，玲瓏百疊連。一峰一窩竹，半水半平田。蒼翠猶含雨，迷離欲化煙。平泉多少石，不似此安然。

霧　晴

林巒漸遠披，曉霧閃迷離。得霽已多日，逢仙應可期。泉飛深竹響，山作夏雲奇。恰好茆亭子，花邊酒一卮。

石板房

浮嵐艷晚霞，點點落村鴉。石屋千家雪，油薹一塢花。店門嘉樹老，宿客鬢霜加。呼酒支窗起，叢巒聳鬢丫。

貴陽桃李盛開

桃李滇山路，芳菲日溯洄。東來屬春晚，迢遞看花開。金縷誰家曲，關山客子杯。南橋千樹柳，占斷好亭臺。

飛雲洞[①]

每到飛雲洞，飄飄思欲仙。洞雲飛不墮，客路我依然。古木穠新翠，遥空響瀑泉。陽明一片石，也似我流連。

黔中謂嶺爲坡無日無之而四處爲最肩輿歷碌中爲四大坡詩

一

離離山上松，送客松歸塘。青松漸不見，岩石鬱蒼蒼。蒼蒼下無底，潀洞洪河水。石磴紐迴盤，古壘側磷礧。此實南車坡，南車自兹止。回身仰來路，上去青天咫。青天路可通，也有行人蹤。我行復何爲，非商復非戎。少年馳驛騎，一抹千山快。今日籃輿行，山勢吁可畏。等知所見非，志意移衰憊。叱馭與回車，古人各制義。吾道屬艱難，踟躇欲焉置。南車坡

二

數數黔中行，憚此陰岩路。陰岩如老鷹，側首青天覷。垂路儼轔緤，行人拂其嗉。上出雲背寒，下聽溪聲怒。步步折盤旋，不離老鷹處。慄慄馴騎危，惴惴征夫懼。茫茫大造心，阻兹亦安作。我聞道路言，此路曾非故。古路出其西，中經黃廠駐。坦夷復便捷，直達茅口渡。黃廠有溪橋，夏秋山洪注。兩岸摧林木，往往挈橋去。橋廢路亦

廢,資力難取足。從此鑿鷹岩,慘澹費籌箸。於今近百年,彼處猶嗟語。地運有流遷,生齒日繁庶。老林開作田,無復沿溪樹。何當更作橋,安流靜沿溯。人情膠柱多,因循坐塗附。誰爲有心人,大力副舉措。變通與時隨,疾苦爲人慮。利濟茲百里,福德無算數。老鷹岩

三

西下老鷹崖,東上拉帮坡。崖耶此較險,坡也其云何。夾河三陡轉,變眩百折多。橋頭仰磴道,鱗鱗踔奔蛇。出没畫烏亭,上與青天摩。得半半坡塘,飽食中火家。俯案視面山,面山青盤陀。轉面視背山,背山煙雲窠。路出背山陽,石壁蕩無遮。醜惡如敗墻,丹黄墨粉塗。直上十里强,得間開微窔。岌岌打鐵關,彌望紛雲霞。鷹崖兩對面,負勢相驕誇。下覽四山隙,盤江百支沱。遠近可生情,何必徑此過。始或苗寨通,繼且力役加。相襲用爲路,誰復計其他。世界勞塵結,結習人自置。茫茫四遠愁,於路云何嗟。拉帮坡

四

山前大石高盤陀,百歲老人拂衣過。以衣拂石有銷磨,重重劫量人奔波。佛言石盡劫乃盡,微塵妙析塵塵多。人不拂石石奈何,芥子須彌法平等。虚空一視誰礙他,行行大笑相見坡。相見坡

思州張壺山太守話別

一夕杯觴惜解攜,匆匆心事話雲泥。春風送客思州水,不斷青山下五溪。

枉渚

一

斷續青山綠樹頭,嘈嘈雪浪五溪舟。武陵一片桃花水,煙渚濛濛溯不休。

二

雲煙漠漠遠山痕，岸草芊綿渚樹昏。賈傅祠前春漲雨，等閑行客
也消魂。

野　泊

渺渺孤篷泊翠岩，中流煙暝日西銜。青山摺疊瀟湘水，錯認來帆
是去帆。

蘆溪口別楊允叔

一

水驛山程四千里，一聲柔櫓各分馳。春風處處吹楊柳，那得人生
無別離。

二

計日南風到皖津，白頭健飯莫須顰。煩將野鶴閑雲意，答我江淮
見訊人。

湘　雨

點點峰巒翠不皴，水禽山鳥共啼春。幾家茅屋新篁裏，細雨冥冥
不見人。

岸　花

耽耽虛碧渺無涯，傾盡湘醅味漸差。兩岸紅緋多不識，春風開到
忍冬花。

望　衡

湘行計五日，細雨春濛濛。東風吹晚晴，南天開巃嵷。曈曈曙霽
日，黛影百千重。溯流移橫側，茜茜青芙蓉。楚山萬培塿，拱揖儼兒

童。小縣古蠻服，光耀臨重瞳。夏后刻岩石，邈茲承帝功。上公袟朱陵，玉帛虔深崇。靈境穆幽邃，涵孕浩無窮。邂逅合仙緣，遠懷唉芊風。跂望近咫尺，客程苦匆匆。小泊雷溪口，了了見諸峰。斷續西南迴，搖曳行雁同。圖經證恍惚，心知口難從。昌黎昔所禱，慶快難屢逢。低回立帆影，慰我浮萍蹤。

郴江口

衡雲馳送客，蒼翠極天深。楚樹蓬蓬綠，山禽裊裊音。人逾飛雁遠，心拙羨魚臨。未盡湘流溯，斜帆又轉潯。

樂昌夜對月

沙明峭岸陰，璧月碾平林。客子淒無寐，天邊意共深。汗漫期海嶠，山水鬱韶郴。混迹陽居子，虛舟樂自任。

講樹堂老榕樹歌呈高青書太守

晴煙繞榕青，濕霧浮榕白。海雨浹旬日，潮音在榕葉。榕陰起堂敞且閑，青書太守移養痾。我來寓我西榕間，紅蕉丹荔花木綿。葱蘢百畝風軒軒，鳥聲百雜殷綿蠻。朝行榕根曲，綠雲垂地盤嶔㠌。暮凭榕下欄，冰輪軋露凝輝寒。太守為言茲堂始，前年修廢空遺址。那能當劇事遊觀，為惜雙榕蕩無倚。寧知此日炎海頭，與君談笑清陰裹。人事從來詎可期，火雲處處總攢眉。彷徨廣莫莊生樹，盡日榕間妙用知。

簡仲柘庵明府①

齠年習讀孔氏書，七十諸賢日呻唔。鷄冠猨佩見勇士，凛凛浩氣

① 仲柘庵明府：即仲振履（1759—1822），字臨侯，號雲江，又號柘庵，別署群玉山農，覽岱庵木石老人。江蘇泰縣（今江蘇省泰州市）人。嘉慶十三年（1808）進士。曾官廣東興寧知縣、南澳同知。

雄萬夫。折節門墻大道趨，直肩世任無趑趄，蓬車歷聘在在俱。千乘
兵農誰借手，骯髒小邑綜賦租。春風桃李垂東蒲，髳髴於變鎬京初。
勇聞服過想風概，頑廉懦立長心摹。誰知二千有餘歲，氄氄裔胄逢海
隅。番禺大縣重借寇，東莞萬衆扳轅呼。兼人智勇類先子，一洗世論
輕儒迂。舊篇新咏見整暇，民風治譜垂道腴。前日邂逅乍傾倒，油油
疑義生嘻吁。孔門諸賢例作宰，豈真有例常拘拘。古宰臣侯今臣帝，
海隅重寄逾前模。即今方面跨千乘，猶階牧令爲之途。愧我迂疏荼
一蹶，眷眷爲我情踟躕。冠纓羅縠共當暑，裘馬舊願今不殊。我詩鹵
莽翻見賞，有似齊宣耽衆竽。萍水茫茫心膽粗，交遊萬里道不孤，識
韓荆州寧此如。

環翠亭曉步

　榕葉下餘雨，晴聲啼曉鳩。清凉濃海潤，延佇有天游。著述吳虞
遠，功名漢陸收。由來皆際會，各自力沈浮。

七　夕

　紞紞重城鼓，聲沈海氣幪。秋生搋葉雨，香冽過花風。天地冰輪
際，人仙想網中。雙星今夕會，作麽話幽衷。

廣州雜咏

一

　絳顆釀香湛玉晶，親嘗遥擬各殊情。曲江一首離枝賦，合儷梅花
宋廣平。荔枝

二

　浮凉颯颯海風來，萬緑梢頭月正俀。一片紅塵飛欲定，蟲聲淒咽
越王臺。晚步

三

提戈二百里徒步，橐筆十九年著書。骯髒英雄閑種樹，緲綿桑海舊遺居。虞苑

四

説食何能便飽人，語言文字枉勞神。行師不説開泉話，一窖黃金利用真。達摩井

五

風旛堂上好涼颸，藥智菩提古翠垂。衣鉢得來才剃度，誰堪寒夜力春時？風旛堂

六

珠海煙波塔影重，招提寥落不聞鐘。清陰散入滄桑裏，猶在東坡志六榕。六榕寺

七

一泓泉水鮑姑①遺，本與貪泉事兩歧。南漢不容人汲飲，可憐據得幾多時。鮑姑井

八

琉璃珠貝藥香材，耀眼繁華鬧不開。可道五仙明白意，羊頭只帶稻禾來。五仙廟

九

花田簇簇玉鈎斜，花媚人香人媚花。何似百花孤冢在，興亡不咎美人家。花田

十

蕩蕩冰輪碾玉波，海珠亭子壓星河。珠娘翠艇玲瓏影，楊柳牽排夜唱歌。海珠亭

---

① 鮑姑：即鮑潛光（約 309—363）。陳留郡（今河南省開封市陳留鎮）人。我國第一位女灸學家。與義妁、張小娘子、談允賢合稱四大女名醫。

十一

荔枝灣上舊宮基，當日波斯女共嬉。應笑太真風味減，猩紅露滴一枝枝。_{荔枝灣}

十二

風馳霧捲海潮生，舞竹掀蕉脆響并。萬井薀隆蘇一雨，墨雲中斷月東生。_{風雨}

十三

敢好今朝風路涼，五層樓上闊蒼蒼。船如亂葉人如蟻，點點青山是外洋。_{鎮海樓}

十四

隆隆焰藏鬱南荒，飲雪山城憶點蒼。日似兒童饞索果，多羅橄欖[1]借甘涼。_{雜果}

十五

炎天最是杏花[2]好，花到羊城百用能。蛋女笑擎茉莉扇，珠兒巧競素馨燈。_{市花}

十六

滴滴嬌紅紅豆枝，知他何事號相思。青蟲媚蝶裝釵朵，直恁難消愛戀私。_{紅豆}

十七

安期鴻遁已冥冥，海上青山處處青。采得菖蒲沿澗洗，仙人雲影過前汀。_{蒲澗寺}

十八

甘始由由三百春，炎荒疵厲息凝神。作金萬萬都拋海，詫絕慳婪不餍人。_{神仙軼事}

---

[1] 橄欖：底本作"榔欖"，據《雲南叢書》本改。
[2] 杏花：底本作"香花"，據《雲南叢書》本改。

十九

八桂林東象郡西，何來桂父躡雲霓。應悲世態常如幻，黑白青黃是滑稽。桂父

二十

廣慶樓臺爛錦溪，和光有洞緑陰迷。仙人未了嬉遊興，却道青雲別有梯。峽山寺

喜遇前皖尉姚念初主簿

聽語驚相似，披衣是故人。相看俱老健，莫話舊艱辛。過嶺笑奇想，集緣知定因。海天好渡夏，寓覼無涯新。

簡戴東塘司馬

老榕庭館翠籠陰，數數談詩暑不侵。才力到君猶細律，頹唐如我是噍音。每當説士情甘肉，怪底宜民矩在心。汝水滇池人萬里，衣香濃郁海南沈。

送别羅月川司馬入覲

洱水西流匯鹿滄，點蒼蒙樂兩相望。未曾識面聞詩好，恰到談心别路長。嶺海幾經廉卓魯，功名畢竟説龔黃。旱霖遠慰閑雲想，莫爲鄉人憶故鄉。

鐫詩有憶姚武功①句

自算少人看，姚句入聲用。昔人兹意同。異同同一哦，老纏筆頭中。風月無凡聖，窮愁有變通。虚空飛鳥迹，廓落點虚空。

---

① 姚武功：即姚合（777—843），字大凝，世稱“姚武功”。陝州硤石（今河南省三阿峽市陝州區）人。憲宗元和十一年（816）進士。

佛山鎮

風潮颯颯漲沙灣，喔喔鷄聲唱佛山。賄海人山殘夢裏，扁舟飛過月明間。

江　野

竹杪平山綠一痕，江風吹暑雲渾渾。水牛拂拂弄江水，幾個兒童榕樹根。

月　夜

漸漸星河睒閃空，一樽雲散月朦朧。玉輪銀海無棲泊，認取山煙片影中。

端　溪①

佳毫良墨硯須精，百事牽纏識字生。何物大德報渾沌，離離翠峽遭鑱坑。

綠荔枝

迴合山藍浸碧漪，閱江亭下掛帆遲。人生饞口無殫境，心醉端州綠荔枝。

楊安園太守餞飲

四百羅峰熄爨煙，鹿轜華實嶺人傳。同袍舊誼徵難弟，青眼高歌惜暮年。畫閣凉生山似玉，端溪東下水如天。交遊落落萍蹤遠，難把

---

① 端溪：又名端水。即今廣東省德慶縣東馬圩河。

離杯擲玳筵。

感韓春峰子人伸見訪

　　我昔見韓子，婉婉頭玉隆。今日見韓子，犖犖似而翁。我悼而翁奇，厥治少人爲。能使鳳陽民，道路不拾遺。矢志澤童土，寧計爾輦饋。前月先爾來，符離傅牧子。老傅出玉門，小傅侍萬里。涕泣言乃翁，歸蜀兩年死。知己二三人，一一囑小子。廣守瑞階翁，急難可依倚。昨始資之歸，爾來幸及此。且復免倉皇，與爾策短長。爾兄死微禄，母櫬重慘傷。投故覓搬資，迢遞越閩疆。閩浙指青齊，積腋謀舟航。此事惻人心，此志足爾償。所悲廉吏子，流離走炎荒。優孟抵掌歌，千秋同慨慷。炎荒亦何恤，慎兹風雨櫛。莫言一樽酒，與子抵鬱結。故人不可見，見子心感悦。茫茫世界思，廣厦竟何日！

羅卧雲山水歌爲題竹隱小照

　　老莊告退山水起，此事豈真風氣使。崇深幽茂樂性靈，詩篇妙奪清談麈。一時變調寫丹青，畫人[1]置向岩窟裏。是中那復形迹拘，山林廊廟通神理。我生强半走天涯，野人面目塵埃加。名山大川適遠興，舟車馬足酣雲霞。雲霞日變幻，渺渺難竟言。何如卧雲子，迢遥[2]得我先。橐筆江湖幾千里，王宰①真迹留人間。金碧照耀推二李，老筆礌砢披荆關。有時墨汁揮老米，時復雲林静瀟洒。寫出高深注目時，一一江山聽喝采。奇字門前送酒多，神仙遊戲君無乃。日前遺我海山圖，波濤萬狀羅蓬壺。今日示我篔簹谷，奇情自寫人如玉。

---

[1] 人：底本作“入”，據《雲南叢書》本改。
[2] 迢遥：底本作“超遥”，據《雲南叢書》本改。
① 王宰：唐大曆至貞元年間山水畫家，益州成都(今四川省成都市)人。

鬚眉映發菁菁竹，竹中張豸古高風，快意茲遊萬里逢。

琢研歌戲呈青書太守

陰陰榕葉垂當庭，涼風漸漸琢研聲。廣州老守情經營，長圭圓璧方觚棱。見鑢於山神其形，蘇坑麻坑老宮坑。東洞中洞大西洞，次第品詮西洞重。旁開側入老坑底，上聽江濤愁地縫。地脈全收萬里山，精靈閟惜難窺鑴。前年守瑞值封洞，畸零遮拾生雲煙。個是底坑蕉葉白，蚰光火納消紫赤。個是魚腦個青花，五彩花釘金絡繹。人間競辨鸜鵒眼，眼成亦有雜坑石。老守説石興淋漓，兒僮竊語笑守癡。廣守人人巨萬貲，舍金不取取頑石，珠珊犀貝無銖錙。即今卸病病何病，病在嗜好與人歧。老髯詼諧謬設詞，呼觴太噱石纍纍。乞我一石酬以詩，唐李長吉非真知。

別筵簡左杏莊觀察

島霞蹴日炙胭脂，使者乘風到海湄。十載雲泥頭並白，一杯離合酒重持。繡衣蠻嶠功名晚，野鶴寥天寂寞知。老境倍增朋舊感，開帆明日是相思。

瀕行尹莊之自澄海來得一夕談

二十餘年彈指頃，九千餘里共車塵。長悲大戴遲歸骨，切憶南荒遠宦人。大海那期萍水聚，好風吹到蓋雲新。茫茫無限交遊感，可奈秋宵漏點頻。

曉　月

炯炯疏蓬白，推窗月出山。羊城珠貝地，蟻夢渺茫間。眯世曾何與？觀生好是閑。一聲淒桀格，飛向綠雲灣。

白沙望七星岩

榕葉陰陰翁峽灣，小峰重疊水雲環。擬將十斛青螺黛，畫取星岩七個山。

封川①曉發

蓬蓬篠簜籠平蕪，林外炊煙宛轉鋪。水複雲重千嶂窈，青山何處古蒼梧？

夜　雨

孤蓬秋雨夜瀟瀟，夢裏功名上碧霄。三十餘年情境在，蕭蕭篷底夢漁樵。

見　雁

山隔衡陽有雁來，兼葭露白水雲開。天涯未了懷人意，日日青山與溯洄。

過歐陽伯庚師墓林

一叨知遇擬登仙，僕僕塵埃四十年。白髮門生雞絮酒，秋風初繫柳江船。

潯　州②

萬嶺鬱難平，雙江强匯并。石棱高絶巘，洞古隱灘聲。路占南交宅，疆開下瀬兵。乘成途轉徙，忘却險中行。

---

① 封川：在今廣東省肇慶市封開縣江口鎮北山之南。
② 潯州：在今廣西壯族自治區桂平市區東南。

曉　行

落月半江明，殘煙籠樹輕。遙山深似墨，是我過來程。群動知天曙，勞生共此情。扁舟娛曼衍，軋軋早榔聲。

勒馬墟

秋水初消漲，人煙寂寞濱。危岑懸岸落，出石亂雲皴。世事知聞隔，山鄉素樸真。垂垂簞竹異，敢好係舟頻。

柳　州

勝遊窮險坦，心醉此行舟。天地饒花樣，清奇構柳州。剪雲分石巘，疊篆寫江流。欲覓神仙問，瀛壺似此不？

蜑　舟

荒山滿江澨，墾種儘堪籌。蜒艇饑寒色，全家風雨浮。廣生無量界，結習自迷頭。白鷺窺清水，空林何所求。

懷遠東津

人家深竹裏，谷響應朝舂。岩疊層層石，江穿嶸嶸峰。秋蕎晴雪艷，沙蔗曉煙濃。漸漸逢苗艇，來源山萬重。

老　浦

錚鏦擊榜聲，彌彌霧裏行。朗日東峰轉，迴雲一塢明。嶮夷馳過景，瘴癘息忘情。紅樹重重色，秋妍入遠晴。

丙昧對月自嘲

繫纜粼粼月，船頭兩度圓。乾坤何處水，歷涉就衰年。隨分漁樵樂，忘形道術偏。壯心何所用，蔡誕自詡仙。

理　稿

飽食無些事，揹帘看上灘。詩成記里皷，月進累丸竿。郊島搜枯澀，風雲拙羽翰。等知時運使，不覺[1]入酸寒。

古　州

車書荒服遠，城市古州新。榕木深岩罌，源泉洞石垠。苗駒蹄踏鉈，夷女項垂銀。換却長帆艇，嘈嘈弄小輪。

三角屯

三角屯邊水，舍舟登路歧。掉頭思海嶠，納芥亘須彌。細菊沿行徑，霜柑摘薦卮。適然成興趣，雲起過山遲。

客路感興

一

黔山霧如積，細雨時濛濛。岩谷飽蒙汜，涓滴盡流東。發蓄起南條①，輪轉九域同。入黔不百里，沸鬱行舟窮。勞逸異源委，財力殊匱充。萬物齊不齊，稜稜出化工。天道屬運行，地道屬涵容。人道屬有為，我我成自壅。聖人戒嶠峇，一浚大源通。

---

[1]　不覺：底本作“不觀”，據《雲南叢書》本改。
①　南條：南條荆山的簡稱，即今湖北省南漳縣西荆山。

二

男行擔家具，女行負小兒。老人拄短杖，童兒薄攜隨。晴暖日一舍，雨雪奔村扉。問言何處來，沅湘及五溪①。問言去何所，南籠泗城②西。連連包穀山，山深雜岡坡。老林大荒蕪，開墾無盡期。豈不懷故鄉，庶得飽粥糜？情殊黃鳥怨，亦非碩鼠悲。天地大無量，皇仁洽重熙。萬里如徑庭，民心安鎡基。我昔見此事，四十年於茲。日計百口逢，歲計萬家移。年年迄如此，算數已難稽。想見包穀山，煙火遍蕃滋。有心世道人，此事須周知。

三

日日逢鄉人，犖犖公車子。裘馬耀荒途，雨雪不遑止。行當啖綾餅，翹足公卿擬。少年盛意氣，躍躍興如此。我昔亦如此，歷歷同榜人。貴顯曾幾何，碌碌半風塵。彈指四十年，寥落星向晨。人事百不齊，感往徒酸辛。來者日以新，既來日以陳。悠悠古今宙，名利驅沈淪。

四

果蓏有紋理，卷石亦皺璘。大地列山河，高下成相因。相因各異鄉，各自適徜徉。誰使遠遨遊，跋涉情所當。神仙世出世，飛騰或不妨。水食不易淵，草食不易藪。興夫爾何辜，與爾一杯酒。

五

繞座看店壁，謖謖題壁詩。狼藉恣譴讟，往往堪笑嗤。行人屬有懷，巧拙皆情詞。所厭無情子，有韻輒和之。疥壁豈不惜，主客難相非。歲終例粉飾，贈之一桮泥。桮泥與籠紗，俗情同一揆。此事屬雅則，流極不可維。聖人存國風，不遺婦孺卑。人才萬不齊，於此肺肝披。唐人試帖括，亦徒春華滋。於時重行卷，得人實賴茲。撚鬚搜海

---

① 五溪：指雄溪、樠溪、無溪、酉溪、辰溪。在今湖南省西部和貴州省東部。
② 泗城：在今廣西壯族自治區百色市凌雲縣西南。

枯，又復可憐癡。

六

晴景市城嬉，雨雪荒山走。豈不念苦寒，即事因循久。因循何重輕？牽掣聊復情。時節預可知，倍道猝難行。由來神仙者，所仗慧劍成。

七

每過嵩明道①，愛遊徵君祠②。松翠艷湖山，槃阿清鬱猗。先生徵不起，偃仰吟新詩。新詩如春風，春波澹溶溶，忽發軍中謀，與人成大功。軒冕照閭里，高義媲隆中。伊昔麓川役，連年徵調亟。統軍誠可人，搜訪到山澤。祠宇舊煌煌，罔非茲事力。茲事在徵君，曾不加寸分。鄉人謬流傳，迂怪雜以神。向非新都楊，數詩已無存。緲緲碧山雲，聲利兩微塵。

杜允亭招飲浙僧初衸寓庵皆滯黔久矣

快意杯觴怎放空，浮萍離合長短同。雲山不竟青天外，霜雁低迴朗月中。五嶽尋仙難了妄，千鈞射鼠莫論工。衸師也厭葫蘆繞，一舸何時下浙東？

抵昆明呈寄庵③前輩

出山不無心，中道自回翔。白雲隨天風，東西適飛揚。行行抵南海，嶺嶠披炎荒。故人髯太守，卸病歸夜郎。杪秋酷暑徂，同溯粵江航。蒼梧吊古帝，柳柳酬心香。山水奥離奇，興會逾平慶。更期夏首月，共道游華陽。出隴望京華，驅車下太行。閑雲與霖雨，各自籌所

---

① 嵩明道：今雲南省昆明市嵩明縣。
② 徵君祠：即蘭茂的祠堂。祠在嵩明縣楊林鎮南街。
③ 寄庵：即劉大紳(1747—1828)，字寄庵，雲南晉寧人。乾隆三十七年(1772)進士。

長。却顧無定操，垂老猶猖狂。黔中今便道，駕言省故鄉。故鄉何所
樂，在遠不能忘。所樂見夫子，證纍開迷方。爲我正聲詩，爲我畫行
藏。前日大雨雪，連山堆琳琅。逶遲界嶺行，及茲元正良。去來恰一
載，得詩近百章。再拜壇坫陳，槁草晞春光。

即園看梅花贈李占亭

梅花百本詩一樓，客來哦詩花滿頭。去年詩篇我遍讀，今來滿壁
新唱酬。我行萬里塵埃涅，濤海天風吹不澈。君詩句句噴寒香，人與
梅花瑩冰雪。偉哉蘭鮑居氣移，人生何似此棲遲。楊州官閣蜀江苑，
輸與即園無別離。

安寧宿温泉館

松竹蓊澄波，擊楫蕩山影。勃鬱温泉氣，夕月晃雲頂。磅礴入暖
雲，村醪厚酪酊。溶溶碧玉池，誰爇丹砂鼎。凉熱得中和，石床狎清
迥。月華散軒檻，晶宮沿炯炯。塵垢本無實，體性默自省。漠漠大虛
圓，太初見溟涬。

雲濤寺①七穿岩

平沙净如拭，聯岩疊不已。岩穴互出入，青天落石底。誰日一竅
鑿，渾沌不能止。嵌空偃峰棱，餘煉補天阯。雲濤古蘭若[1]，奇構雷
音擬。一舸螳川游，水因得謬解。谷暖曉氣和，岩花泫紅紫。層苔漫
題壁，茫茫迷往載。到來移人心，此意山不改。幸無塵鞅羈，遊樂復
奚待。

---

[1] 若：底本作“惹”，據《雲南叢書》本改。
① 雲濤寺：在今雲南省安寧市龍山環雲岩。

靈官橋^①廟

鼓鐘匋匋燭花紫,前稽後拜交頂趾。達官獻額金煌煌,野人割牲血
灑灑。長橋阤路神威靈,鷄場蜀蜀驅煎烹。重廊像設古創者,峩冠博帶
塵昏凝。治民無術假神鬼,誑習諂習交煽增。神業鬱湮詎得解,物命暴
殄無消停。爾祝何人秃者僧,爾僧揚揚據香火,無人爲舉破竈墮。

早　燕

長河一曲柳煙開,金縷條條綠暗催。却愛繞堤新燕子,是他處處
帶春來。

過袁葦塘大令暨殉節王孺人墓田

哦詩老態尚翩翩,一令沈淪四十年。雅調自翻琵阮筑,奇緣疊證
鬼靈仙。素能以俗樂彈古曲,前妻稽氏死,發靈異,與談論死生鬼神事甚悉,并慰以
致政期遙,月餘始逝。調繁豐潤,衰病欲告,遇仙授藥刀圭,復壯健。猶思郭路重
攜手,可道青山遽偃然。更異彼姝甘殉死,從容題壁斷腸篇。孺人,貴
陽人,年二十四,麗服艷妝,死之。題壁詩十絕,極哀婉。

過一真院德昌上人影堂

了得無生死亦無,不須大鑿歝師徂。爭他慧命人天續,示我微言
藥病俱。窣堵葱蘢松徑宭,影堂風雨穗燈孤。作家一個重難遇,却惜
名藍是濫竽。

散　疾

積疢難銷過去程,閉門花落草青生。喃喃燕語簾垂暝,的的蛛絲

---

① 靈官橋:在今雲南省楚雄彝族自治州南華縣龍川鎮靈官村東北龍川江上。

雨判晴。意緒無聊牽藥轉，神仙可信要金成。遠遊未分催人老，猶滯湘帆吊古情。

歌　觴

披離芍藥滿雕欄，惜取春光及未闌。白髮味回金縷唱，蛾眉紅艷霧花看。絲弦雜出銅琴脆，酩酊清消月鏡寒。漫道色聲俱是幻，當歌對酒更歡歡。

雪柳樹僅見於山麓諸寺，皆甚古。花時以蘸瓶，極有致。因憶前輩詩社咏之，惟楊先師"輕籠翠幔一痕月，碎剪冰絲萬縷煙"之句最工。餘忘之，蓋四十餘年矣。

清蔭古蘭若，離離雲影垂。柳枝縈雪絮，花樣剪冰絲。僻壤異材老，幽香明月知。搴芳酬好句，憶我栗亭師①。

擬　古

捧土塞隤河，一簣亦輸懷。畚插不在手，拮据空徘徊。却循人事本，衣食貴賤皆。錢神利流轉，盈紬亦需才。自從銀幣興，事變日益開。生齒浩繁增，刑政相徇滋。公私迫區用，油油成漏巵。老子倡清净，嗇事以爲基。遏流在澄源，變化無常蹊。深心平準書，貨殖同凄凄。

感懷舊友于素行

往事不可憶，破楫支洶洶。遠人不可思，患難爲駈蚩。慷慨合餘燼，四禦剽者攻。義分界必争，號呼攝聾蟲。意氣感當路，直道回昭

---

① 栗亭師：即楊履寬，字裕如，一字以居，號栗亭。大理府太和縣（今雲南省大理白族自治州大理市）人。楊暉吉之後。

融。從茲萬里道,脫身荊棘叢。我家若水西,君家江水東。何日更攜手,浩浩長江風。君門驄馬千,祖德忠勤公。幕食理錢穀,身世亦云窮。何來值衰落,主客適相從。故笈墨千紙,牛毛細茸茸。一一故人心,拂披淚眵蒙。君耄復何如,無由消息通。迢迢海門江,金焦①咽我胸。

得青書太守書示不復出意

迢迢故人書,一別數月馳。報言出山期,浩蕩不能擬。綢繆[1]巢雨鳩,婉晚穀雛喜。鄉居人事生,蟬聯劇葛藟。却顧霜鬑鬑,行行復止止。緬懷國士恩,進退感知己。君進始無感,我進感[2]亦難。一令庶僚底,悴悴成痁瘵。孟魚有時羨,貢冠難自彈。平生讀書懷,決絕非所安。遙遙欲濟舟,迴風拂波瀾。卬須懷遠人,日暮浩長歎。

慨 農

斗米不百錢,貧兒闊舉步。農夫走遑遑,負貸籌征賦。貴賤有循環,喜極還成慮。銅穴滿鄰山,銀坑舊多處。人人競刀錐,何時見充裕。賈生論殘賊,寧徒侈俗喻。硜硜愁一隅,誰能抉其故。百川漲夏洪,盈虛順時布。泉涸仰天雨,財竭詎天付。窮邊百事需,悠悠何所據。

漫 興

天公逸我老何辭,出處無多坎壈知。懶慢漸深稀蠟屐,詩書相眖味含飴。和陶蘇子龍馴性,憶孟昌黎鳥誤期。萬里交遊幾人在,大車塵土只迷離。

---

[1] 綢繆:底本作"繆綢",據《雲南叢書》本改。
[2] 上三句三"感"字底本均作"慽",據《雲南叢書》本改。
① 金焦:金山與焦山的合稱。兩山均在今江蘇省鎮江市。

漾濞山中雜興

一

洱河西下漾江迴，礌砢天橋石隙開。鼇柱拄天凌跨絕，颼颼大壑轉雲雷。天生橋

二

條條飛瀑噴煙雲，誰鑿雙門透石垠。松籟亂喧吹白雨，葱蘢金碧潋斜曛。石門

三

神龍窟宅萬嶔崟，一簇雲晴一簇陰。了了畫屏峰十九，不知盤鬱此中深。金牛屯

四

丹青妙筆寫嶙峋，摹得靈奇氣未真。萬壑水聲千丈石，真龍下界不能馴。

五

島石珍禽掠逝溪，嚶嚶林鳥綠陰迷。往來跫響無驚擾，倚足山深自在啼。

六

梯田摺疊上層岡，雲裏飛泉插稻秧。一幅秧旗人一簇，山歌幽咽水山長。

七

湖海豪遊夢杳然，山公睨我好林泉。彌彌雲氣江樓雨，五月清涼擁絮眠。

八

溪雲漠漠漲江水，野寺蓬蓬峭竹亭。一綫銅山來處路，蟬聲馬鐸閙山青。

九

雲瀑岩嵐拂畫檐，忘情信宿正炎炎。味山堂上看雲起，正是中峰那面尖。密場

十

雲需水蹇兩彷徨，小用寧知大用臧。人事萬金求象臧，普雲音界只尋常。聞蒙、趙諸邑祈雨，此間早晚稻插已遍。

十一

盤盤孔道夾通闤，沸鬱江濤雪一灣。鐵索橋頭好明月，千家燈火架鰲山。雪龍橋

十二

藤橋梯徑趁夷墟，棗柿胡桃菌笋薯。戴箬衣麻裘卷領，猶然古意燧羲初。

十三

山隱雲韜趙次芝，我來暑雨漲江時。蒼蒼樓上籠紗碧，重見袁宏醉後詩。次芝書樓東面點蒼，袁蘇亭有題壁詩，蒼蒼樓亦所題也。

十四

詩朋索句病難酬，長日搘頤陋壤搜。駭目河山都是翳，思量天地只悠悠。

十五

遐荒蠻觸遠誰懲，倒水風雷救鹿崩。渺邈天心開示早，哀牢山佃一層層。《水經》載永平此事甚異。

十六

博南淒惻渡蘭詞，七縱心勞五月師。誰辨當年擒虜處，青山高揭武鄉詞。路多武侯舊壘，江橋有廟。

十七

搗脅奇兵用險能，土番焰滅洱河澄。功名不枉唐銅柱，無復遺蹤

吊九徵。銅柱今無存,金牛屯是其處。

十八

萬畝平田浸一巔,莿峰寺古鳳伽年。凭欄西北山如海,披豁仇池別洞天。寺爲南詔舊建,踞境最勝。

十九

山池一浴思悠然,髮鬄橫江惠濟泉。注玉涵雲秦觀賦,味回一跋有蘇篇。塘子鋪湯池感舊遊。

霽　月

久雨不見月,見月月幾望。月盈不爲人,爲人促炎凉。凉月坐忘寐,千古入幽腸。人月兩悠悠,竹影垂低昂。

遲　月

山氣淡如水,漸漸月出光。桂魄天上花,微聞風露香。我有幽岩樹,樛如月樹長。今年秋信遲,粟粟始欲芳。攀援契情素,與月相徜徉。

張西園招看桂花

君家老桂百年物,銀黃金紫雙連蜷。年年花開宴朋友,濃香清餒醋凉天。我昨南粵度秋暑,番禺八幹空懷古。勞君花下苦相思,詩成字字愁肺腑。嶔岑碕礒對輪枝,小山翻惜淹留時。一笑兩翁猶健飲,傾盡花前幾大卮。

銅琴曲

風月巴渝舞,蠻雲鬧掃妝。銅弦凝響綷,山調斂眉長。燈閃梨雲影,杯傳箬露香。奚囊籌警句,玉碎叫山凰。

近日俚曲競唱七字高調猶是巴歈竹枝遺意但有艷冶而無情思則非國風好色之謂矣因仿其致得五曲

一

儂歡相隔一條河，得過河來山又多。便是深山也相赴，不防雲霧起前坡。

二

今夜南橋月地晴，與郎密約可憐生。等到月斜郎不見，看看蹉過好月明。

三

你若無心我便休，用古小曲句，見《語錄》。儂歡可是不心投。年年燕子泥窩壘，春好端知要綢繆。

四

花落花開采芍時，把來紅豆種相思。相思種在胡麻地，實意虛情那不知。

五

竹枝幽艷隔山林，不辨歌詞只辨音。儂亦愛歌儂自唱，山長水遠是儂心。

張壺山①太守寄無所住齋隨筆印本

一帙微言寄紫城，別來功行見專精。著書今日難非贅，如理於人易發情。山郡政成饒樂事，吾儕道在不虛聲。猶思一櫂思江水，踞勝臺邊話月明。

---

① 張壺山：即張經田，字丹粟，一字壺山，湖南湘潭人。乾隆四十六年(1781)進士。

奉和芷灣先生六姝咏原韻

西　施

麋鹿蘇臺失翠眉，恩怨不任兩鴟夷。連江珠帳埋香宵，曠代詩人入夢癡。嘗膽君臣甘下策，捧心形影自愁思。苧蘿村畔漪漪水，猶似春風舊浣時。

虞　姬

抔土千年楚水濱，戚姬何處有芳塵？重圍帳下數巡酒，一曲虞兮絕代人。失勢英雄難局了，到頭女子係情真。香魂不逐煙雲散，舞草離離艷影春。

昭　君

白草黄沙向碧昏，漢宮花月正紛緼。畫圖那得無真贋，思意徒然費選掄。比到知名成陌路，可憐直道誤宮媛。春風底是多情物，青冢年年拂翠痕。

綠　珠

滔滔狂水共浮沈，才色牽連亂運深。縱舍美人猶有患，却教豪士死甘心。層樓曲沼犁[1]雲夢，玉管金徽谷鳥音。聞説白州①多好女，爲渠炎面到而今。

木　蘭

歡笑爺娘喚女聲，當窗花鬢貼分明。功名却讓庸男子，戰守全收脱兔兵。氣質判然區秉賦，柔嘉無借是精誠。春風東閣床前竹，夢斷濺濺黑水聲。

紅　拂

骯髒英雄識面真，權門闐咽正昏塵。記曾龍母雙貽婢，可道蛾眉

---

[1]　犁：底本作“梨”，據《雲南叢書》本改。
①　白州：即今廣西壯族自治區博白縣。

此得人。逆旅有髯呼一妹，當窗理髮等長身。世途無限沈淪感，自合雄雌劍有神。

東湖別高仲光

俱向鄉園老，相望百里間。頻年憶攜手，羨子深鍵關。懶慢予逾甚，奔馳意得閑。雙湖好秋柳，前路又雲山。

普陀崆

羆谷①奔流下，魚龍一壑愁。路依仙掌峽，石涌水犀頭。習坎渝常性，摧堤惡下流。行人心目眩，別徑好誰籌。

瓜喇坡

重巒登頓極，一頓一重添。但恣山靈意，將無行者嫌。崑崙支幹蹙，坤兌塞蒙兼。太古餘林箐，皤皤樹有髯。古苔垂絲，白色，皆長尋丈，俗名"樹鬍子"。

黑泥哨

水聲嗚咽下，憶切隴頭歌。亂石巉冰蘚，閑雲泥竹窠。杉皮鱗齟屋，蕎藰燒連坡。古戍堪停客，宵寒火具多。

己卯生日自感

一

太歲東方卯，神仙會合佳。百年強半過，大藥幾時諧。眩眼紛雲狗，驚波艤海潭。回頭思再壯，白髮有陳荄。

---

①　羆谷：即羆谷山。在雲南省大理白族自治州洱源縣東北毗碧湖東岸。

二

忽忽又七載，撫辰難自堪。生同親物慶，酒憶壽觥耽。誕甚顯揚
思，淒迷衰老甘。悠悠泡影異，歷歷一漚含。

三

二萬餘千六，稜稜計尺尋。窮通消去日，枉直已酸心。甲子旋今
數，雄雌守自任。青燈看細字，娛老得謳吟。

四

逸少分甘日，淵明責子時。憶來愁喜並，一笑老夫癡。去歲蒼梧
野，今朝若水湄。周旋從我我，雲樹郁離離。

五

別離素日惡，老境倍情加。絲竹賴陶寫，寂寥殊自嗟。游山同寄
興，懷古意無涯。畢竟俗腸繞，依依夢小茶。

六

大道難言說，雲飛水在瓶。青蓮鮮濟世，坡老學存庭。豪氣馴初
伏，冥心得自寧。黃花隨地好，壽我一枝馨。

七

猶記慈親語，難酬王母恩。彌留問湯餅，含笑視雛孫。續世人移
代，當春草忘根。剎那知究竟，難了自心捫。

八

天地悠悠爾，勞人最有詩。古來千萬首，作者幾人垂。聊此袪愁
寂，云何恤笑嗤。喙鳴鳴喙合，此義漆園知。

九

鶴釀頹然醉，忘形飲量非。舊游江水上，采樂曉雲飛。節序新紅
葉，山光照雪輝。頹心從委運，陽雁入[1]天微。

---

[1] 入：底本作"八"，據《雲南叢書》本改。

曉　望

殘月出樹鴉亂鳴，寒鷄呃喔啼不停。鴻雁低飛喚儔侶，離離曳曳山南征。開門仰天風露清，晴鳩乾鵲呼林坰。山城不聞人語聲，人事簡淡人氣寧。衙鼓隆隆日東出，對面一峰飛嵐青。

奉和王幼海^①太守麗江雜咏

一

千山奔驟悍難降，亞畫雙分萬仞江。狹怒賨番交洞窟，氊裘牧獵雜耕稷。窮夷薄賦蒙天鑑，久道繁滋等内邦。郡壤沙漠多山，雍正年間改設流官。蒙恩旨，賦役從輕。曾説壽星頻此降，難將僻陋鄙敦厖。明嘉靖間，壽星兩降，民間出青麥，擲地跨鶴去。

二

九月寒風落木聲，青天飛掛玉龍明。雪威春夏雲煙蔽，歲事禾牟秀實成。仁憫浩天真大巧，中邊異氣盡蕃生。篤時蟲豸冰難語，證道莊生妙得情。

三

河山大地總勞塵，掩抑重重鬱漸伸。若水彎環循若木，江源離合匯江津。桑經遠討旄牛徼，番國今馴花馬人。眼界放開天尺五，閬風^②緤馬坦無畛。

四

倚檻平疇綠萬家，龍湫葑翠染晴霞。雲煙過雨鮮紅葉，峭茜凝霜茁冷花。俺跋盧香濃爇篆，雪山河水泌煎茶。寥天雁字回環出，奇絶

---

① 王幼海：即王志瀜(1765—?)，字幼海，陝西華州(今陝西省渭南市華州區)人。乾隆五十七年(1792)舉人。
② 閬風：即閬風山。位於崑崙山的山巔，相傳爲仙人所居。

一峰珊碧斜。

五

雌聲哺集趁墟廛，鹽酪醍醐雜水鮮。野路插香遊女祓，環壇呷酒
主人先。白狼有樂朝東漢，旄尾遺風舞葛天。百載承平聲教樂，青林
白水繡神川。

六

千千世界一婆娑，此地終嫌雍闊多。佛旨已昭東震旦，番僧猶踵
舊婆羅。阿明毛索行占卜，賞扁刀巴事鬼魔。阿明，番僧別派，結索以卜，
云："緣佛解巾遺法。"刀巴，僧巫也。不識空王空法意，竺乾①流轉更傳訛。

七

結習悠悠縛繭絲，較情風雅味差池。離披自享千金帚，寂闃新增
五俗詩。地古邪龍荒誕意，爪深鴻雁雪泥時。使君高唱鳳池調，截竹
低迷野老吹。

懷　古

一

迢遙師旅漢唐年，竺國番邦萬里巔。負險常羌遮節使，瘁心李相
駐籌邊。宋家玉斧疆淪醋，太弟革囊軍下天。麗江北宋時爲醋醋蠻②所
據。元世祖首以此平大理。冥運壅通人事應，難將得失判釐然。

二

雄兒不枉異牟尋③，韋帥④功名振遠音。笮道萬靈殘獸吻，鐵橋

---

① 竺乾：印度之別稱。
② 醋醋蠻：今雲南省麗江市玉龍納西族自治縣巨甸鎮爲中心的磨些地區，其在宋代首位
納西族磨些蠻酋長名蒙醋醋，其統治下的磨些蠻因亦稱"醋醋蠻"。
③ 異牟尋（754—808）：南詔第六代國王。779—808 年在位。諡"孝恒王"。
④ 韋帥：即韋皋（745—805），字城武，京兆府萬年縣（今陝西省西安市）人。曾聯合南詔
攻吐蕃。

一戰快人心。空江鼓角波濤壯，廢壘雲嵐草木深。往事艱辛爭險處，
寧知坦蕩似而今。

三

角獸仁言現石門，西天天意異常敦。福城童子①南詢切，鷄足飲
光衣授尊。阿育有孫來白飯，麥宗遺字悚諸番。由來佛界分華樸，平
等真慈是道根。

四

草昧徐徐到曉泠，悠悠天地直酉冥。雪山示象新峰現，關路占兵
石鼓靈。沿革難憑翻繹究，嶮夷不盡古今經。輪迴却異佛雛出，秘默
無由叩寧馨。

龍泉庵懷馬子雲

平沙遍穮麥，青青無畦畛。曲折玉河水，坦步臨東源。稠林亘崖
趾，臺殿迴波潾。渾沸爛錦石，涵蓄滋津津。清音漱鳴玉，倚徙瑩心
神。故人事方外，樓居結僧鄰。遠遊近已歸，近出復何因。人事重婚
宦，何乃如浣塵。我有一樽酒，念欲致殷勤。躊躇憶子歸，恍惚難可
詢。格格水禽飛，天寒林影曛。

束河龍池觀魚

蕩蕩西源池，涵浸雪山麓。泡突上青鱗，洞窟互起伏。遊人擲餌
香，攢簇鋭騰踔。石白水空明，日景冒泄滾。鱗鬣見纖毫，巨細凌翠
駁。得食坦無驚，跫然喜人足。牲醴報龍宮，瀵兹粳稻熟。人龍兩相
資，魚亦沾蔭沃。茫茫天宇恢，靈奇跼荒服。龍兮不余覬，是中可
研榷。

---

① 　福城童子：即善財童子。福城長者之子，因名。

解脫林①

　　常日欲上雪山游，雪山路絕難攀尋。王子招遊説勝概，十三峰首一構解脫林。木君先世龍象力，垂創唐宋元明今。紅衣喇嘛僧祇律，漢番龍藏古泥金。厥林地氣不嚴冷，厥卉波利質優曇。木仲同導遊，勝迹處處諳。平沙十里沿西崖，升陵溯谷雲瀲澵。雪峰出没在人頂，群峭疊嶅花樹銜。漸高漸展勢迴側，歧峰角立撐天尖。山天蔽虧兩無竟，若木焰焰熛西崦。問言石門路，石門右出江之潯。十二欄干渡連棧，天橋飛掛接兩岩。郡疆西盡閬浮拓，七十二嶺標瑶籤。靈奇恍惚富佛迹，龍乂迦樓諸天兼。人生嗜奇哆遠覽，有似萬卷中一蟫。佛説世界海，驚心向若難。窺覘旋身東，北望羌蜀番。横寶錯袤延，斷隔江深深。雪山過江陡一峯，抱江三面抽東南。南岩萬仞落，雪盡松糝糝。松間臺殿深潭潭，雪光金碧濃莊嚴。幢幡圖幔飄髟髟，石蓮皴翠千岩龕，帝釋②法樂聲宏含。最奇諸佛尊者像，西天舊摹神聃聃。紅衣五百衆，分燈簇伽藍。呼圖克圖③今十齡，終日默坐誰能堪？此生有情竟何措，入世出世疇酸鹹。殷勤問佛子，含笑不肯談。看山飲酒且一醉，下視城市紛煙嵐。不見元家世祖開滇始葆祠，雪石威靈何炎炎。鬼神盛衰有運會，雪山一白無凋剿。風晴日暖山靈喜，訝我兹游良不凡。番僧漢語索題咏，語言文字習氣沾。苦云雲邁大夫雪山唱和後，林泉寂寞誰見探？我行遍天下，觸處成染黶，詩成一笑黶之黶。王碧泉，木友琴，輿馬治具何殷心。我友諧顧況，我徒從王恬④。此是崑都侖陽江源萬里最高處，人間幾能得此玉虛霞景敻絶之登臨。

① 解脫林：原爲福國寺的山門，在今玉龍雪山南麓的芝山上。始建於萬曆二十九年(1601)。
② 帝釋：亦稱"帝釋天"。佛教護法神之一。
③ 呼圖克圖：清政府授予藏傳佛教上層大活佛的封號。
④ 王恬(314—349)：字仲豫，永嘉間爲避亡友裴嶷父裴康字，改字敬豫。琅琊臨沂(今山東省臨沂市)人。王導次子。

日之月之。嘉慶己卯子月半題壁,點蒼山人琛。

月　下

渾在層霄裏,亭臺夜色融。煙紆平野闊,月白四山空。巢影酣眠鳥,禪心蟄候蟲。參他人境偈,倒蔗啖衰翁。

賦得四更山吐月

炯炯照幽夢,紙窗明夜深。月朧如睞客,側仄與沿尋。天地無終極,盈虧遞古今。偶然杜陵老,異境落孤吟。

夜　坐

松風吹斷續,搖蕩吼蒲牢。熠熠星辰大,隆隆地軫高。暗山分遠雪,漏海隱奔濤。泡影含遮異,聲聞等是勞。

與馬子雲①顧惺齋野寺看梅

大雪山前老野梅,泉聲瀯瀯花亂開。溪亭客醉不知晚,花底摩抄月上來。

郡學署有四家村之目戲呈孫芥庵廣文

衙牌高揭四家村,一樹梅花靜掩門。四十年前同上舍,功名猶記伯鸞論。

涅　鬚

奚牧姜漁歎老無,詩人只是撚吟鬚。白來也爲頻頻染,可惜蹉跎舊壯夫。

---

① 馬子雲:即馬之龍(1782—1849)。字子雲,號雪樓。雲南麗江人。中國近代史上最早提出禁煙。

點蒼山人詩鈔卷八

人日漫興

燦燦頻伽簇杏花，沈煙雙縷度簾斜。詩書老我情千古，寂寞懷人天一涯。春雨應時清似露，雪山斂霧爛生霞。根深寧極山林分，江汲洿通不損加。

曉靄

曉氣清如水，春聲鳥自殷。林恬中夜籟，雪閃四山雲。長景增平旦，澄懷寂見聞。偎爐攤古卷，適我性情欣。

新柳

一雪一番晴，楊絲裊裊輕。光風吹宛轉，春意漸分明。作客動經歲，攀條良此情。芳菲艷桃李，只是惹愁縈。

白沙

牛羊散原野，市肆雜浮圖。雪水壅沙麥，茶粑膩塞酥。界通天界白，山到雪山無。却異春光好，梅花擁路隅。

雪山神廟 南詔僞稱北嶽①，元封北嶽雪石之神。石今存神座下。

風馬雲旗影，却敵靖紛挐。靈光留片石，古木噪昏鴉。閱世沉蝸

---

① 北嶽：唐德宗興元元年(784)，南詔王異牟尋封"五嶽四瀆"，以雪山(今玉龍雪山)爲"北嶽"。

角,崇禋竦翠華。可憐屬荒遠,遺廟墮檐斜。

玉峰寺遇雪

林影翻雲浪,風鈴發海漚。寧知今夜雪,不謬雪山遊。天女維摩室,修龍若木洲。凜然奇絕處,兀坐倚危樓。

曉霽遊玉湖[①]湖在第二峰麓,浸漬雪水,湖外皆沙漠,無瀦蓄矣。峰頂嵌崿萬狀,洞谷林木、冰雀、雪鼠,諸動植纖微,乘曉日照雪,悉現湖影中,如咫尺也。逾時即風動湖波,玉鱗閃灼矣。

飛雪曉猶落,玉湖俄已晴。峰雲揭吞吐,天鏡落晶瑩。空磧人煙絕,跫音雁隊驚。忍寒頻照影,失笑此何情。

元夕黃山寺訪妙明上人

孤岑突平野,覽盡雪千峰。龐老西江水,當機個裏逢。何時師返錫,一笑我行蹤。相對不知晚,冰輪上碧峰。

大西寺看桃花

舊樹新條事等閑,春風惱亂茜紅間。疑情打破靈雲偈,一片桃花映雪山。

共江厓

宛轉溪流漲綠波,沙禽山鳥咿聲和。畸田高下山爲畎,刳木縱橫水過河。桃李雜花村巷僻,氈裘趁集酒墟多。一般春色夷情樂,時聽嘍㹳隔崖歌。

---

① 玉湖:在玉龍雪山山脚下,湖畔爲納西族村莊玉湖村。

輿疾自遣

一

風氣驟能欺老骨，山靈不解庇吟人。蒙頭障面雲旋轎，撼石掀林水下津。

二

慰我今宵病欲忘，鈺仙相送重彷徨。老頑未分匆匆死，臨水登山別意長。孚泥別馬子雲

三

狐裘氈絮幾曾温，瓜喇山下古寒門。紅爐好與戰冰炭，勝負明朝帶孔捫。

四

季梁①歌病不須診，龍叔空衷遽擬痊。一汗始知身屬我，百年真與幻爲緣。

五

兀兀驅程睡夢間，故人咫尺介湖灣。香雲澹沱梨花路，開過彌苴②那岸山。

六

杜陵有藥夜闌句，符仲攜圖輞口莊。何似大山排大水，豁然龍首是家鄉。

雜感九首

一

昨日南海嶠，今日若水江。峰巒遞變幻，落落普雲幢。倚徙

---

①　季梁：春秋初隨國大夫。隨國都（今湖北省隨州市西北）人。曾提出"民爲神主"的思想。
②　彌苴：即彌苴河，是瀾滄江支流漾濞江支流洱海的上源。

入[1]桂林，翱翔玉山宮。讀書忽有憶，淵明此寄悰。山海咏披圖，何似我行蹤。神仙不可學，學之以神通。

二

雨餘月晶晶，天漢净如玭。天豈洗滌須，塵昏進退耳。大風揚沙埃，噫氣自起止。道人遠城市，制外頗得理。所希見本性，性分無渣滓。

三

食蕨不爲肥，愛是古人餘。豈惟古人餘，甘香亦自殊。春雨萬物母，於兹特敷腴。珍食耻素餐，草茹無虛拘。濛濛山上雲，爲我深涵濡。

四

采采阿揭陀①，山深雨雪重。玉葉苴春雲，磔砢金根紅。百疢云可療，歷試標奇功。我欲竟此藥，濟彼參桂窮。僻遠罕人識，無由資遠通。洗擷深澗泉，浥浥色香濃。

五

明月照海水，海水揚其波。海波不貯月，瀲瀲拋金梭。美人側明月，層城碧嵯峨。舉杯月窈窕，舞影月婆娑。相思共明月，迢迢奈遠何。

六

成連②東入海，老子西渡沙。寂寞何所樂，閲世厭紛拏。點蒼在人寰，洱水深周遮。上有千里雲，下有五色花。焰焰足青霞，霞仙以爲家。

---

[1] 入：底本作“八”，據《雲南叢書》本改。
① 阿揭陀：藥名，一種丸藥、不死藥、能治百病的良藥。梵語 agada 的音譯。又譯“阿伽陀”。
② 成連：春秋時著名琴師。伯牙從其學琴，三年乃成。

七

游宦罷憂患，餘患去猶纏。閱歷見了義，風花成妄緣。粗糲與珍烹，一飽知何賢。楚楚耀華袞，榮辱非一端。達士小萬物，泙浪塞深源。死生爲一條，鬼伯亦無權。有無爲一貫，功分歸自然。瑣瑣楊朱子，涕泣素絲間。

八

故人入我夢，幨車拂皋蘭。握手快言笑，叱彼箛吹喧。探懷示藥枝，苦云功用難。白鬚亦已黑，詫我高霜顛。

九

素不解憂貧，貧乃適至斯。運會屬有宴，匹夫云何辭。攝齊徐無鬼，得意適在兹。兹意亦何常，菀枯各有宜。時節歎空疊，慰我奇字巵。

紅杏山房近詩屬和徐州守王子卿①爲東坡潁濱兩先生黃樓中作生日詩原詩惜未得見感且和之

觀生別我廿餘載，升沈人事各不侔。遺我墨山寫江畹，有時掛置生我愁。已聞出守憶往概，盛事又見今黃樓。黃樓往迹六百載，生日更爲東坡酬。生日置酒赤壁游，李委一笛江悠悠。儋州拄杖壽子由，慰情雷海消幽憂。那知此日彭城守，神弦歌管羅珍饈。潁濱百日爲坡留，兄弟像設酬杯籌，長篇短咏鐫琳球。當年賓客盡豪士，今人古人相似不？可惜山鄉七千里，無從遍讀澄雙眸。人生聚散波浮漚，人今人古心相勾。芷灣太守坡也儔，連篇示我新詩鎪。海深舟大風飂

① 王子卿：即王澤(1759—1842)，字潤生，號子卿，晚號觀齋。蕪湖人。嘉慶六年(1801)進士，十二年任雲南正考官，由翰林院改官御史，京察外用，出守江蘇徐州府，又調江西贛州府知府。

飀,篇中一和王子獻[1]。酒落直到坡心頭,我亦爲坡浮一甌。老坡一生罹譖毁,生日正坐磨蝎讎。焚玉不灰精氣逎,我言福命公奇優。大道四素樂以周,仙元佛奥通幽幽。文章焰焰光九州,隻詞瑣事争傳流,下度有情無時休。君不見嶺海最奇詩八卷,不緣竄謫也無由。

晚步有懷高立方同年

合沓槐影重,細草緑如𧄍。洒洒雪花黃,凉風脱然至。偃仰山水涯,清和順時麗。及物良有懷,一出拙機事。强欲逐人熱,無乃類襦襪。思我同心人,子子鸛州澀。

雨　夜

萬蕊千花宴玉清,是仙是幻不分明。綿綿曉夢追逋裏,聽徹閑階夜雨聲。

樓　上

放倒車輪自舞傞,免將白日費蹉跎。蒼茫山海無今古,跌蕩雲煙擁嘯歌。搆餌銘魚千里計,華冠置飯五升多。未明心地炎蒸酷,颯颯浮凉一雨過。

晚　凉

嗒焉坐忘入無涯,六月清凉透碧紗。志業無當風嗅食,夢情猶眩瞖生花。昌黎駑驥歌徒激,曼倩龍蛇道並嘉。材不材中謀一似,林泉煙月最清華。

---

[1] 獻:《雲南叢書》本同。從詩韻角度看,"獻"疑爲"猷","王子猷"即王徽之(338—386),字子猷,琅琊臨沂(今山東省臨沂市)人。王羲之子。

月下示生徒

桂影篩明月,玲瓏葉露明。庭階嘉樹植,穰郁古人情。籬火連分舍,儲書擁百城。白頭人患屬,那不共硜硜?

感遠近訃者

游魚忘水躍沈波,道到忘情屬至和。皋壤不停哀樂繼,白頭更覺死生多。古今神理歸芒芴,鍾釜蚊虻費捘抄。人哭人歌吾亦爾,畏途取戒是無何。

大雨獨飲

捲海風濤瀉九垠,百川氣勢渀沄沄。墨雲亂擁之而掛,林籟高張廣樂聞。臧紇①解嘲初穩飲,淵明獨坐又連釄。豪情猶愛樊川杜,槌鼓奔觥召客殷。

趙次芝索余舊寫艤舟圖小照索題一首與之

曩昔爲此圖,諒言我似渠。渠今不似我,稜稜白髭須。我舟不了艤,印否復印須。我圖屬有懷,空言無補苴。棄置竟何惜,敝簏塵埃俱。有時一披拂,醜怪何盱盱。厥壯不如人,莽莽真狂夫。吾子異嗜好,瓦礫珍珊瑚。乞言且鑄島,勢將篋以袪。在子與在我,棄取無乃殊。且幸渠今我,飄花值茵祇。前詩大坦率,蓋蓋追奔踣。聊復識梗概,失笑詒癡符。

書孟襄陽傳

一杯故人酒,不顧采訪期。不才明主棄,誦詩須此詩。羨漁良有

---

① 臧紇:即臧武仲。春秋時魯大夫。

情,豈不失機宜。冷暖自天性,時運誰與司。幣聘屬古則,扣角歌已悲。功名利奔競,唐風嗟何衰。踽踽孟亭人,直道無回蹊。

七　夕

一

牛郎淒切貰天錢,天上人間一可憐。一歲機裏歡一夕,忙他烏鵲萬千填。

二

竊藥嫦娥獨舉觴,寄情歌曲慰淒涼。良宵正是如圭月,作底霓裳舞袖長。

三

銀漢風恬静碧漪,悲歡歷歷夢回時。長春雙婢塵情累,猶爲天孫惱合離。

久雨憶月效李長吉

花邊一壺酒,淒迷黃昏雨。不得舉杯人,邀月共影舞。銀燭淚幽夜,漂騷紅桂香。兩脚掛波簾,濕雲貼天長。月姊在雲背,白道殯秋睞。未持照寸心,颯颯下林籟。

永平少府史淡初于趙次芝處題余艤舟圖示稿奉答

自渡何如還渡人,名言錫我味津津。蒼涼野水須卬[1]否,縹緲虛船托意真。薄宦君猶存正學,衰年儂已悟迷因。慚他孟浩觀魚句,多寫湖邊一小舲。

---

[1] 卬：底本作"邛",據《雲南叢書》本改。

楊蔗園趙紫笈張西園並過看桂花

粟粟桂花滿,秋深新霽間。海平三島樹,雲裼一樓山。逾月良朋
闊,長談百感刪。芳情宜楚醑,杯影落斑斕。

望南山寄懷景園[①]同年

秋色敞南山,山南蒼翠間。懷君各寂寞,久雨信音慳。吾道無枯
菀,天遊屬宴閑。一杯思遠共,爲我畫孱顔。

奉和張蘿山司馬洱海樓詩寄懷壺山觀察

訪舊情深舊皖遊,新傳好句洱河秋。馳驅勞宦得山水,今古前塵
判去留。潑翠接天開鏡匣,晴暉搖影上波樓。此情好爲難兄寄,一片
涼風到古州。

晚　菊

晚菊恒佳色,昌黎感少年。我今亦衰老,能飲且猶然。望古情何
及,悲秋等自憐。一杯聊與醉,花下小遊仙。

短　檠

長宵宜短檠,光耀得清恬。菊影雲千疊,雨聲秋一簾。古人池雁
杳,青史蠹魚厭。富貴與閑適,由來不可兼。

望郡學古銀杏樹

礧砢烏巢露遠枝,漫空蝴蝶趁風吹。秋深大木出夭矯,天半[1]黃

---

[1]　天半:底本作"天牛",據《雲南叢書》本改。

①　景園:即張辰照,字明宇,號景園,蒙化(今雲南省大理白族自治州巍山彝族回族自治
　　縣)人。乾隆庚子(1780)舉人。官至定遠教諭。

雲森陸離。孤獨園金鋪燦燦，塗山禹樹鬱垂垂。俗呼"禹拜樹"。非關材
大難爲用，得得年深始見奇。

小春花

水竹霜松花共清，小春真個屬花名。三分紅白一分紫，十月海棠
二月櫻。鶴拓行雲瀹峭茜，點蒼冰雪蘸晶瑩。菊衰蘭瘁芙蓉萎，艷我
園林暗淡情。

哀楊大令固堂

楚鄉盼到舊雲霓，鬼檄官符兩尅期。忍渴盜泉真暍死，苦心家累
共饑驅。微名枉棄漁樵樂，經術須憑福命施。人益受難天損易，鼓琴
編曲更心悲。

大　雪

一

鄉諺占雲海蓋屯，是風是雪漸煙昏。霏微纔似塵吹息，竹裏鬈鬆
白一痕。洱上雲屯名海，蓋非雪則大風矣。

二

崢嶸梅萼暖遲開，瓷斗茸茸點翠苔。磈砢苔岑初半尺，溟濛天地
大恢恢。

三

墙角芭蕉素點明，清機一片凍晶瑩。玎琮不住琉璃卸，畫裏奇情
不到聲。

四

頻年山雪不來城，疵癘秋災劇可驚。今夜霏霏應數尺，凝神姑射
意分明。

月下漫興

山雪溪雲夜不分，雪泥爪印落鴻群。天空不厭雲行月，人事無聊泥憶雲。守黑老聃過自計，出迷阿難拙多聞。了然心境俱無住，却笑詩成作麼云。

晚　步[1]

海月照雪不辨雪，中隔一城蒼林煙。山雪照海碎海月，萬千白毫光相圓。我家門前東流水，穿林亘月明濺濺。萬瓦波棱浩星漢，踏踏雲影梅花繁。塵埃百雜了無著，獨與静者情周旋。道人三印泥空水，賸義隱約難究宣。自有此月有此山，山雪常在有無間。適然會合值我閑，郊吟島咏不凄寒。因天之游無有邊，閻浮一鏡初中天。

看梅花遂至青石橋王徙庵書館不值

梅花樹樹趁晴暄，迢遞東園更北園。繞郭雪岑塵氣杪，先春草色水邊痕。園人錯愕客迂徑，童子指鑱師出門。我並看花來看友，君真寓城如寓村。囂煩不到讀書處，林塈聊專獨行尊。異地同情各瀟洒，雲恬風静自寒温。聲嘶蚓竅茶鐺火，日午蜂潮石荔垣。歸路更尋楊子宅，林深花密轉城根。

水　仙

獝狨天公孕玉團，幽香弱骨鬥嚴寒。仙人夢影弄雲水，落月曉煙留姍姍。

---

[1]　詩題底本作《曉步》，據《雲南叢書》本改。

照水梅俗傳三丰真人所爲滇梅遂有此種

移燈梅樹下，梅影高浮空。的的梅花心，爲我披款通。映水花面仰，舉杯花露融。花開劇狡獪，云自邈邈翁。仙人苦無事，一寓化物功。仙來不我見，見仙梅花蹤。問訊梅花蹤，遥遥今古重。

會飲三慧寺遇風宿楊卓庵書樓

期期一會費招邀，驀地風號萬葉飄。短策挂來雲駊騀，良談響壓樹調刁。海波蕩潏浮天閃，崖壘離奇帶雪消。惜取歡遊殘序裏，挤將鯨飲敵寒宵。

落梅花寄楊濟宇

幾度看花尋舊友，梅花拂面飄紛紛。歸路又逐飛花去，東寺梅花纏珠攢。梅花春遲苔斑斑，老僧趨客步蹣跚。一生啞羊亦衰殘，喃喃却話今昔事。手種此梅今輪囷，門前左右南東園。年年梅花到桃李，遊人酒讌歌絃喧。即今寂寞非偶然，錢場改廢園改觀。人家池館消雲煙，僧衹淡薄云何歎。從來世局例如此，我輩看花此不干。一觴一咏惜風景，覓人不值心拳拳。豐年殘臘人事煩，人自鹿鹿花自閑。最好飛花蕩池間，我與梅花情周旋。

庚辰除夕

風雲物色釀春先，樺燭薪盆萬井煙。二十五年年盡夜，半三更夜夜元年。悲歡并入微吟裏，草莽低回萬里天。復旦光華垂老見，殷心益稷①仰時賢。

---

① 益稷：大禹臣子伯益與後稷的並稱。

人　日

人日清無事，情增白髮人。燒痕深貯雪，霰雨冷融春。聞見古歡遠，恬虛斗室竣。高山良騶策，少壯已前塵。

獨　遊

連宵足風雨，春色滿遙岑。獨興去人遠，友聲殷鳥吟。竹煙隨水漫，林日透花深。萬象供吾暇，艷陽舒騄駬。

漫　成

一

不定陰晴曉霧霏，敷曾蕙服不稍違。梅花滿地魂銷別，竹葉如針雨應機。眠食自誩蟲蟲，夢醒猶戀蝶飛飛。蘭成淒艷擒春賦，極意歡遊也不非。

二

遮眼經書托意微，白頭丙燭當朝暉。取半尺棰聊自諰，畢羅萬物究非歸。竄生荒遠我綏我，踐道污隆機入機。得失茫茫臧獲異，空鈎意釣上漁磯。

三

看花連月未心違，穠李夭桃爛夕霏。猛士難翻日車轉，白頭欲破鐵山圍。蝸牛蠻觸人歌哭，蚊睫蟭螟地廣稀。調世尹文思強聒，不嫌弟子共師饑。

四

枯寂無聊句自揮，公家風月餉王微。祛衣難墮天花落，攬鏡纔知舊影非。雲裏好山紛琭珞，春深洲渚變煙霏。迴風隱地神仙術，妙用原來是息機。

題王樂山①萬里還山圖

一

深山一念起蒼生，風雨塗泥曉夜情。一令臏銷情幾許，家山風月夢分明。

二

長亭煙柳渡頭船，千古英雄此著鞭。寫向歸人圖畫裏，成虧知落阿誰邊。

三

名山何處不青青？天地蘧廬水在瓶。亮眼一編新《說緯》，河汾弟子播傳經。

四

多年逐客等冥鴻，僕僕猶懷眊世風。今日兩頭權出處，輸君安意作山翁。

聞永北軍營信

一

人海重重闢，邊隅更有邊。筰西諸虜部，應痛沒蕃年。耕鑿安王化，昆蟲適遠天。何來肆蠻觸，膠擾赤蝸涎。

二

軍門馳介馬，廉使赴籌師。示弱猶能狡，持堅亦有詞。山深巢穴幻，種雜莠良疑。撫剿多頭緒，還須理亂絲。

三

此禍黔中劇，苗夷苦漢氓。田場盤剝盡，性命賭拚輕。曲突誰相戒，頑山鬱不平。東鄰岭水上，軼出已堪驚。

---

① 王樂山：即王崧，字伯高，別號樂山。清代詩人，雲南浪穹（今洱源）人。

四

永北交寧遠，袤延十日程。棚民黔蜀楚，萬衆火山耕。焚殪同時罹，奔逃疊嶺橫。可憐橫目類，蛇豕太無情。

五

世界山爲累，包藏厚毒氛。漢奸狼狽合，苗玀蠻䝰分。火炮移長技，江防倚制軍。春耕猶未擾，撲滅停[1]音聞。

夜　坐

寂闃跏趺愜坐馳，青燈搖影動花枝。百年人事成衰老，静夜鐘聲聽即離。雲勢輪囷風響掣，星芒烜睒月生遲。慰情春霽連旬日，遠近軍營赴集師。

立夏日

夢情等似落花緣，高樹禽聲遠近邊。往事過雲心不住，殘編白首信彌堅。青春半得微吟裏，美睡甘回欲曙天。節日課犁人望雨，一簾濃綠露芊芊。

夜　風

無憑花信攪花天，廿四番過更放顛。篩影亂雲忙走月，撼林急雨散飛煙。等知萬竅誰爲籟，了當聲塵屬妄緣。却憶成連東島上，濤山砅湃海無邊。

燕　雛

閑庭清晝思無何，檢點黃梅摽漸多。雛燕試飛風雨怯，蚡紛一陣搶簾波。

---

[1] 停：底本作“佇”，據《雲南叢書》本改。

杜　鵑

過眼豪華總幻塵，莫須杜宇恨前因。聲聲淒婉啼紅血，艷染花枝別自春。

布　穀

布穀催耕語字圓，山田含雨樹含煙。江南艷説鰣魚鳥，占斷清和買醉天。

月　上

炎蒸兀兀坐低迷，海上濃雲壓岸齊。雲墜月升遲刻漏，水明木瑟碾玻璃。吹燈窗影上松桂，適意人間懷阮嵇。欲辨忘言言亦滓，小鮮原不費筌蹄。

倚　樓

尋壑經丘漸欲慵，樓頭一片翠丰茸。雲煙澹沲青山趾，天地氤氳細雨中。晦迹自便聞見隔，冥心頓覺古今同。莫須幻視人間世，散木初知大用工。

中夜起步

鬱熱不成寐，躧履行中庭。缺月上屋角，冥濛煙霧輕。浩露濕蕉葉，弱竹含風清。微凉意自得，起念亦已平。昚眾日焚和，火月殊所膺。默默自淒緊，寂寞云何憎。

聽　雨

萬葉淙淙合，燈殘夜不分。雨音濃入睡，夢影誕於雲。濟旱傅崖遠,助歌桑户聞。了然忘醒醉,天籟自汯汯。

樓　月

海氣凝虛白,山嵐重積嶜。俄延圓月上,層疊曩葱低。沈影浮宗壁,同懷惜謝梯。木犀聞也未,消息不吾睠。

曉　山

日色上峰頂,翠駁皴鱗互。城郭旦景遲,樓邊動煙樹。

紀　夢

雲頹波激撼龍從,叱叱浮沈噴碧驄。大海鱗鬐千萬狀,了無靈蠢浪淘中。

病　中

臥疾聽淫雨,雨聲何瀸瀸。雲氣昏夜燭,銀溜沸朝檐。等是行路難,伏枕亦何嫌。天地於老物,寒燠爲苛嚴。生熟老而病,數一至二三。戰病恃藥餌,羸師何由戡。我有外身術,百惡爲避潛。儲此三年艾,小試隨所拈。家人詫吟呻,俯被疑我譫。脫然自起坐,雨意方沈酣。茫茫人間世,未來誰能諳。

臥　起

老至無輿力,行動廑步趨。頗覺黔婁子,累兹碩膚軀。臥疾二十日,形神苦拘拘。起來自恍惚,輕便得舒徐。披衣領扣寬,理帶綽有餘。急急自覽鏡,庶幾儒仙癯。扶杖入山水,飄我雲霞裾。蒼蒼逸我老,亦以適我娛。言尋紫笈翁,同病亦同痻。丹鼎竟何得,不如任運俱。

夜　起

溪泉激清響，霜露炯寒菲。月午山煙白，流螢泥竹飛。

書樓夜眺

樹杪星宿低，山頭雪影深。夜色敞高樓，寥天窅沈沈。搖搖漁火出，熠熠波浪侵。風霜夜不息，謀生江海潯。生徒坐讀書，然膏恣討尋。勞逸洵所異，志業各自任。聖往理則存，致用無古今。此日足可惜，釐茲讀書心。來日足可惜，此心將何諳？已來未來間，吾與更沈吟。

同趙紫笈楊永叔游鳳岡寺宿董紹西書樓張槐堂楊雨蒼兩生招趙次芝諸友來會泛兩湖復飲海亭上

一

淺草平沙信短筇，出城秋色倍歡悰。千山層翠濃於染，一點金沙大雪峰。

二

和會寺前煙雨過，神仙石硯青盤陀。可誠此地憑書券，不道降魔是誑魔。《僰古通》①載大士降魔事，寺側石硯宛然。

三

白頭三叟狎村觴，傾倒兩生賓從忙。微雨過林雲過海，溶溶夜色炯湖光。

四

極浦樓臺蕩影懸，漫空秋柳斂晴煙。重傾雪鏡湖心酒，畫艇風光

---

① 《僰古通》：即《白古通紀》。作者失考。凡一卷。原書久佚，以白文寫作，約成書於元代。顧祖禹《讀史方輿紀要》等書有摘引譯文。

是隔年。

五

　　層層黃葉錦流蘇，點點萍花漾碧瑜。惜取清光秋更好，人情誰此破功夫。

六

　　鷄足點蒼中百里，展將天海碧油油。峭帆明滅斜陽裏，渺渺雲煙泪遠愁。

七

　　每來亭上諷閭丘，唐迹空餘古句留。日暮梵鍾清響徹，迴船猶自愛芳洲。

出北郭迂路西橋

　　嘹唳長空雁轉行，連山新雪駐晴光。碧溪幽草茜霜色，黃葉遠村留夕陽。看客每成遲答報，出城饒是且徜徉。應知老態多如此，適意南華帶履忘。

城東園林看小春花

　　林外屏山雪影篩，小春花色渲胭脂。化工巧畫移人入，落葉橋頭小佇時。

偶　興

　　放脚荒江雪霽新，曠然清醉見天真。東坡書帖深懷舊，却把天游領會人。

得公車楊丹亭書并示在京諸友佳意

　　鐵圍重重山盤紆，學道無成成守株。讀書壯志今畫餅，蕭蕭白髮

從佃漁。九重復旦新命初，九牧薦士通污瀦。鴻毛順風好運會，懸獡
不獵寧云無。去日已去浮雲徂，攢眉舊軏是鹽車。感深萬里同心友，
難報迴腸曲折書。

題馬蘭癡少尹拜梅圖

前年遇君昆海湄，我出遠遊君棲遲。龍潭花下一杯酒，後先值君
拜梅時。前年我遊大雪山，看遍梅花冰雪間。我昨南歸君北去，匆匆
一夕無盤桓。紫城風月點蒼煙，老圃梅花相對閑。大雪峰尖照洱水，
思君政洽邊城美。江淮萬里故交稀，喜君近在金沙沚。書來示我《拜
梅圖》，圖中一一清堪指。黑龍潭水山盤紆，古觀重臺花兩株。山靈
水聖千年扶，紅玉麟麟蛟龍躩。花奇格異梅中無，看花直堪人拜倒。
況君失職情踟躕，別花一去難追摹。圖盡讀君詩，詩情淒以慨。詩前
并寫畫圖由，茸茸細密遊絲字。七十三齡翁眼明，精神矍鑠仙人慧。
仙尉風流混迹深，怪與梅花是真契。世事浮雲變幻輕，看花較是眼分
明。宦情我亦思江皖，何似花間遂此生。相思敘語聊題句，抵共圖中
一片情。

大風中望夫雲極詭奇之致復系以長句

一風彌日吹林昏，萬竅怒號人晌晌。匪風之晌雲之殉，此雲一縷
探朝暾。蓬蓬挾風以自神，陸離光怪旋風輪。雌龍尋夫古所云，號呼
激浪排海門。海門軒軒，石龍喧喧，何軒奴軒？海東亦有雲，海西亦
有雲。茲雲一出諸雲泯，遐荒異氣蟠厚坤。山澤洞達氣吐吞，窮冬
閉塞鬱以噴。如海六月颶母奔，厥常厥異理則均。點蒼之奇奇以
雲，彌年無日不氤氳。歙闢變化何雌龍之因？寒空寂寞以繽紛，不
厭開簾對一樽。

銀場嘅

踐地恃無蹉,相忘踐博良。可憐空僻地,也變奪攘場。青山變銀坑,曾不給繁齒。采鑿禁嶺南,唐律尚如此。淺土得礦微,大礦入土深。屢見礦埋人,奈茲得礦心。艷色洋琴妓,狐裘麗麥醪。饑驅膻蟻子,火迫土財豪。然頭燈穴綖,灼骨礦爐煎。欲火纏生死,吹吹鴉片煙。寶礦耀睛紅,馴然起爭奪。爭奪至殺掠,身命亦忘却。珍怪禍爾黎,東坡妙苦言。矧茲滇廠銀,遊手粵根源。以銀爲衣食,銀多侈用促。何由返農桑,狹鄉耕亦足。

歲暮感懷

一

草野惟憑化轉移,塵埃社迹也非癡。詩成日歷惛惛積,酒逐人情漸漸醨。風葉半潴流水徑,雪山不斷起雲時。回頭却怨秋淫雨,又苦山鄉一歲饑。

二

温釅爐火撥灰殘,蘸水芳梅映壁看。遲暮增多兒女子,勃蹊難擬軸蒇寬。落花貴賤憑風力,蠹簡精華泥古歡。壯志蹉跎今白首,儘他日月跳雙丸。

三

四素情知願外非,林泉雖好遁難肥。著書餘瀋古人盡,袖手窮鄉百具腓。島瘦郊寒攄句僻,鵬摶鳩控劃天飛。榮枯都付悠悠裏,往日交遊夢亦稀。

四

偶檢詩人陸劍南,説閑説老説荒酖。重煩萬首無聊極,消遣殘年借此堪。使盡英雄當路絀,拈來風月自情諵。可憐猶帶不平氣,放浪蕭騷巧泳涵。

元夕步月

雨過凝陰駁，雲歸澹沲輕。人情趨此夜，月色放佳晴。歲儉張燈絀，山空映雪明。陽春曾不嗇，風景自澄瑩。

春　暖

雨雨風風半未闌，開晴斜日漾雲丹。桃花弄影低簾角，草色含滋動雪巒。攤卷蠹驚殘粉落，打窗蜂出一聲歡。韶華最好蕭閑裏，惟有亡何遣意難。

春　陰

疏雨時有聲，春陰靜兀兀。夜碧逗雲影，梨花浸微月。了知春已深，不覺坐悠忽。轥輾壯盛年，衰老復何恤。天台坐忘論，吾以事休逸。

花　樹

明月照春樹，楚楚花可憐。花飛月下弦，濃綠暗晴煙。風露有涵濡，坐久亦凄然。今夕一樽酒，昨夕酒一樽。去日不須惜，惜此花樹春。

遣　興

慈氏開平等，情通展聖和。絲歧堪痛哭，人我一無何。惡竹嬌新笋，名花委逝波。酸風兼澀雨，春向此中過。

獨　斟

岑寂一壺酒，新花侑舉觴。百年長此醉，不落嗣宗狂。豆角烹新翠,椿芽芼鬱香。熊魚分別處,野老亦胥忘。

久　雨

子規啼罷鵓姑啼,門外泥深草没蹊。日日樓頭望煙雨,青山如夢著低迷。

偶以山花深房者注飲遂至醉

冰肌婥約雪中春,花市山花選艷新。便摘花房斟露酒,却將獨醉學靈均。

城野迫仰小熟雨勢已屆黄梅

時節諳梅雨,人心注麥秋。都忙充腹計,並作補癯謀。山界崎嶇萃,林皋哀樂稠。滑釐珠粟願,及物一鍾優。

附　贖臺紀恩

上　諭

嘉慶十二年二月十八日，奉硃批：另有旨。欽此。同日，奉上諭：初彭齡奏據懷遠、懷寧、建德、霍邱四縣士民先後籲懇代參令沙琛繳銀贖罪。初彭齡細訪該參令所蒞任各邑，均著有循聲，應否准予贖罪，據實奏聞一摺。沙琛前因署霍邱縣任內，於逆倫重案未能審出實情，問以軍臺效力，本罪所應得。茲初彭齡奏懷遠等四縣士民均呈懇捐銀代贖，可見該參令所到之處，俱有惠政及民，故獲罪後猶願代爲贖罪。但其平日居官既好，此次獲罪之由，只係承審不實，尚非私罪，竟可免其納鍰。所有該士民等情願措繳銀兩，如尚未交納，即諭令停止；若已完繳，著即發還。所有參令沙琛，著加恩免其發往軍臺效力。伊雙親俱已年老，著該撫即飭令回籍侍養，以示朕孝治推恩之至意，欽此。

初撫憲代沙邑侯贖臺奏摺

奏爲據情陳奏，仰祈聖鑒事：竊照原署霍邱縣知縣沙琛，因縣民靳鄰民聽從史三將伊父靳同萬殺死。該縣並不虛衷研鞫，率行詳報緝凶。嗣接任知縣王馭超審出實情，經前撫臣成於十一年九月參奏，奉旨：沙琛著發往軍臺效力贖罪，欽此。前護撫臣鄂即轉行遵照在案。臣抵任後，據該參令之父沙朝俊，以年迫桑榆，不忍伊子遠戍，情

願回籍變產，代子贖罪，赴臣衙門具呈懇求。臣查該參令於逆倫重
案，不能審出實情，幾致梟獍漏網，情罪較重。且滇南路遠，回籍變
產，往返萬有餘里，例限必逾。當即嚴行批飭，並催令起解去後。嗣
據懷寧縣士民方益謙等、建德縣士民徐鳳起等、霍邱縣士民竇大醇
等，以該參令前署懷寧、建德、霍邱等縣，均有惠政及民。今奉發軍
臺，上有雙親，年逾七十，萬里歸途無侍，情甚可憫。回籍變產，復鞭
長莫及，情願釀金代爲贖罪，俾遂烏私。臚列該參令政績，具詞呼籲。
並據盧鳳道德稟：據懷遠縣紳士孫素等，亦稟同前情。併據各紳士
投具認狀，繳銀六千兩，限兩月內完繳。臣細訪該參令所蒞之邑，均
著有循聲，是以士民等於該參令去任後，猶復追慕。察其情詞，愛戴
之誠，極爲懇切。臣不敢壅於上聞，謹將懷寧等四縣士民原呈，另繕
恭呈御覽。應否准予贖罪之處，出自天恩。爲此，據實恭摺具奏。伏
乞皇上睿鑒。謹奏。

　　嘉慶十二年正月二十八日拜發。二月十八日奉硃批：另有旨。

撫憲初勸諭安省闔屬州縣文

　　夫無所勸而爲善，無所懲而不爲不善，豪傑之士也；有所懲而不
爲不善，有所勸而爲善，中材之士也。此雖學者進修之業，殊塗而同
歸，即吏治何獨不然。夫綵纓紆組之士，莫不欲自奮於功名，而循良
者莫之概見，豈非以犇走風塵，自度無由致通顯。兼之科條燦設，小
失檢則罣吏議，未獲邀赦過宥罪之殊恩，志氣消沮，罔克自振拔。且
謂斯民爲愚弱，或愛之而不知感，即虐之而莫與誰何？遂相與容頭過
身，以沓泄厥職乎哉！嗚呼！其亦不思甚矣。我國家列聖相承，登三
咸五。今天子覆幬丕冒，灼見迪知。凡在四海之內，遠澨荒陬，一有
能敷政不龐、民懷其德者，莫不蜚英聲，騰茂實，譬錐之處囊，其末立
見。若近者免戍沙琛，擢復左輔，絲綸渙汗，炳耀寰宇，矧同隸皖省，

尤共見共聞者哉！《尚書》曰：“天視自我民視，天聽自我民聽。”《論
語》曰：“斯民也，三代之所以直道而行。”是豈作而致其情哉？感於所
可好而好之，感於所可惡而惡之，發乎情之所不容已，而無復展轉顧
慮於其間，所謂直也。即以沙、左二令言之，固不過少少勤厥職，自念
未必無遺失。其視古之卓、魯、龔、黃諸大賢，以盛德化民者，相去蓋
不知凡幾。而其民已愛之敬之，頌之傳之，其去則留之思之，過則
諒之，又爲之號呼奔訴，求所以免之，民亦何負其長哉？藉曰：“要
結其民，應之者當不過一二人。”且夙昔有痛於民勢既敗而屈意干
之，增自辱耳，又何應焉！況欲削朘其衣食之資，置家事不復顧，奔
走數百里爲之營謀耶？故好惡莫公於民，亦莫恕於民。攝官者聞
之，可爲感悅而憫悼之，用泣下也。是故古之聖王，人情以爲田。
伏維我皇上之不遺一善也如斯，而民之愛其上也又如斯。士苟得
承乏一官，即所謂千載一時不可逢之嘉會。苟其簠簋不飭、曠瘝厥
官、長惡不悛者，斯民有公論，不可以爲人；白簡具在，國憲不可干
己。其或思自奮於功名，則遭際盛時，即無果達藝從政之才；第舉
服官之常訓，恪守清慎，勤而力行之，必有所表見於當時，不致泯泯
無聞以終老也。左令既復官，終或克致通顯，惟自勵！即沙令去
職，其父兄、族戚、鄉黨以其事爲榮，四方傳之，咸爲美談。昔之贊
其幕與給其使令者，皆藉其光寵，樂共道之：此亦吾人快意事耳。
且夫勸懲不必在中材，見賢思齊又欲出其右，亦豪傑者好勝之情
也。願諸君子共圖勵之。他日奏中和樂職之詩，上聖主得賢之頌，
凡敬有官，拔茅貞吉。本部院幸備位於兹，將以示人，曰：“是民之
所戴而天子所葵者，皆吾僚友也。”固亦與有榮焉。尚各勉旃！且
幸諸君子之有以教我也。

懷寧縣紳民呈請捐贖文[1]

一

具呈安慶府懷寧縣職員方益謙，生員王雲嵐、管森、蔣序恭、張厚載、江其芋、王新第、王文泰，宗長人方蘭，職監楊瑞黻，監生吳觀達、錢鳳麟等，爲一青[2]堪憐，百身欲贖，環求捐貸，籲懇奏聞事。竊惟潛鯉驚鱗，流水爲之拂抑；翔鴻鎩羽，行雲於以徘徊[3]。物苟習而相安，情必感而難已。況乃叔向之能可宥，非止及烏；隨會之德尚存，將同愛樹。能無溯慈良於往日，圖報效於今茲。職等伏見前署懷寧縣沙琛，莅職廉明，居官慈惠。攝皖兩載，聿著循風；奏治七鄉，式稱良吏。戢豪强之狙獪，閭里相安；急賦役之供輸，追呼不病。發奸摘伏，誣陷以平；望影揣情，詐欺胥釋。作大堤於竹墩之野，免於漂搖者千百家；錫嘉名爲永慶之圩，賴以農桑者四十里。訟簡而民皆樂業，官清而吏不舞文。以及歷攝符封，莫不共銘德化。今以霍邱靳案，合依律令論成軍臺。誠知議屬官箴，未敢邀夫曲貸；事關國憲，無從乞以私恩。惟是沙令上有雙親，年逾七秩，萬里之歸途誰侍？三年之戍役堪驚。士民等合邑黎庶，向依德宇，均沐仁風，情願集腋成裘，釀金贖罪，俾遂烏私之愛，藉抒鵲擁之忱。爲此籲懇大人下鑒輿情，上達天聽，照例捐贖，勒限繳完。則桑榆暮景，得遂其愛日之誠；桃李前蹊，克致其栽花之報矣。望思上稟。

二

具稟安慶府懷寧縣耆民余東啓、劉萬和、馬伸來等，爲縷敘愚忱，公懇憐鑒事。緣前縣主沙署理懷邑兩載，居心仁厚，莅政清勤，不徇

[1]　底本無此題，據《雲南叢書》本補。
[2]　青：底本作"靑"，據《雲南叢書》本改。
[3]　徘徊：底本作"徊徘"，據《雲南叢書》本改。

人情，不執己見。四民控案，隨訊隨銷；刑不濫淫，斷無枉屈。徵銀米書吏，未有苟浮；動興修工食，從無刻減。七鄉市鎮，曉諭諄諄，使物價不敢任意低昂，制錢不敢私扣行用。強頑戢志，盜賊潛蹤，訟獄寢衰，閭閻樂業。而且歲逢水旱，尤恤民艱，不避風塵，躬履勘驗，爲灾爲熟，罔或混淆。是以聖恩分別緩徵，身等均沾實惠。竹墩濱江田地，一遇漲發，田舍盡淹。親率築成大圩，堵障江湖，今名永慶。凡此治績，俱在人心。無如續調霍邱，因公受過，應遵例議讁遣軍臺，足徵功令森嚴，不庇有位。身等微賤，咸服公明。但念前縣主沙素勵冰操，宦囊如洗。現在雙親耋老，未返滇南，慈孝一堂，憂思百出。身等胥叨舊愛，父母瞻依。今將骨肉遠離，見聞心惻，誼難恝置，寢食何安？仰惟大憲大人文德廣敷，官民共戴，力能錫福，功可回天。爲此縷敘愚忱，公懇慈鑒，罰雖應得，情尚可原。大施再造之仁，准予捐贖之典，則身等盡心竭力，闔邑輸金，照例完繳。將見前縣沙獲養親於膝下，而身等釋衆戚於目前，皆大憲大人天高地厚之恩，有以矜全於格外也。身等冒昧，不勝懇切待命之至。上稟。

建德縣紳民稟請捐贖文[1]

具稟池州府建德縣生員徐鳳起，管絃歐陽翀、徐祖祥、歐陽觀、童超、盛大鵬、楊廷勳，監生徐述崙、程一元、徐先馨，職員鄭鎔等，爲青灾可憫，宥典思援，俯訴輿情，仰祈奏聞事。竊謂蛇解銜珠，曾思報德；蟻能嚙械，亦欲酬恩。黿蛈蠮尚識感銘，豈士庶莫知愛戴？伏惟前署建德縣沙琛，清廉律己，慈惠加民。廣培植於士林，積月有觀風之課；定章程於保甲，經年無滋蔓之虞。撫字無慚於安輯，催科非迫以追呼。發伏摘奸，鋤强剪暴。值大案則寬貸株連，遇疑獄則平反誣

---

[1]　底本無此題，據《雲南叢書》本補。

陷。凡諸政績，胥洽民心。只以代庖而治，遂將束轡以行。惟建邑實
需此賢，雖愚民難爲斯別。垂髫總髮，願紆已授之綏；連襁揩裳，冀緩
方遒之軫。維時藩憲諭以舊章，例所難行，請而未允。然下邑惜寇恂
之去，而鄰封喜廉范之來。以故歷膺吏治，聿著循風。乃因霍邱一
案，譴戍軍臺。執法則不可原情，知仁胥本於觀過。況乃帝帷倚養，
壽逾稀齡；樸被辭親，途長萬里。念萍分於此日，悵瓜代以何年？生
等均沐栽培，咸承教育，特輸綿力，用附捐金。伏乞下孚民望，上達宸
聰，俾得永奉春暉，重開覺路。則枯苗得雨，沙令幸邀覆載之恩；而飲
水思源，士民亦效結銜之報矣。

霍邱縣紳民稟請捐贖文[1]

　　具稟霍邱縣職員竇大醇，生員王懋德，耆民田多稼、王秉鑑等，爲
感激陳情，籲求附捐，懇乞奏聞事。前攝霍邱令沙琛，精勤效職，慈愛
居心。蒞任而安善良，下車而清利弊。閭閻樂業，頑悍潛蹤。雖木損
金饉，亦逢水旱；而途奔壑轉，常賴生全。訟理而刑自清，肌膚罔害；
官閑而心無暇，廢墜畢興。宿人猖獗，偪近安豐；霍境戒嚴，保障淮
岸。今因本邑靳案，譴戍軍臺，咎在疏虞，議歸允當。誠難逃乎國典，
敢遽訴夫民情。但以沙令上有雙親，迎來數載。滇南路遠，誰侍萬里
之歸途？塞北霜高，冀免三年之謫戍。情真可憫，過亦堪矜。原夫沙
令之獲愆，本以霍民之不肖。傾橐囊以捐贖，無如兩袖風清；悵骨肉
之分離，長此一身蓬轉。職等素沾德化，切悉情形。每思得罪之由，
一眚莫掩；或從原心之例，百善可償。爰是來省，叩祈憲鑒。到省後，
聞懷、建各縣業經具稟捐金請贖，已蒙批准在案。惟是懷、建兩縣認
繳贖項六千兩，現已呈繳三千，未蒙提貯。職等亦願附捐千餘金，湊

---

[1]　底本無此題，據《雲南叢書》本補。

足六千之數。惟冀俯采輿論，代乞天恩。俾沙令得免戍役，留養老親，實爲德便。

懷遠縣紳民呈請攢金代贖文^[1]

懷遠縣翰林院檢討衛孫素、舉人閔長青、生監耆民楊士緯等，呈爲追録前功，恩求格外，攢金請贖，籲詳奏聞事。前懷遠令沙琛，屢以樹績有聲，調署懷寧、合肥、霍邱、六安等處。十一年秋，因霍邱任内一案參奏，發軍臺效力。伏思嚴吏治以肅功令，計罪允足相當。然士民等竊有請者：周官弊吏，奪以馭貧；虞帝明刑，金以贖過。果其才稱練達，識亦宏通。握瑾瑜者寧摘微瑕，采葑菲者無以下體。周全善類，愛惜人材，能不致望於大憲哉？請略陳往事，希垂鑒焉。

懷邑地接淮、淝，歲多浸漲，淹禾漂麥，十室九空，飛雁哀鴻，天涯地角。惟嘉慶之六年，沙令蒞任伊始，日抱難安之隱，憐兹無告之民，溥置衢尊，廣捐佛米，倡素封以樂善，搗丹藥以起疴。元氣初培，人心胥悅。“言旋言歸，復我邦族”者，蓋不下萬餘户矣。過之可原者一也。

歲行在戌，宿匪縱橫。沙令捐俸，招募義勇，訓練馳驅，保完安集。當倥傯戎馬之時，路不拾遺，市不易肆。藉非培養深厚，能如是乎？既乃伐李晟之竹，盜無藏身；運虞詡之斧，根鮮錯節。是以各屬有流離之苦，而是邑無鋒鏑之驚。過之可原者二也。

且三楚多剽勁之風，而平阿實萑苻之藪。沙令手殲渠魁，誠開良善。恤緯而鼠何穿屋？讓耕而牛豈蹊田？鄉置儒師，月朔則躬臨講貫；家知絃誦，春深而人獻芹蘩。視彼以鳳易鷃，賣刀買犢，有過之無不及焉。過之可原者三也。

---

[1]　底本無此題，據《雲南叢書》本補。

況夫敦崇儒術,培植士風。定甲乙以程文,教詩書以毓秀。梗楠杞梓,頗多有造之才;翡翠珊瑚,亦屬大成之器。凡此菁莪茂育,實由教養兼該。過之可原者四也。

若乃椿萱年暮,桑梓途遙。子厚遠遷,誰堪負米?少遊被謫,莫咏循陔。萬里藍關,一雙白髮。在翼麟庇鳳之廷,尤當聞而心惻也。過之可原者五也。

因此合屬士民等,呼天請命,早望還我使君;泥首陳情,竊願重瞻父母。伏冀俯順輿情,仰邀慈鑒。下以慰愚夫婦孺慕之忱,上以廣聖天子作人之化。若待壯士投邊,驪駒出塞,而蔡挺既老,定遠思歸。沙令縱翹首玉門,究何補聖恩於萬一哉?干冒呈叩,不勝惶恐待命之至。

懷寧臚行原啓

夫思人愛樹,棠陰亦載其恩;睹物知仁,黍雨且留其惠。奉百錢於劉寵,進萬紙於杜暹。三軍有劓面之祈,一邑或攀轅而泣。莫不徘徊去日,感激當年。臨歧路而銘恩,佇清風而報德。況復名傳召、杜,聲藉龔、黃。因偶絓夫彈章,遂卒從夫吏議。待命遐陬之外,出居遠地之間。屈坡老於黃州,窮愁莫訴;貶昌黎於嶺表,瞻望誰憐?則豈徒寒恤范雎[1]應有故人之意;慰思李晦,不畏姻友之嫌者乎?前攝吾懷邑篆滇南沙雪湖明府,詩賦儲、韋,文章燕、許。起家聲於廉孝,溯治績於循良。奏縣譜者已數州,令皖城者將兩載。下車伊始,人即頌爲神君;遊刃有餘,政早殊於俗吏。平反誣陷,信發奸摘伏之如神;寬貸株連,咸樂業安居而不擾。置千家於安堵,則犬吠無驚;戢一境之豪强,則貪蠹悉屏。若乃庭無留獄,吏有餘閑。催科絕暮夜之呼,撫

---

[1]　范雎:底本作"范睢",據《雲南叢書》本改。

字遍春陽之煦。但使圓常似鏡，何藉喧囂蔽比之爲？縱其棼盡如絲，悉歸理解髖髀之奏。築長圩者四十里，即江鄉皆化桑田；保永業者千百家，使澤國皆成樂土。至於文宗初莅，多士爭來，因赴試於郡城，偶觀優於廟舍。人酣若蟻，致滋攘臂以呼；吏怒如霆，幸賴霽顏而解。脫縲絏而使之内愧，出壺飧以救其餒饑。凡諸治行之彰彰，具見循風之卓卓。方冀寇恂可借，共瞻政績之有成；爭如郭伋難留，莫慰民心之共屬。乃者一朝絓誤，萬事屯邅。刷羽高鴻，竟於飛而垂翼；翔霄遠鵠，忽入世而嬰羅。傷堂上之雙親，歸途萬里；悼旅中之隻影，戍役三年。公私當竭蹶之交，車馬屬倥傯之會。平日洛陽親友，久相對於冰壺；此時萊蕪士民，豈僅歌夫塵甑？夫受壺漿者不忘惠，資拯濟者不忘勞。況明府惠在吾民，勞在吾土，合將伯以相助，呼邪許以爲功。雖非一木所能支，要屬衆擎之易舉。我等是用粗陳德政，遍告城鄉，共助斧資，聊當祖餞。俾得奉椿萱於舊里，效奔走於邊隅。倘獲代瓜時，再培花縣，則野亭來宿，當更蒙福曜之臨；竹馬相迎，必快睹前星之照矣。

建德贖行原啓

聞夫郇苗召樹，人思遺愛之存；瑞草瓊枝，吏報循良之最。贈去思之何武，囊解金貂；送來辭之陶潛，樽浮綠蟻。匪臨歧而卧轍，即當路而攀轅。此皆德惠及人，足使謳思載道。況乎初衣未遂，偶掛彈章；遠戍堪憐，難從末減。望崇山而心悸，涉沙漠以神驚。夫孰不感激當年，欲挽鄧侯之駕；徘徊歧路，共傷皇甫之行者乎？前攝吾建邑篆滇南沙雪湖明府，意氣元龍，文章司馬。曲江宴罷，旋製錦於蘭溪；積案風清，兼衡文於雲石。法術本乎儒術，養民重以教民。乃受其治者四鄉，不待五申而三令；何固吾圉者半載，遽然一歲而九遷？悵撫字之無人，懼科催之日擾。雖切歌思誰嗣，群上慰留郭伋之書；爭如福澤無多,莫遂懷想王規之願。盼沿途之祖,悵從者如雲;飲餞路之行,樽涕還如雨。顧或佇遷音於日下,降寵命於天邊;庶幾睹政績之有成,慰民心之共屬耳。無何,遽從吏議,當赴軍臺。甑無萊蕪之塵,檻乏孟嘗之劍。一肩行李,高堂則刀匕難供;萬里飄萍,遠道則斧資不給。此固二廷之所泣別,而實衆姓之所悲離者也。茲當車馬倥傯,離愁莫訴;況是風霜剥落,瞻望誰憐? 讀皖江餽遺之章,已酬厚澤;愧蘭水薰陶之輩,未罄鄙忱。用是敬啓城鄉,共傾囊橐。雖細流之能成海,而衆腋可以爲裘。倘邀碩果之名,率獲及瓜而代。行見山城水郭,或再蒙福曜之臨;蔀屋茆檐,當必有淳風之布。謹敷鄙引,祈署鴻名。

霍邱闔邑公啓

　　雪湖沙父臺,於嘉慶甲子歲來署霍邱篆。以清慎和緩爲治,以仁慈惻隱居心。禮紳士如賓,愛百姓若子。平反誣陷,寬貸株連。撫字見其心勞,催科慚乎政拙。置千家於安堵,戢一邑之豪强。莫不有神君之頌、父母之呼。方冀召父既來,寇君可借,孰意過繇疑獄,謫赴軍臺。堂上雙親,空盼歸途於萬里;旅中隻影,長驚戍役以三年。凡我紳士軍民人等,或仰承其樾蔭,或久愛其棠陰,莫不感激涕零,急思援手。爭奈呼號有願,援救無能,百計欲圖,一籌莫展。乃聞懷寧、合肥、建德、懷遠等縣,曾沐沙父臺之恩者,或攘臂爭呼,公奮義舉,或攢積其臺費,或捐贖其罪名,或代完其宿逋,或共資其薪水。無不銖積寸累,集腋成裘。況我邑侯身爲敝邑受累,萬事迍邅,寧反忍視同秦越耶? 嗚呼! 泰岱不棄土壤,故能成其高;河海不擇細流,故能成其大。我等爲此廣懇士農工商軍民人等,各爲量力。或輸朱提數兩以及百兩,固爲拯人之危;或捐青蚨數千以及一百,亦爲濟人之急。務祈速即彙交,以便我等公赴轅門,呼籲哀懇。庶於事有實濟,勿托空言。謹敘。

懷遠縣闔邑公啓

昔劉元侃遭貶嶺南,都人士送者如堵,裹金坌集,曰:"吾曹不得親送使君,只此代洛陽一勺水也。"聞者泣下。今吾邑沙賢侯雪湖調署霍邱。因公罣誤,議發軍臺效力。自本朝吏治考嚴,安得不如此乎?尸子曰:"根於道者,迷於察。"孔子曰:"觀過,斯知仁矣。"輕重之衡,審哉!審哉!懷邑素稱尚義之邦,回思三年前撫字勞心,厚澤在人,不僅門墻之士興歌黃鳥,能不慨然!盧次梗,莽男子耳,謝茂秦行泣於市,哀感當途。況群公之力十倍茂秦,而賢侯實出次梗萬萬哉!塞漠盲風,冰元地裂,爲人弟子,而令尊親蓬首沉砂,王郎腔血定向何處灑耶?因此倡義公捐臺費。倘大憲恩援,留代開復,亦唯命。縱不獲已,雅雨先生所謂"三年便許朝金闕,萬里何辭出玉門",以爲異日酬恩之券可也。古大英雄運際迍邅,終當熙奮,如蘇東坡海上歸來、李長源衡陽再至、烏孫之返張鼎、百越之召青霞,因禍得福,轉敗爲功,烏知今必異古所云也。山豈擇壤,腋可成裘。俾賢侯得遂安全,而吾邑性天之良,不僅名高任俠已也。謹啓。

六安州公啓[1]

紙醉金迷之地,宦海多驚;杯殘炙冷之場,情田益熱。撥缺盆而種火,凉臺馴致生温;活枯管以噓春,杏縣忽逢聞喜。嬰羅網解,仍飛鄴令之鳧;脂轄膏分,不繫藍關之馬。衆擎力重,再造恩多。此則釋殯丹陽,麥舟奚惜;求糧魯肅,米廩不辭者矣。有如前署州沙郡侯也,詩社長城,文壇上選。興廉舉孝,噪芳譽於滇南;著績論功,播賢聲於

---

[1] 公啓:底本無,據《雲南叢書》本補。

江左。策名皖伯,十三州半踏陽春;佐治笘絲,七八月宏施霖雨。下車未久,人頌神明;保障爲多,余呼佛子。俄乃彈章公誤,甘自墜其魚符;執牒上聞,且遣行乎雁塞。盼階前之赤子,嗷嗷驟失所依;嗟堂上之衰顏,瘝瘝不遑來諗。三年戍鼓,泊灑青山;萬里慈幃,魂驚白髮。坐使忠宣對榻,悲深風雨之思;德裕題箋,愴賦窮愁之志。良足歎惜,只益欷歔。既有懷民臥轍,援借寇以請留;大憲憐材,鑒攀侯而欽恤。赦有司小過,鼓舞賢才;體保赤愚誠,瞻依父母。如天之福,袞衣遽息風雷;濟民之生,芃黍續承雨露。然而秦城不易,誰持趙璧以歸? 荊璞難完,未雪卞珍之刖。是時也,百鍰待納,五用莫輸。滄海窮鱗,懼失漢潢之潤;監河枯鮒,權資升斗之需。平時釜甑塵生,清冰自飲;到此囊橐金盡,涸轍滋危。茲既賣潤於皖江,更望分流於渭水。全憑銖累,共效困傾。湼彼勺泉,發河海一源之願;堆將拳石,積泰華九仞之高。我等膏雨夙沾,壺餐共沐。論報施而勿爽,以感戴而彌真。覆簣爲山,將金鑄錯。得似點金布地,結此因緣;先教司禄朝天,消其咎戾。縷集成裘之腋,玉成磨玷之圭。捨百身以贖良人,此是千家愛日;遍六城而依慈母,合當兩度春風。

後　跋

　　右《點蒼山人詩鈔》四卷，大理沙獻如先生所著也。先生少負異才，長益刻苦自勵，與錢南園通副、師荔扉大令爲道義文字交，尤好爲詩歌以見志。洎舉孝廉，仕皖江，歷宰大邑，慈惠及民，所至有父母神君之譽。雖簿書鞅掌中，而於吟咏一事，未嘗一日或輟，蓋結習然也。後以失審重案遣戍，行有日矣。所屬士民聞之，遠近惶駭，奔走相告，爭願納鍰爲先生贖罪，俾得奉親歸養。當道上其事，賴天子聖明，得如所請。於時大江南北，自士夫以至婦孺，靡不交口稱頌，僉謂凡此曠典，非先生之治行上結主知，非先生之德澤深入人心，烏足以致此。其爲詩也，言近旨遠，或於行役即景興懷，或於公暇比物言志。歸田後，翛然物外，有時亦寄情山水，與朋儕相贈答。其忠君愛國之誠，恒流露於楮墨間而不自覺。向使先生得志於時，則以其章句登諸廟堂，被諸管弦，以潤色天子太平之治，而從客進，媲於周公、召公、尹吉甫諸臣之列，爲邊鄙生色，豈不甚盛？而先生竟閴默終古，僅以詩傳也，亦可慨已！雖然，太上立德，其次立言，先生兼而有之，其亦可以不朽矣。是集原板，昔燬於兵，今則世變滄桑，尤易散佚。其外曾孫王襄臣，少將誦習，先芬懇焉憂之，亟謀再付手民，屬予爲序。予既夙重先生之行誼，而又與襄臣交最善。重違其意，不敢以不文辭爰綴數語於後，以志景仰。至其詩格之高，詩律之細，則桐城姚先生、寧州劉先生前兩序已盡之矣，茲不贅。

　　民國四年歲在乙卯仲冬月，昆明後學倪惟欽謹跋。

重刊點蒼山人詩鈔後序

士大夫出而問世，知有仁愛及民，不知所謂榮辱也。仁愛及之矣，而措諸事業有不當，君子不深譏焉。仁愛之不及，而求事業之偶合，渺乎小矣。事業之偶歧，而求有當於詞章，抑又小矣。故詞章者，古之君子偶一寓意，而無足輕重者也。昔者東坡氏未嘗不以詩名，而不朽盛名始於黄州之貶，知此老胸中別有大事業在，其蓄而未發者，殆百倍於詩也。世風日下，得意即以爲榮，失意即以爲辱，而於民間疾苦，如秦人視越人之肥瘠，漠然無所動於中，獨沾沾焉從事於詩者，不過爲弋取名譽計，與古人所謂"詩以理性情者"左矣。予外曾王父古榆沙獻如先生，温柔敦厚長者也。前清乾嘉間，作令於皖，歷任懷寧、建德、霍邱等縣，皆有仁愛及民。嗣將去霍邱爲後任，以承審逆案不實，舉發其罪，例戍邊，而一時懷寧、建德、霍邱士民咸具公呈代贖罪。大吏以聞於朝，遂得免。凡以見甘棠遺愛，黍雨留恩，不是過也。予自吾滇光復後，從戎於榆，其裔孫以公之詩集、行述見贈，受而讀之，知公之惠及窮黎，故能深入人心如此。間以其餘發爲詩章，又能抒寫性情，得古人風雅之旨。因兵燹火其原板，今特爲重刊，以廣流傳。俾世之忝然民上，僅以詩人自命，而不知仁愛及民者，讀先生詩而有以自警也。是爲序。

歲在民國乙卯秋九月，外曾孫王廷治謹識。

參考文獻

一、古籍類

(一) 經部

[漢] 許慎:《説文解字》,中華書局,1963 年版。

程俊英、蒋建元:《詩經注析》,中華書局,1991 年版。

楊伯峻譯注:《論語譯注》,中華書局,1982 年版。

[晉] 郭璞注:《爾雅》,中華書局,1985 年版。

楊伯峻編注:《春秋左傳注》,中華書局,2009 年版。

楊伯峻譯注:《孟子譯注》,中華書局,2010 年版。

(二) 史部

[南朝宋] 范曄:《後漢書》,商務印書館,1931 年版。

[漢] 趙曄:《吳越春秋》,商務印書館,1937 年版。

[宋] 司馬光編著,[元] 胡三省音注,"標點資治通鑑小組"校點:《資治通鑑》,中華書局,1956 年版。

[晉] 陳壽撰,[南朝宋] 裴松之注:《三國志》,中華書局,1959 年版。

[清] 謝儼纂修:《雲南通志》,成文出版社,1967 年版。

[清] 張廷玉等:《明史》,中華書局,1974 年版。

趙爾巽等:《清史稿》,中華書局,1977 年版。

[明] 計六奇:《明季南略》,中華書局,1984 年版。

[明] 楊慎:《滇載記》,中華書局,1985 年版。

[明] 徐弘祖著,丁文江編:《徐霞客遊記》,商務印書館,1986 年版。

[元] 李京撰,王叔武校注:《雲南志略》,雲南民族出版社,1986 年版。

[明] 謝肇淛:《滇略》,上海古籍出版社,1987 年版。

［清］鄂爾泰纂修：《雲南通志》，上海古籍出版社，1987 年版。

［清］馮蘇：《滇考》，上海古籍出版社，1987 年版。

［明］劉文征撰，古永繼校點：《滇志》，雲南教育出版社，1991 年版。

［漢］劉向集録：《戰國策》，上海古籍出版社，1998 年版。

［明］陳文撰，李春龍、劉景毛校注：《雲南圖經志書》，雲南民族出版社，2002 年版。

［明］李中溪纂修：《雲南通志》，蘭州大學出版社，2003 年版。

［漢］司馬遷撰，韓兆琦注譯：《史記》，中華書局，2008 年版。

［清］師範：《滇系》，《雲南叢書》本，中華書局，2009 年版。

［清］倪蛻：《滇小記》，《雲南叢書》本，中華書局，2009 年版。

［清］王崧編纂，李春龍點校：《雲南備徵志》，雲南人民出版社，2010 年版。

［明］鄒應龍修，李元陽纂，李春龍、江燕點校：《雲南通志》，中國文聯出版社，
　　　2013 年版。

［北魏］酈道元著，陳橋驛校正：《水經注校證》，中華書局，2013 年版。

［南朝梁］沈約：《宋書》，國家圖書館出版社，2014 年版。

［晉］皇甫謐著，孫曉藝撰：《高士傳》，上海古籍出版社，2014 年版。

［漢］劉向著，綠净譯注：《古列女傳譯注》，上海三聯書店，2014 年版。

［唐］姚思廉：《梁書》，中華書局，2020 年版。

［晉］束皙撰，曾貽芬校注：《隋書經籍志校注》，商務印書館，2021 年版。

（三）子部

［宋］李昉：《太平御覽》，中華書局，1960 年版。

［唐］歐陽詢：《藝文類聚》，上海古籍出版社，1965 年版。

［晉］葛洪撰：《抱樸子》，中華書局，1985 年版。

［漢］桓寬撰，［明］張之象注：《鹽鐵論》，上海古籍出版社，1990 年版。

［晉］張華，祝鴻傑譯注：《博物志譯注》，貴州人民出版社，1992 年版。

［宋］曾慥編纂，王汝濤校注：《類説校注》，福建人民出版社，1996 年版。

［晉］葛洪撰，周天遊注校：《西京雜記》，三秦出版社，2006 年版。

［南朝宋］劉義慶：《世説新語》，上海古籍出版社，2012 年版。

張仲裁譯注：《酉陽雜俎》，中華書局，2017 年版。

［晉］葛洪撰，胡守爲校釋：《神仙傳校釋》，中華書局，2020 年版。

（四）集部

［清］檀萃：《滇南草堂詩話》（十四卷），湖南省圖書館，清嘉慶五年（1800）蘊經

堂刻本。

［清］袁文揆輯：《國朝滇南詩略》，光緒二十六年(1900)五華書院刻本。

［清］張應昌編選：《清詩鐸》，中華書局，1960年版。

［南朝梁］蕭統編：《文選》，上海古籍出版社，1986年版。

［清］鐵保輯，趙志輝點校補：《熙朝雅頌集》，遼寧大學出版社，1992年版。

［清］陳田：《明詩紀事》，上海古籍出版社，1993年版。

［清］秦光玉編纂：《滇文叢錄·作者小傳》，上海書店出版社，1994年版。

［清］趙聯元輯：《麗郡詩徵》，《叢書集成續編》本，上海書店出版社，1994年版。

［清］陶樑輯：《國朝畿輔詩傳》，上海古籍出版社，1995年版。

［南朝梁］劉勰著，周振甫譯注：《〈文心雕龍〉譯注》，江蘇教育出版社，2006年版。

［清］袁嘉穀編：《滇詩叢錄》，《叢書集成續編》本，中華書局，2009年版。

二、今著類

方樹梅輯：《明清滇人著述書目》，國立雲南大學西南文化研究室，1944年版。

陳垣：《明季滇黔佛教考》，中華書局，1962年版。

岑仲勉：《中外史地考證》，中華書局，1962年版。

張舜徽：《清人文集別錄》，中華書局，1963年版。

王夫之等：《清詩話》，上海古籍出版社，1978年版。

孫殿起錄：《販書偶記》，上海古籍出版社，1982年版。

方國瑜：《滇史論叢》，上海人民出版社，1982年版。

王國維：《王國維遺書·觀堂集林》，上海古籍出版社，1983年版。

鄧之誠編撰：《清詩紀事初編》，上海古籍出版社，1984年版。

錢仲聯主編：《清詩紀事》，江蘇古籍出版社，1987年版。

貴州省地方志編纂委員會編：《貴州省志·名勝志》，貴州人民出版社，1987年版。

方國瑜：《中國西南歷史地理考釋》，中華書局，1987年版。

方國瑜：《雲南史料叢刊》，雲南人民出版社，1990年版。

施之厚主編：《雲南辭典》，雲南人民出版社，1993年版。

袁行雲：《清人詩集敘錄》，文化藝術出版社，1994年版。

梁啓超：《清代學術概論》，東方出版社，1996年版。

陶應昌編著：《雲南歷代各族作家》，雲南民族出版社，1996 年版。

張福三：《雲南地方文學史》，雲南人民出版社，1997 年版。

謝正光、佘汝豐編著：《清初人選清初詩匯考》，南京大學出版社，1998 年版。

云南省社会科学院宗教研究所编：《雲南宗教史》，雲南人民出版社，1999 年版。

李靈年、楊忠主編：《清人別集總目》，安徽教育出版社，2000 年版。

馮爾康：《清代人物傳記史料研究》，商務印書館，2000 年版。

朱則傑：《清詩史》，江蘇古籍出版社，2000 年版。

雲南省地方志編纂委員會總纂，雲南省新聞出版局編：《雲南省志·出版志》，雲
　　南人民出版社，2000 年版。

白先經、翁乾麟主編：《中國南方回族歷史人物資料選編》，廣西民族出版社，
　　2000 年版。

柯愈春：《清人詩文集總目提要》，北京人民出版社，2001 年版。

鄭恢主編：《事物異名分類詞典》，黑龍江人民出版社，2002 年版。

錢仲聯主編：《歷代別集序跋綜錄》，江蘇教育出版社，2002 年版。

嚴迪昌：《清詩史》，浙江古籍出版社，2002 年版。

貴州省文史研究館選編：《黔詩選明清部分》，貴州人民出版社，2005 年版。

崔建英輯訂，賈偉民、李曉亞參訂：《明別集版本志》，中華書局，2006 年版。

馮天瑜：《明清文化史劄記》，上海人民出版社，2006 年版。

石玲等：《清詩與傳統》，齊魯書社，2008 年版。

顧久主編：《黔南叢書》，貴州人民出版社，2009 年版。

孫忠銓、潘超、鍾山編：《廣東竹枝詞》，廣東高等教育出版社，2010 年版。

丁福保編：《佛學大辭典》，中國書店出版社，2011 年版。

余嘉華、易山主編：《雲南歷代文選·辭賦卷》，雲南教育出版社，2014 年版。

孫秋克等：《明代雲南文學家年譜》，商務印書館，2017 年版。

後　記

　　《點蒼山人詩鈔》校注是國家社會科学基金項目"清代多民族文學的版圖分布與互動研究"及北方民族大學高層次人才項目(2019BGBS06)"明西南地區多民族文學格局研究"的階段性成果。從在浩如煙海的雲南地方文獻及清代諸多的別集等資料中輯録,到各種版本的校對,再到逐字逐句的校勘注釋,真是一項複雜艱辛的工作。由於種種原因,雲南地方古代文學文獻猶如埋藏深山的珍寶一樣,大多數尚未被挖掘開采,公開出版的也寥寥無幾。這也是乾嘉之際雲南文壇重量級詩人沙琛其人其著的研究至今尚未充分展開的原因吧。我們知道對這類不爲世人所知、不爲學界所重視的地方文獻進行注釋工作,其難度遠遠大於注釋名家名作。因爲名家名作大都已爲前人所注,有大量可資參考的前期資料。而迄今爲止《點蒼山人詩鈔》尚未有任何一種校注本。在基本没有他人的注釋成果可以借鑑的現狀下展開此項工作,其浩繁與艱辛可想而知,真可謂是篳路藍縷。當然其中的紕漏與錯訛亦在所難免,也讓筆者惴惴不安,懇請業界同行指點。問學之路無止境,本人自當勉力爲之。

　　在對本書稿的注釋過程中,我校2021級中國古代文學專業碩士研究生楊卓、邱瀟和錢昊東同學給予大力幫助,推助本書稿的順利完成。本書的出版得到北方民族大學"民族學一級學科雙一流經費建設"的資助,向積極支持本書稿出版工作的民族學學院和院長楊蕤教授致謝。在書稿整理録入的過程中，我的先生孫力也做了大量的工作，一併致謝。

馬志英